朱有燉戏曲与明初社会

张成全 著

南闓大學出版社

天 津

图书在版编目(CIP)数据

朱有燉戏曲与明初社会 / 张成全著. —天津：南
开大学出版社，2022.7
ISBN 978-7-310-06286-7

Ⅰ.①朱… Ⅱ.①张… Ⅲ.①朱有燉(1379－1439)
－杂剧－文学研究②社会变迁－研究－中国－明代 Ⅳ.
①I207.37②K248.07

中国版本图书馆 CIP 数据核字(2022)第 121799 号

朱有燉戏曲与明初社会
ZHUYOUDUN XIQU YU MINGCHU SHEHUI

南开大学出版社出版发行
出版人：陈　敬
地址：天津市南开区卫津路 94 号　　邮政编码：300071
营销部电话：(022)23508339　营销部传真：(022)23508542
https://nkup.nankai.edu.cn

河北文曲印刷有限公司印刷　全国各地新华书店经销
2022 年 7 月第 1 版　　2022 年 7 月第 1 次印刷
230×155 毫米　16 开本　14.5 印张　2 插页　207 千字
定价：72.00 元

如遇图书印装质量问题,请与本社营销部联系调换,电话：(022)23508339

本书是教育部人文社会科学研究一般项目"朱有燉戏曲与明初社会"（10YJA751106）的结项成果。

凡　例

一、本文所引史料性文献参照的出版物及版本信息见书后参考文献，正文一般不详细列出。

二、个别引文特别是稀见古籍引文，部分参考了电子文献，故无法列出准确的页码。

三、本书所涉及的杂剧剧目名称在第二章列表中皆用全称，此后正文中除了引用文献，一般都使用通行简称。

四、正文中"□"表示因古籍损坏造成的脱字或漫漶不清、无法辨认之字。

五、对于引用文献中的古籍点校本中出现的讹误，本书亦据原本予以改正。

目　录

引　言 ……………………………………………………………… 1

第一章　朱有燉生平经历与周藩际遇 …………………………… 5

第一节　洪武时期：年少得宠，委以重任 ……………… 6

第二节　建文时期：父子羁累，家邦荡析 ……………… 8

第三节　永乐时期：歌颂太平，屡受牵连 ……………… 10

第四节　宣德前期：主政周藩，兄弟倾轧 ……………… 12

第五节　宣德四年至正统四年：遭世隆平，奉藩自暇 … 14

第二章　朱有燉戏剧创作概述 …………………………………… 16

第一节　朱有燉的文艺创作 ……………………………… 16

第二节　朱有燉戏剧著作与版本 ………………………… 19

第三章　道德文化与朱有燉杂剧创作 …………………………… 26

第一节　理学浸染与崇理倾向 …………………………… 27

第二节　戏曲风教观与敷陈教化 ………………………… 34

第三节　台阁风尚与歌咏太平 …………………………… 41

第四章　民间文化与朱有燉杂剧创作 …………………………… 45

第一节　开封传统文化对朱有燉的影响 ………………… 45

第二节　民间化的取材趋向 ……………………………… 52

第三节　开封宗庙文化对朱有燉的影响 ………………… 59

第四节　开封文人圈对朱有燉的影响 …………………… 62

第五章　宫廷文化与朱有燉杂剧创作 …………………………… 68

第一节　礼乐制度与朱有燉杂剧创作 …………………… 68

第二节　皇室贵族身份与朱有燉杂剧创作 ……………… 78

第六章　朱有燉的诗文创作 ·················· 83

　　第一节　朱有燉诗文创作生涯 ·················· 83

　　第二节　朱有燉诗文创作特征 ·················· 110

第七章　朱有燉及明初其他藩王文学思想的地位及价值 ····· 114

　　第一节　朱有燉文学思想的发展 ················· 115

　　第二节　明初其他藩王文学思想综览 ·············· 124

　　第三节　朱有燉文学思想与明初文学思潮 ··········· 136

　　第四节　明初藩王文学思想的地位与影响 ··········· 149

结　语 ································ 160

附录一　宁王朱权的杂剧创作 ················· 182

　　第一节　朱权杂剧的创作成果 ·················· 182

　　第二节　朱权杂剧的创作特色 ·················· 189

附录二　朱有燉年谱简编 ··················· 194

参考文献 ······························ 215

后　记 ································ 222

引　言

　　明初藩王（指成化之前明宗室两代以内藩王）文学作为一个重要的文学现象，对我们了解明中叶以前的文学面貌极为重要。研究明初藩王文学是解剖明代早期文化政策、文化环境、文学状况的一个重要标本。在明初的藩王中，朱有燉（1379—1439）作为最为重要的杂剧作家之一，他在文学、艺术等诸多领域取得了令人瞩目的重要成就。尤其是他所作的三十一种杂剧，风靡明清两代，至今全部留存于世，受到极高的评价。

　　但关于朱有燉的文学研究，甚或是明初藩王的文学研究，在近百年间一直未引起学人足够的重视，导致相关文献整理与学术研究都很不充分。究其原因：一是缺少最基本的藩王文献整理成果；二是单一的政治批评视角，影响和制约着藩王文学研究的开展。

　　20世纪上半期是明初藩王研究的起步时期。史学界学者王璞、王崇武、鞠清远等人，对有明一代的藩王制度及其影响做了初步的探讨与梳理，为以后的研究打下坚实的基础。文学方面，20世纪20年代，吴梅重编《奢摩他室曲丛》时，在第二集中收录周宪王朱有燉《诚斋乐府》二十四种，由商务印书馆出版。中华人民共和国成立以后，除《续四库全书》收录朱有燉诗文集外，现在见到的藩王专集有上海古籍出版社1989年出版翁敏华点校的《诚斋乐府》，国家图书馆编选影印的《诚斋杂剧》有两种，一种是二十五卷本，另一种是二十二卷本，皆为明永乐、宣德、正统年间的原刻本，共收朱有燉杂剧三十一种。近来有齐鲁书社2014年出版的赵晓红整理的《朱有燉集》以及中国文联出版社2016年出版的朱仰东的《朱有燉诚斋录笺注》，至于诸藩全集类编著，至今未见。另外，吴梅在他的《霜崖曲话》和《诚斋乐府跋》（《奢摩他室曲丛》二集，上海商务印书馆，1928）中谈及朱有燉的戏曲，成为最早涉及朱有燉戏曲研究的现代学者。论文方面主要有：赵景深的《读〈诚斋乐府〉随笔》（《青年界》，1934 年第 6 卷第 4 期）和《中国戏曲初考》（中州书画社，1983）、那廉君的《明周宪王之杂剧》（《剧学月刊》，1934 年第 3 卷第 11 期）。

近四十年来，史学界对明宗室文化及其影响的研究得到深入推进。这一时期代表性的论文有顾诚的《明代的宗室》（《明清史国际学术讨论会论文集》，1982）、张德信的《明代诸王分封制度述论》（《历史研究》，1985 年第 5 期）、赵克生的《明代藩王继统与庙制变革》（《中国史研究》，2005 年第 1 期）、郭孟良的《试论明代宗藩的图书事业》（《郑州大学学报》，2002 年第 4 期）、苏德荣的《明代宗室文化及其社会影响》（《河南师范大学学报》，1996 年第 4 期）、都樾的《明代宗室的文化成就及其影响》（《学术论坛》，1997 年第 3 期）。专著有姚品文的《朱权研究》（江西高校出版社，1993）等。

涉及朱有燉创作和明初藩王文学的主要论著有：中国台湾有曾永义的《周宪王及其〈诚斋杂剧〉》（台北，《故宫图书季刊》第 2 卷，1971）、《明杂剧概论》（台北，学海出版社，1999）、《中国古典戏剧的认识与欣赏》（台北，正中书局，1991），有任遵时的《周宪王研究》（台北，三民书局，1974）、《周宪王诗笺》（《文学与史地》台北，东大图书股份有限公司，1994）、《周宪王牡丹谱》（台北，东大图书股份有限公司《文学与史地》，1994）。中国大陆有徐子方的《明杂剧研究》（台北，文津出版社，1998）、姚品文的《朱权研究》（江西教育出版社，1993）和《王者与学者——宁王朱权的一生》（中华书局，2013），这两部关于朱权研究的专著也是目前朱权研究的重要成果。

相关主题的论文有：万钧的《朱有燉及其著作〈诚斋乐府〉》（《戏曲艺术》1980 年第 2 期）、安文的《皇室戏剧家——朱权与朱有燉》（《戏剧界》1984 年第 5 期）、李恒义的《朱有燉及其杂剧》（河南大学硕士学位论文，1987）、廖奔的《"诚斋乐府"非为朱有燉杂剧总集名》（《文献》，1988 年第 3 期）、朱增的《周宪王〈诚斋杂剧〉之风月剧研究》（台湾师范大学中国文学研究所硕士学位论文，1989）、常丹琦的《朱有燉杂剧再评价》(《戏曲研究》,第 50 期,文化艺术出版社,1994)、陈捷的《朱有燉与元杂剧》(《古典文学知识》,2000 年第 3 期)、徐子方的《朱有燉及其杂剧考论》(《南京师大学报》,2002 年第 2 期)、赵晓红的《朱有燉杂剧研究》(南京大学博士学位论文 2002)、朱仲东的《朱有燉研究》(山东师范大学博士学位论文 2013)、赵晓红的《皇室贵族的传统文化情结——朱有燉杂剧的现代解读》(《东方论坛》,2003 年第 6 期)、赵晓红的《朱有燉杂剧的文献价值》(《艺术百家》,2004 年第 3 期)、雷蕾的《戏拨琵琶窗下声换羽移宫无限声——浅析明初政治与朱有燉的关系》(《社科纵横》,2006 年第 1 期)等。与戏剧类研究相比,诗歌方面的研究较少,比较有代表性的是闫春的《朱有燉诗歌研究》(广西师范大学硕士学位论文 2006)。

国外研究成果主要有:日本八木泽元的《明代剧作家研究》(罗锦堂译,香港龙门书局,1966)、日本学者青木正儿的《元人杂剧概说》(隋树森译,中国戏剧出版社,1957)、英国学者杜为廉(William Dolby)的《中国戏曲史》(*A History of Chinese drama*,1976)、荷兰汉学家伊维德(Wilt L. Idema)的《朱有燉戏曲作品》(*The Dramatic Oeuvye of chu yu-tun*,1985),等等,在这些研究著作里或多或少都有对朱权、朱有燉戏曲的评论。

在近百年间,以 20 世纪 50 年代为界,有关明初藩王文学的研究经历了前后两个阶段:第一阶段,吴梅对朱有燉剧作的整理和研究在朱有燉专题探考方面有振作之功,此后郑振铎、青木正儿等学者的文学史类著作对明初藩王的创作开始给予正面评价。40 年代前后相关研究出现了相对热闹的局面。第二阶段,20 世纪 50 年代开始,研究者多从意识形态角度强调藩王的统治阶级身份,从政治角度否定了藩王的创作,导致对明初藩王的作品研究走向低落,批判的声音遮蔽了多元化的评价。这个时期的台湾,出现了以曾永义、任遵时为代表的朱有燉研究大家。到 90 年代中期以后,中国大陆的朱有燉以及明初藩王研究渐趋多元,出现了徐子方、赵晓红、朱仲东等一些在朱有燉文学研究领域有成就的学者,研究时见深入,但对藩王文学做整体、深入研究的成果至今未见。

　　对明初朱有燉创作及藩王文学的研究在近百年间取得了一定的进展，但还存在明显不足：一是文献整理不够，缺少最基本的藩王研究资料整理成果；二是重个案研究、轻整体研究；三是作家个案研究重戏曲而轻诗文；四是注重政治思想研究而忽视创作心态研究。20 世纪 50 年代以来单一化的研究模式至今在学界仍有广泛的影响，需要进一步开拓视野、创新思路。

　　朱有燉作为藩王剧作家，共创作了三十一种杂剧，全部留存于世。这些杂剧多刊刻于明永乐、宣德年间，是除《元刊古今杂剧三十种》之外现存最早的北杂剧刊本，反映了北杂剧早期风貌，具有重要的文献价值。朱有燉杂剧创作既代表着明初藩王杂剧的最高成就，同时也代表着明初杂剧的重要成就，在中国戏剧史以及文学史上有着重要的地位。朱有燉的杂剧作品既带有浓厚的皇室贵族气息，也受到藩封地风情民俗文化的深刻影响，还留下当时政治环境和文化政策的深深烙印。研究朱有燉必须把他放在明初大的文化环境中，放到历史与现实的大坐标中，将藩王作家整体的生活状态及个人独特经历、作品产生的具体背景与作品即时的创作心态联系起来全面考察，才能比较全面地呈现作家创作的动态过程，而不至于拘于一见而失之偏颇。鉴于此，本书以朱有燉杂剧为中心，旁及朱有燉的诗文和文艺观念、文学思想；从朱有燉的创作个体，延伸至藩王作家群体；从藩王作家的创作，延及明初的文学创作；从朱有燉的文学思想延伸到藩王作家群体的文学思想，又进一步扩展到藩王文学思想与明初文学思想的关系。以期给朱有燉及藩王群体创作乃至其创作思想在文学史与思想史上一个明确而清晰的定位，揭示明初藩王作家在文学史和文学思想史上的重要价值，还原藩王文学的历史真实。

第一章　朱有燉生平经历与周藩际遇

朱有燉，明太祖朱元璋第五子朱橚的长子，字诚斋，号全阳子、全阳道人、全阳翁、兰雪轩、老狂生、锦窠老人等。生于洪武十二年（1379），洪熙元年（1425）朱有燉袭周王，开始主政周藩。正统四年（1439）薨，享年 61 岁，谥曰"宪"。

明朝建立后，朱元璋为了加强皇权，巩固封建统治基础，采取了一系列措施。一方面采取严酷手段，大肆杀戮功臣，铲除异己，并废除丞相制，加强中央集权；另一方面，为了避免朝廷孤立，分封诸王到各地以藩屏国家。朱元璋认为"天下之大，必建藩屏，上卫国家，下安生民，今诸子既长，宜各有爵封，分镇诸国"[①]，这样就可以达到御外安内、江山永固的目的。

朱有燉是明太祖朱元璋第五子周定王朱橚的长子，皇室贵族身份的尊贵及平生坎坷的遭际便在这种分藩制度下被命定了。身为皇室贵胄，理应养尊处优，安富尊荣，可是朝廷与诸王之间无休止的权力争斗，激烈的党争环境，使这些藩王不可避免地陷入荣辱浮沉的命运循环。为了不被削夺权力，亲王们叛变不断。燕王朱棣发动靖难之役，篡夺了朱允炆的帝位。血腥的明争暗斗钳制着诸王的势力，甚至会危及诸王的性命安全。为了遏制诸王势力的壮大，防范他们的叛乱，朝廷逐渐采取一系列削藩政策，限制亲王们的政治和军事权力。朱有燉及其父亲的命运在这复杂的纷争中注定不会一帆风顺。

---

① 《明实录·明太祖实录》卷五十一，第 999 页。

第一节 洪武时期：年少得宠，委以重任

洪武三年（1370）朱元璋首度分封诸子为王，朱橚受封为吴王，封国在钱塘。洪武十一年（1378）改封为周王，洪武十四年（1381）就藩开封。至于改封的原因，《明史·周王橚传》云："七年，有司请置设卫于杭州。帝曰：'钱塘财赋地，不可。'十一年改封周王。"[①] 朱元璋认为，钱塘属国家财赋重地，不适宜封国，于是改封朱橚为周王，封地开封。开封虽不如钱塘富庶，但地处中原腹地，历史上曾有多个王朝在此建都，至北宋时，东京开封更是当时世界第一大城市，人口众多，经济繁荣，物阜民丰，在政治经济上占据重要的地位。能将开封作为周藩封地，说明周藩在当时很受朱元璋倚重。洪武十二年（1379）正月十九日，朱有燉出生于安徽凤阳，洪武十四年（1381）周王朱橚就藩开封，此后朱有燉便在开封度过他的一生。朱有燉后来喜欢上了杂剧，也与开封有密切关系。"北曲杂剧即以中州音韵为声律，大概也是因此地利人和，才促成朱有燉与北曲杂剧的因缘"[②]。

出生在宗藩之家，朱有燉的生活注定与宗室政治利益纠葛在一起，由于明初皇室争权夺利及其父亲朱橚的"不轨"行为，朱有燉的政治生涯也是历尽艰险坎坷。依照规定，亲王嫡长子在十岁那年会被册封为世子，然而朱有燉在洪武二十四年（1391）三月才被册封为世子，这或许和其父亲政治上的不安分守己有关。据《明史》记载："（洪武）二十二年，橚弃其国来凤阳，帝怒，将徙之云南，寻止，使居京师，世子有燉理藩事。"[③]凤阳是朱元璋的故乡，是明朝龙兴之地，具有非同寻常的意义。朱橚这一举动，不仅违背了当初"藩屏国家""夹辅皇室"[④]的意愿，而且触及帝王的禁忌，依照朱元璋对诸王的规定，"必

① 《国朝献征录》卷一《周王橚传》，台北：台湾学生书局，1984年，第21页。
② 陆方龙：《朱有燉杂剧及相关问题研究》，台北：台湾大学硕士学位论文，2008年，第34页。
③ 《明史》卷一一六《诸王一》，第3566页。
④ 《明实录·明太祖实录》卷五十一，第991页。

须有御宝文书与金符，亲王方得启程诣阙"①。朱橚的越轨行为，令朱元璋十分不满，遂被贬谪至云南。父亲被贬谪两年期间，朱有燉担当起主理周藩的重任。年仅十一岁的他被迫学习处理藩中大小事务。虽然按照王府的建制，诸事务均由职官负责，世子不必亲自处理，但与文武职官交涉应接，使得朱有燉提前涉足王府日常政务，这对朱有燉来说，也是一种政治能力的历练。此后，家族的不幸接连降临到朱有燉身上。洪武二十八年（1395），外祖父冯胜惨遭赐死。作为明朝开国功臣，冯胜被赐死的理由却是私藏武器，《明史》传末评曰："太祖春秋高，多猜忌。胜功最多，数以细故失帝意。"②蓝玉案发生于洪武二十六年（1393），两年以后，冯胜被赐死，时间相隔如此之近，这明显是朱元璋铲除异己、巩固皇室的政治策略的结果。冯胜之死十分悲惨壮烈，历史上记载他为了免受充官侮辱，死前将自己的女儿冯秀梅及其他女眷都毒死了。开国勋臣外祖父的惨烈遭遇，给年少的朱有燉留下了深刻的印象。

　　总的来看，建文朝之前，由于祖父赏识和器重，朱有燉享受着宫廷优越的生活条件和教育环境，后来在王府的政治生涯也比较顺利。朱元璋十分重视对藩王的教育，他经常将世子们召至宫中，并亲自指导，讲授治国用兵之术，历试诸事，以锻炼他们的政治才能。《明实录·明仁宗实录》记载：

　　　　洪武二十八年闰九月，壬午，授金册金宝，命为燕世子。太祖皇帝思宗藩之重，特召秦、晋、燕、周四世子朝夕亲教训之，历试诸事，尝命分阅皇城四门卫士。③

位列四世子之一的朱有燉受到朱元璋的特殊教育，足见朱元璋对他的赏识与给予的厚望。此外，朱有燉还曾受命出塞巡边。洪武二十九年（1396），胡兵寇边，"于是敕令今上（成祖）选精卒壮马抵大宁……仍

---

　　①《明皇祖训法律》，载吴相湘主编：《明朝开国文献（三）》，台北：学生书局，1966 年，第 25 页。
　　②《明史》卷一二九《列传》卷十七，第 3799 页。
　　③《明实录·明仁宗实录》卷一，第 1 页。

敕周王橚令世子有燉率河南都司精锐往北平塞口巡逻。"[1] "仍敕周王橚令世子"说明朱有燉不止一次参加过巡边活动。此时的朱有燉已经能够独当一面，"渡黄河，历太行，入邯郸，过赵襄子故都""北逾燕都，出居庸关，抵黑山，睹苏李霍魏之遗迹"。[2] 跋山涉水练就过硬的军事才能，以捍卫国家，这正是祖父朱元璋对他们这些未来亲王们的期待。

第二节　建文时期：父子羁累，家邦荡析

洪武三十一年（1398）闰五月朱元璋驾崩，二十一岁的建文帝朱允炆（1377—1402？）即皇帝位。朱允炆是皇太子朱标（1355—1392）的嫡次子，朱元璋的第三个孙子。早在朱允炆尚为皇太孙时，就对手握重权虎视眈眈的叔伯们提高了警惕，即位后重用黄子澄、方孝孺等大臣，采取削藩方略，剥夺藩王的权力，消除诸藩对朝廷的威胁。削藩之初，建文帝绕开了实力最为雄厚的燕王朱棣，而拿当时实力较弱的朱棣同母弟周王朱橚开刀，目的是剪除燕王朱棣羽翼，以利削夺燕王权力，但最终未能如愿。朱橚被整肃是朱有燉一生遭受的最大变故，父亲被建文帝废为庶人，徙置云南。《明实录·明太宗实录》卷一详细记载了这次变故，洪武三十一年（1398）六月，朱橚长子汝阳王朱有爌向朝廷告发朱橚谋反，"遂遣曹国公李景隆率兵至河南，围王城，执王府寮属，驱迫王及世子阉官皆至京师。"[3] 自闰五月朱元璋驾崩至七月，朱有燉一家被朝廷削去爵位，贬为庶人，周王一家形同囚徒，"蛮烟瘴雾，各窜天涯"，过着"衣不掩体，通食穴墙"的苦难生活。

朱有燉为了维护父亲的体面及周藩的利益，代父认罪，惨遭非刑，

---

① 《明实录·明太祖实录》卷二百四十四，第 3549 页。

② 袁袠：《皇明献宝·周是修》，载周骏富编：《明代传记丛刊》卷七，台北：明文书局，1991年，第 30-212 页。

③ 《明实录·明太宗实录》卷一，第 7 页。

而"王得未减，乃阖宫迁之云南蒙化"①，有司严加防范，供给财物，仍留下世子在京师。又过了几个月，命令再审查此案，世子认罪如初，而后朱有燉被贬往荒蛮之地临安。通过《临安即事》一诗，我们可以窥见其贬谪云南后的心境：

> 冻雨寒烟成满城，雨中烟外更伤情。沙头风静鸳鸯睡，岭上云深孔雀鸣。番域白盐从海出，野田青蔗绕篱生。蛮方异俗那堪语，独立高台泪似倾。②

身处异乡，只有冻雨寒烟，白盐青蔗，蛮方异俗，不免触景伤情，黯然神伤，"泪似倾"三个字淋漓尽致地展现出作者内心的压抑与苦闷。诗人在南京的险恶遭遇，给他的内心留下了巨大的阴影，身处陌生环境的临安使他的思乡之情愈发加深，难免流露出对自身经历的无奈叹息："三年羁客思中土，万里江山属大明。自叹此身憔悴外，不堪回首望神京。"③这种慨叹在临安的秋天到来时显得更加凄楚萧瑟，"故国离情奈若何，西风惨淡入岷峨。"（《秋兴三首》之二）

随着朱橚被废，在接下来的几年中，其他藩王也陆续遭难：

> 夏四月，湘王柏自焚死。齐王榑、代王桂有罪，废为庶人。……六月，岷王楩有罪，废为庶人，徙漳州。④
>
> 建文四年冬十月……壬申，徙封谷王橞于长沙。……十一月壬辰，……废广泽王允熥、怀恩王允煿为庶人。⑤

此时，燕王朱棣也在暗中谋划，紧密部署军事活动，来应对朝廷的削藩行动。他拉拢朱权，巩固自身的军事实力。建文四年（1402）正月，朱橚被召回南京囚禁。建文四年（1402）六月，朱棣靖难军兵临南京。谷王朱橞和李景隆阵前倒戈，打开南京的金川大门，靖难军顺利占领

---

① 朱睦㮮《革除逸史》卷一，载文渊阁《四库全书》史部七。

② 朱有燉：《临安即事》，载钱谦益：《列朝诗集》卷二"乾集"下，北京：中华书局，2007年。

③ 朱有燉：《诚斋录·禾泥江偶成》，载《续修四库全书》，上海：上海古籍出版社，影印明嘉靖十二年（1533）同藩刻本。

④《明史》卷四《恭闵帝》，第61页。

⑤《明史》卷五《成祖一》，第76页。

南京，建文帝宫中被焚。朱棣攻入南京后，立即派轻骑兵先行前往营救朱橚，朱橚结束了流离颠沛的贬谪生活，七月，朱棣登基，是为永乐皇帝。周藩及其他被削诸藩也很快复爵。同年九月，永乐赦免被贬云南的朱有燉，召其回京，在《赐侄周世子有燉纯孝歌》序中，赞扬其在建文削藩时"造次不易其言；颠沛不改其义；死生存亡，不慑其志；富贵贫贱，无几微动于颜色"①的纯孝行为。历经四年磨难，周藩最终得以复藩，恢复了往日的荣光。

第三节　永乐时期：歌颂太平，屡受牵连

建文四年（1402）七月，朱棣即位。随着朱棣登基，周藩甚受宠遇。七月，赏赐周王朱橚钞二万锭；次月恰逢朱橚的生日，又给予其丰厚的赏赐：

> 通天犀带一，彩币三十四，金香炉、盒各一，玉观音金铜佛各一，钞八千锭，马四匹，羊十腔，酒百瓶，再赐钞八千锭、通天犀带冠、金香炉盒；十月，又赐钞十万锭及仪仗。②

永乐元年（1403）正月复赐钞一万锭，又赠其禄米一万石。此后数年每逢朱橚生日，朱棣都会给予丰厚的贺礼，平时的封赏也不胜枚举，并特许周藩郡主之仪仗如同亲王。受到如此恩遇，刚脱离死生大难的周藩自然是心存感激，对君主更要竭忠尽智。"永乐二（1404）年三月，朱橚向朝廷进献贡品，成祖颁赐九章及乐舞以答之"③；同年七月，朱橚进献了嘉禾；同年朱橚将象征王道实现的瑞兽驺虞进献给朝廷，群臣纷纷祝贺，认为这是"皇仁之符""灵祥协应"。朝野上下，争相题诗作赋，可谓"咏驺虞者，诗、词、文、赋，何啻百千"（《得驺虞》）。永乐六年（1408）八月，朱橚遣仪宾马春进献野蚕茧，以此为致祥之物。

---

① 孙富山、郭书学：《开封府志整理本·艺文一》，北京：北京燕山出版社，2009 年，第 845 页。
②《明实录·明太宗实录》卷十，第 157 页。
③《明实录·明太宗实录》卷二十九，第 524 页。

在太平盛世的时代背景下，君主与诸王之间的礼尚往来，不仅是合规的礼仪，而且也影响了当时的文学创作。它往往化身为创作素材，成为作家创作的源泉。永乐六年（1408）九月，朱有燉作《神屋山秋狝得驺虞》，是根据四年前周藩献驺虞故事敷衍而成的。它主要赞颂永乐皇帝统治下的大明王朝盛况："圣德仁恩，广敷海宇，雍熙之治，是隆三代，以兆万万年太平盛世。"正统四年（1439），在周王府佛堂之东意外发现灵芝，朱有燉遂作《河嵩神灵芝庆寿》杂剧，寄托了美颂圣朝的心意和增福延寿的愿望，在其引辞中阐述：

> 仰赖盛世雍熙，天下和平，中原丰稔，雨旸时若，藩国安康……有灵芝生于王宫中佛堂之东……因作传奇一帙，载歌载舞，以答社稷河嵩之恩眷，以庆喜圣世明时之嘉祯，以增延全阳老人之福寿耳。[1]

然而周王橚的不安分，注定周藩命运会历经坎坷。永乐三年（1405）、永乐四年（1406），周王橚多次放纵下属滋扰百姓，违法乱纪的行为时有发生。成祖多次赐书训斥周王橚，虽然朱橚有悔改之意，但此后这样的行为仍屡有发生。永乐七年（1409）五月，伊王向朝廷告发周王橚的不轨行为，成祖提醒皇太子，让其小心并严加戒备。永乐八年（1410）十月，朱橚在开封设殿奉祀朱元璋，违背明制，超越礼法，成祖为此敕书训斥，要其"审礼而行，毋贻物议"。[2]永乐八年（1410）十二月，"朱橚朝京，河南监察御史奏其设卫军队沿途扰民，致令民众离家避难，成祖令锦衣卫逮捕其护卫队指挥，交给周王府自治。"[3]永乐十五年（1417）十一月，周王府火者（宦官）借口周王来朝，在京劫掠，侵扰百姓。

永乐十八年（1420），由于河南中护卫军丁俺三屡次告发周王橚的不轨行径，经成祖查证属实，橚心虚，主动献纳三护卫，自行放弃兵

---

①《中国古代杂剧文献辑录》第一册，北京：全国图书馆文献缩微复制中心，2006 年，第1 页。

②《明实录·明太宗实录》卷一百零九，第 1407 页。

③《明实录·明太宗实录》卷一百一十一，第 1418 页。

权，周藩权力受到极大削弱。在成祖统治时期，皇帝与藩王之间实质上仍有对立的一面。虽然朱棣表面上保留了藩王的爵位，俸禄与封赏并没有减少，但实际上在等待机会逐步抑制宗藩的兵权，限制亲王的自由，即便是对待同母胞弟周王橚，皇帝也是严加防范。与其他诸王或者被废为庶人，或者被灭国相比，周藩还是很幸运的，然而接连的变故及权力的剥夺，对朱有燉又是沉重的打击，直接挫伤了他的参政热情，使他在政治上更加成熟，时时小心，处处留神，正如其套数《隐居》中所述："想起那三般儿梦里犹惊：烦的是劳着心理案牍系系萦萦，闷的是拘着身子因冠带齐齐整整，怕的是提着胆有言责战战兢兢。"①

第四节　宣德前期：主政周藩，兄弟倾轧

永乐一朝，朱有燉的命运受到父亲的"不轨"行为的牵连。洪熙元年（1425），随着周王橚的薨逝，朱有燉开始主政周藩。因为其本身没有父亲周王橚那样的野心，他与朝廷之间的关系也缓和了很多，且宣宗皇帝对其礼遇甚加。客观上说，这都有利于其管理藩国，安心谨守封地，但宗室之间同室操戈的残酷斗争，并没有因伯父燕王朱棣靖难的成功而结束。

周藩亦难幸免，朱有燉与汝南王朱有爌、新安王朱有熺两位兄弟之间的情谊，随着争权夺利的斗争，早已名存实亡了。汝南王朱有爌是周定王朱橚的第二子，因为王位继承的矛盾，"建文中尝告父定王反，定王竟因系。除国靖难后始释，遂乞诛有爌。上遣有爌去云南，居大理，后定王老，始归河南。"②朱有燉刚主政周藩后，朱有爌竟又试图篡夺周藩王位。他不仅千方百计夺回了过继给朱有燉的其庶长子朱子墐，甚至在宣德元年"数奏其兄周王有燉之过"，③妄图谋害其兄朱有燉。宣宗明察秋毫，朱有爌阴谋未能得逞。宣德三年（1428），又发生

---

① 谢伯阳：《全明散曲》，济南：齐鲁书社，1994年，第350页。
② 《国朝献征录》卷一《周王橚传》，台北：台湾学生书局，1984年，第21页。
③ 《明实录·明宣宗实录》卷二十二，第598页。

了借刀杀人事件。汝南王朱有爋与新安王朱有熺联合诬陷祥符王朱有
爝与赵王朱高燧意图谋反,伪造书信,试图以谋反罪置四弟有爝于死
地,并牵连到朱有燉。《国朝献征录》卷一"周王橚传"①详细记载当
时情景:先是有爋和有熺向来厌恶朱有爝,伪造他与赵王谋反的书信,
并刻上祥符王印记,密封放置在彰德城外道路旁。都指挥王友得到书
信启奏皇上。宣宗怀疑有离间,经过查证,这都是有爋和有熺的阴谋。

朱有爋、朱有熺为了争权夺利,罔顾手足之情。大难临头,为自
保性命,又不惜互相揭发。朱有爋、朱有熺的悖逆不端,致使爵位被
废,"锢之西内,子孙俱以幽死"。②这是朱有燉亲王生涯中遭遇的一
次大劫难,但其坎坷的政治生涯并没有以此告终。宣德七年(1432)
五月,被发配充军的曾参与宣德三年(1428)朱有爋等人阴谋案的嫌
疑犯马义逃回河南,因对朱有燉心怀愤恨,遂向朝廷诬告朱有燉谋反。
朝廷彻查后,证实马义纯属诬陷,就把他斩首于市。

宣德三年(1428)以后,周藩基本上是安享太平。宣德七年(1432),
宣宗赐周藩开封府税课钞令,周王府管理"在城商税"。因此,周藩生
活境遇更加富足,惹是生非的子弟也被朝廷铲除,但不时还会有人在
暗中诽谤朱有燉,甚至曾经"同舍而学"的皇帝对他也心生怀疑。明
代无名氏《金梁梦影录》记述:"王(朱有燉)藩甚著声誉,朝廷忌之。
会有希旨谓开封有王气者,诏毁城南繁塔七层以厌之。王惧,乃溺情
声伎以自晦云。"③开封是朱有燉的宗藩封地,因疑有帝王之气,繁塔
遭损毁。为了表明自己无意于从政,或是出于避祸的心理,朱有燉则
"溺情声伎"以自全,他的大量杂剧作品都是在这一时期完成的。正如
有的学者认为:"朱有燉在宣德年间能够写出十余种杂剧,与他安全而
优裕的生活处境不无关系"④。

---

① "先是有爋与有熺素恶有爝,为与赵王书……都指挥王友得书闻上。宣宗疑有离间,逮友
讯无迹。召有爝至,曰:'必有爋也,为此书者。'又召爋,讯服,词连有熺。有爋志行故不臧,
少与高煦善。"——《国朝献征录》卷一《周王橚传》,台北:台湾学生书局,1984年,第21页。

② 王世贞:《弇山堂别集》卷二十二,载《钦定四库全书·史部·杂史类》。

③ 徐子方:《朱有燉及其杂剧考论》,《南京师范大学文学院学报》,2002年第2期,第82-91页。

④ 王永宽、王钢:《中国戏曲史编年》,郑州:中州古籍出版社,1994年,第162页。

第五节　宣德四年至正统四年：

遭世隆平，奉藩自暇

宣宗一朝，朱有燉享受着皇帝的恩宠以及优厚的待遇，其晚年政治上虽无所作为，但在文学上收获颇丰。他有着求仙慕道的渴望，这在他晚年所作的杂剧引辞中可以看出，他使用比较多的"全阳道人""全阳子""全阳老人"署名都反映了这种志向。经历了政治上的尔虞我诈，看透了世态炎凉，年近六十岁的藩王不禁感叹：

> 俺如今年纪到六旬来，叹世事如嚼蜡，不快乐疏狂待怎样？对美景良辰莫负他，锦窠中小小生涯。唤双丫板撒红牙，将一个自撰清新杂剧夸。似这般青春娃，看他玉容堪画，我子待占东风培养出牡丹芽。[①]

坐享优厚的俸禄，藩王府冠服府邸、车马仪仗极尽豪华，充满了美酒、名花，但亲王的饮宴戏乐，不仅是王侯贵族打发无聊时光的一点消遣，同时又是藩王明哲保身的一种工具。朱有燉无子，早年又丧妻，一度钟情的宫人夏云英，也在永乐十六年（1418）因病去世，给他带来极大的伤痛，晚年的朱有燉人生态度更加消极。

由于朝廷的严格限制，藩王的交游又不像普通人那样自由。《皇明祖训·法律》规定："凡王国内，除额设诸职事外，不许延揽交结奔竞佞巧智谋之士。"[②]藩王们交际范围极其狭窄，只能和藩府内有限的大小官吏以及藩封地地方长官结交。对于王府官员，亲王并没有人事权，他们的去留都由朝廷调遣。生于帝王之家，锦衣玉食之中，朱有燉看透了功名利禄以及世态炎凉，渐渐地省悟到"膏粱供奉，寰区知重，浮生自觉皆无用。德尊崇禄盈丰，浑如一枕黄粱梦。迷到老来才自懂。

---

① 朱有燉著，翁敏华点校：《诚斋乐府》，上海：上海古籍出版社，1989 年，第 121 页。

② 吴相湘：《明朝开国文献（三）》，载《皇明祖训·法律》，台北：台湾学生书局，1966 年，第 1631 页。

功，也是空。名，也是空。"①虽然曾受祖父的厚爱与栽培，也曾志向
远大，但在经历了明初激烈的党争和兄弟阋墙后，朱有燉懂得只有远
离政治，谨慎守藩，才是保全自己之道，于是他把自己的精力转向文
艺，以创作杂剧以自娱。宣德三年至宣德十年（1428—1435），是朱有
燉创作最旺盛的时期，到正统年间，朱有燉仍有三本年代可知的杂剧
问世。朱有燉对自己的杂剧非常自信，曾自豪地认为自己的作品必是
有口皆碑。他对于歌舞伎乐的沉溺，除了作为杂剧作家的自我爱好外，
恐怕还有避祸远害的动机存在。

　　朱有燉晚年体弱多病，经常失眠、冷热交迫，深受病痛折磨。他
晚年向道，热衷于寻求益寿延年之法，创作了大量度脱剧和庆贺剧。
如《神仙会》杂剧引辞云："予以为长生久视，延年永寿之术，莫逾于
神仙之道"，表现了他对永寿延年以及求仙的渴望。又如《常椿寿》杂
剧引辞云："惟仙道，则弗顺乎理。窃其生化之气，以长生不死，无来
而无往，逃出乎此一大块之表，不与天地阴阳生化消长之气而同归
矣。"②这表明，他深信求仙可致长生不死。在相关文献中，没有看到
朱有燉服食求仙的行为，但其确曾在周王府设黍珠丹室，炼汞烧丹。
经历了明初宗室血雨腥风般的政治斗争，看透了人世间的是是非非，
朱有燉晚年以戏曲创作自娱，乐于求仙慕道，在平静藩王生活中度过
了他的晚年，正统四年（1439）薨，享年六十一岁。

　　朱有燉三十一种杂剧全部留存于世，是元明两代存世剧本最多的
剧作家。他的杂剧在明代曾风靡一时，备受时人的推崇。李梦阳《汴
中元夕》诗云："齐唱宪王新乐府，金梁桥外月如霜。"③吕天成《曲品》
评他"色天散圣，乐国飞仙，嗣出天潢，才分月露。"④朱有燉以其藩
王的地位创作杂剧，成果颇丰，影响深远，代表着元明杂剧的转折点，
享有极其重要的地位。

　　①　谢伯阳：《全明散曲》中《山坡羊·省悟》，济南：齐鲁书社，1994年，第272页。
　　②《中国古代杂剧文献辑录》第一册，北京：全国图书馆文献缩微复制中心，2006年，第289页。
　　③　钱谦益：《列朝诗集小传》，上海：上海古籍出版社，2008年，第8页。
　　④　吕天成：《曲品》，北京：中国戏剧出版社，1980年，第220页。

第二章　朱有燉戏剧创作概述

第一节　朱有燉的文艺创作

朱有燉的文艺成就在明初诸王中是十分突出的。他的文学创作成果甚为丰厚，所涉及的体裁非常广泛，有大量诗词作品和剧曲作品问世，作品的数量和质量在明初藩王中都位居前列，在当时文坛上也很少有人与其匹敌。朱有燉自幼聪颖，好学不倦，能力超群，在周藩的后代所写的《诚斋集》序中赞曰："天资之高，而复加以学力之至，宜其冠当时，名后世……宁藩祖臞仙，谓其乃宗室中角出而翘立者焉。"[①]从现存的资料看来，早期藩王的创作，无越其上者，堪称一位真正的皇家文人。朱有燉有杂剧三十一种，如《李亚仙花酒曲江池》《关云长义勇辞金》《黑旋风仗义疏财》《刘盼春守志香囊怨》《汉相如献赋题桥》等，在当时就流传甚广。

朱有燉的杂剧不仅受到当时人们的喜爱，后人对其杂剧也有很高的评价，清初钱谦益《列朝诗集小传》称其"音律谐美，流传内府，至今中原弦索多用之"[②]。明清之际著名杂剧作家和戏曲理论家孟称舜曾称其为"国朝第一作手"[③]。近代学者吴梅赞其"气魄才力，亦不亚于关汉卿矣。"[④] 日本学者青木正儿推其为"明代第一剧作家，亦无不可。"[⑤]"朱有燉现存的杂剧三十一种，多在明永乐、宣德年间刊刻，

---

① 朱有燉撰，赵晓红整理：《朱有燉集》，济南：齐鲁书社，2014年，第567页。

② 钱谦益：《列朝诗集小传·乾坤下》，李梦阳绝句谓："中山孺子倚新妆，赵女燕姬总擅场，齐唱宪王新乐府，金梁桥外月如霜"。上海：上海古籍出版社，2008年，第8页。

③ 孟称舜：《古今名剧选·小桃红眉批》，载《古本戏曲丛刊》四集，北京：商务印书馆，1958年。

④ 吴梅：《顾曲麈谈》，长沙：岳麓书社，1998年，第303页。

⑤〔日〕青木正儿：《中国近世戏曲史》，北京：中华书局，1954年，第136页。

是继《元刊古今杂剧三十种》之外，今人见到的最早刊刻的北杂剧刊本，反映了北杂剧的早期形态。"① 从这个意义上说，朱有燉的杂剧三十一种还具有重要的文献价值。

除杂剧三十一种外，朱有燉还有诗文集《诚斋录》四卷、《诚斋新录》三卷、《诚斋遗稿》一卷、《诚斋词》一卷、《家训》一卷等，收录诗歌共计千余首。

高儒《百川书志》卷十五载："诚斋录六卷，周府殿下撰""诚斋新录一卷，锦窠老人晚年之作也"。《千顷堂书目》《万卷楼书目》也都收录了朱有燉的诗词。②后世收录朱有燉诗歌的诗选主要有：钱谦益《列朝诗集》乾集下收诗四十六首，加上尚有争议的《元宫词》一百零三首，共著录宪王诗歌一百四十九首；朱彝尊《明诗综》卷二收有二首；张豫章《四朝诗》卷二"宗藩诗"收诗二十二首；陈田《明诗纪事》"甲籤"收宪王诗三首。

散曲集主要有《诚斋乐府》二卷等，计有散曲三百零九首，其中小令二百七十四首，套数三十五套，曲作之富，明初百年堪称第一。黄虞稷《千顷堂书目》卷三十二"词曲类"著录："周宪王《诚斋乐府》十卷"，小字注云："一作二卷"③，《朱睦楔藏书目》《民国河南通志稿·词曲》等也都收录有朱有燉的散曲④。

词集《诚斋集》三卷（今已佚），《诚斋词》一卷，现存词三十三首。黄虞稷《千顷堂书目》卷三十二"词曲类"著录，后惜阴堂裁为《诚斋词》⑤，此外还有《家训》一卷、《牡丹谱》一卷等。

朱有燉诗词或歌颂太平盛世，或表现自己闲适的贵族式的生活乐趣，咏花赏景，庆赏宴会，或抒发自己对生命的感悟、对历史的哲思。

---

① 赵晓红：《朱有燉研究》，济南：齐鲁书社，2012 年，第 5 页。

②《千顷堂书目》则著录"诚斋集三卷"，《万卷楼书目》著录"诚斋集一卷"，此《诚斋集》与《诚斋录》是何关系，惜无存本，不过，可以断定的是，两者都是朱有燉的诗词文集。具体考辨可参考山东师范大学朱仰东的博士学位论文《朱有燉研究》"朱有燉诗词著录与版本"一节，第 150 页。

③ 黄虞稷撰，瞿凤起、潘景郑整理：《千顷堂书目》，上海：上海古籍出版社，2001 年，第786 页。

④ 朱仰东：《朱有燉研究》，济南：山东师范大学博士学位论文，2013 年，第 150 页。

⑤ 饶宗颐初纂，张璋总纂：《全明词》，第一册，北京：中华书局，2004 年。

其晚年所写的诗歌具有浓郁的宗教意味，通过佛道，追寻一种宁静的生活。诚斋词所表现的主题与其诗歌相似，大致可分为闺怨词、思乡念远词、盛世颂词、悼亡词、悟道词，等等，诚斋词在表现朱有燉情感时更加的鲜明，感情色彩更浓。诚斋词受明初词坛的影响，具有词作"曲化"的特征，其散曲清新自然的特点也被引入词中。朱有燉的散曲表现的是自己闲适的生活乐趣和洒脱的人生态度，带有贵族的印记，但从他的散曲中不难发现作者既想出世又想入世的矛盾心情。

　　朱有燉没有单独的文集刊行，现存世文章共计二十五篇，分别收录在其诗文集《诚斋录》卷四"杂著类"和《诚斋新录》中。散文十八篇，韵文七篇。另有康熙三十四年（1695）《开封府志》卷十八中收宪王碑文一篇。他的文章按文体可分为序、说、论、碑、铭、赞、箴，这些文体多具实用性，文学色彩不浓。但可以从这些文章中了解到朱有燉的文学思想，所以还是有必要关注他的文章的。其文章有雅正之风，有些文章表现出浓厚的说教性或深刻的哲理性，体现了他浓厚的儒家思想。

　　此外，朱有燉还精通琴、棋、书、画，这些才艺实践都是他生活的一部分，他在《得多亭说》中写道，闲时"偃仰自在，鼻嗅清香，口诵古诗，操琴一曲，着棋一枰，写竹一竿，临帖数字"①。他热爱书法，"为储日，即以好古精临摹，名海内……及嗣位，年益高，学益邃……于治国睦亲之暇，无日不居砚北。"②有《东书堂集古法帖》十卷、《兰亭修禊序帖》一卷、《诚斋帖》等。其书法遒劲可观，"楷、篆尤冠绝一时……人多藏之。"③朱有燉暇时还以绘画怡情，根据现存的若干资料来看，他的画似乎以花卉见长，尤擅瓶中牡丹和合欢芍药。④他的画既能妙夺造化，且又富有韵味，时人多珍藏之。因为朱有燉的画作传世的本来就不多，再加上后来战乱的破坏，几乎无幸存者，所以，我

---

① 朱有燉撰，赵晓红整理：《朱有燉集》，济南：齐鲁书社，2014 年，第 711 页。
② 安世凤撰：《墨林快事》卷十，台北：台湾图书馆影印本，第 645 页。
③ 张淑载、鲁曾煜纂：《祥符县志》卷十六，天津：天津图书馆藏清顺治十八年（1661）刻本。
④ "明周宪王，讳有燉，恭谨好文，兼工书画，瓶盆中牡丹最有神态。"——朱谋垔：《画史会要》，载文渊阁《四库全书》。

们很难见到朱有燉的传世之作了。但据刘九庵《宋元明清书画家传世作品年表》[①]，朱有燉作有诸葛亮像，现藏于首都博物馆。

总之，周宪王朱有燉不仅年少有志，曾担当起藩屏国家的重任，还博学多才，工古文诗辞，亦兼工书画，不愧是宗室中的翘楚。

第二节　朱有燉戏剧著作与版本

一、朱有燉杂剧作品版本及流传

由于朱有燉著述颇丰，在流传过程中，著录及版本问题比较复杂。在这一问题上近人已经多有涉及，笔者主要是在前人研究的基础上，对其重要的版本文献进行梳理。明清以及民国时期，收录朱有燉杂剧的书目著作主要有以下几种：

1. 明永乐至正统年间周藩原刻本。朱有燉现存杂剧三十一种，都有周藩原刻本传世。原刻本三十一种中，有二十五种剧前有引辞，对故事的来源、写作目的与创作理念及创作时间都有详细的记述。目前传存的周藩原刻本，分别藏于北京中国国家图书馆（分二十二卷本和二十五卷本两套，相合去重复，恰为完整三十一种）、台湾"中研院"傅斯年图书馆（十六种）及日本京都大学（三种）。

2.《奢摩他室曲丛二集·诚斋乐府》。1928年吴梅整理而成，由上海商务印书馆出版，除了收录吴梅奢摩他室所藏二十二种朱有燉的校本外，同时又收录了张元济所收藏的《八仙庆寿》《蟠桃会》两种。

3.《杂剧十段锦》。《杂剧十段锦》，明代无名氏编，书末署"嘉靖戊午（1558）仲夏绍陶室刊"。全书分甲至癸共十集，每集即为一本杂剧，依次为《关云长义勇辞金》《李亚仙花酒曲江池》《璠桃会八仙庆寿》《赵贞姬死后团圆》《黑旋风仗义疏财》《清河县继母大贤》《豹子和尚自还俗》《兰红叶从良烟花梦》《汉相如献赋题桥》《胡仲渊贬窜雷

[①] 刘九庵：《宋元明清书画家传世作品年表》，上海：上海书画出版社，1997年，第133页。

州》。

4.《脉望馆钞校本古今杂剧》。明赵琦美编辑,此书收录了朱有燉杂剧的 11 种抄本,孙楷第曾对钞本分类,具体情况见表 1:

表 1　孙楷第《脉望馆钞校本古今杂剧》钞本的分类

赵琦美录内府本	《群仙庆赏蟠桃会杂剧》(有穿关) (即《蟠桃会》改本)	本朝教坊编演
	《黑旋风仗义疏财》(有穿关)	明周王诚斋
赵琦美录于小谷本	《张天师明断辰钩月》(有引辞)	明周王诚斋
	《洛阳风月牡丹仙》(有引辞)	明周王诚斋
	《南极星度脱海棠仙》	神仙
	《河嵩神灵芝庆寿》	本朝教坊编演
无题识不知来历钞本	《惠禅师三度小桃红》	明周王诚斋
	《瑶池会八仙庆寿》	明周王诚斋
	《福禄寿仙官庆会》	明周王诚斋
	《十美人庆赏牡丹园》	明周王诚斋
	《四时花月赛娇容》	杂传

5. 孟称舜本《古今名剧合选》。包括《新镌古今名剧柳枝集》(二十六卷)与《新镌古今名剧酹江集》(三十卷),明末孟称舜(1600—1684)编。现存明崇祯六年(1633)序刻本。孟称舜本共收朱有燉杂剧四种,其中《柳枝集》收《惠禅师三度小桃红》《甄月娥春风庆朔堂》《洛阳风月牡丹仙》三种;《酹江集》收《黑旋风仗义疏财》一种。

6. 明本。其他的明代版本。沈泰所编《盛明杂剧二集》专收明人杂剧,有《初集》《二集》两部,先后于崇祯二年(1629)、崇祯十四年(1641)问世,每集收杂剧三十种,其中二集所收朱有燉杂剧共两种,为《洛阳风月牡丹仙》与《刘盼春志守香囊怨》。息机子的《古今杂剧选》收《孟浩然踏雪寻梅》一种。

7. 民国版本。有马廉藏钞本、吴梅的《古今名剧选》、王季烈的《孤本元明杂剧》、卢前的《明杂剧选》、郑振铎的《世界文库》等。

收录朱有燉杂剧书目及其剧本的具体情况,详见表 2:

表 2 朱有燉杂剧现存主要版本

杂剧剧目	创作时间	明永乐宣德正统年间原刻本	奢摩他室曲丛刊本	诚斋杂剧二十五卷本	诚斋杂剧二十一剧二十二卷本	杂剧十段锦	脉望馆钞校本	孟称舜本	明本	民国版本
《张天师明断辰钩月》	永乐二年岁在甲申仲秋（1404）	△	△	△	△		△于			△古
《甄月娥春风庆朔堂》	永乐四年春二月朔日（1406）	△	△	△	△			△柳		△古
《惠禅师三度小桃红》	永乐岁在戊子仲春（1408）	△	△	△	△			△柳		△古
《神后山秋狝得驺虞》	永乐六年岁在戊子九月月重阳（1408）	△	△	△	△		△			
《李亚仙花酒曲江池》	永乐己丑谷雨前一日（1409）	△	△		△	△				△古
《关云长义勇辞金》	永乐岁在丙申八月（1416）	△	△	△		△				△古
《李妙清花里悟真如》	永乐岁在壬寅仲春良日（1422）	△	△	△	△					
《群仙庆寿蟠桃会》	宣德岁在己酉正月良日（1429）	△	△	△	△		△内			△马 △古
《洛阳风月牡丹仙》	宣德五年三月谷雨（1430）	△	△	△			△于	△柳	△盛	△古
《美因缘风月桃源景》	宣德六年孟春（1431）	△	△	△	△					△古
《天香圃牡丹品》	宣德六年二月清明日（1431）	△	△	△	△					
《孟浩然踏雪寻梅》	宣德七年冬季（1432）	△	△	△					△息	
《瑶池会八仙庆寿》	宣德七年季冬良日（1432）	△	△		△	△	△			△古
《黑旋风仗义疏财》	宣德八年冬季良日（1433）	△	△	△	△	△	△内	△酹		△古
《宜平巷刘金儿复落唱》	宣德八年岁在癸丑孟冬（1433）	△	△		△					△古
《福禄寿仙官庆会》	宣德八年岁在癸丑孟冬（1433）	△	△	△	△		△			△古
《赵贞姬身后团圆梦》	宣德八年（1433）	△	△	△	△	△				△古

杂剧剧目	创作时间	明永乐宣德正统年间原刻本	奢摩他室曲业丛刊本	诚斋杂剧二十种五卷本	诚斋杂剧二十种二卷本	诚斋杂剧二十一种二卷本	杂剧十段锦	脉望馆钞校本	孟称舜本	明本	民国版本
《刘盼春志守香囊怨》	宣德八年十一月（1433）	△	△	△	△					△盛	△古
《豹子和尚自还俗》	宣德八年岁在癸丑（1433）	△	△	△	△		△				△古
《紫阳仙三度常椿寿》	宣德八年龙集癸丑冬季良日（1433）	△	△	△	△	△					△古
《清河县继母大贤》	宣德甲寅季（1434）	△	△	△	△	△	△				△古
《十美人庆赏牡丹园》	宣德九年长至日（1434）	△			△						△孤
《东华仙三度十长生》	宣德九年岁在甲寅冬十二月（1434）	△			△			△			△孤
《吕洞宾花月神仙会》	宣德十年十二月朔日（1435）	△	△	△	△						△孤
《河嵩神灵芝庆寿》	正统四年二月二十九（1439）	△			△			△于			△孤
《南极星度脱海棠仙》	正统四年节近清明（1439）	△			△			△于			△孤
《小天香半夜朝元》	？	△	△	△	△						
《蓝红叶从良烟花梦》	？	△	△	△	△		△				△古
《四时花月赛娇容》	？	△			△			△			△孤
《挦搜判官乔断鬼》	？	△	△	△	△						
《文殊菩萨降狮子》	？	△			△						

注：表 2 中"△"指该书收有本剧目，"内"指《脉望馆钞校本古今杂剧》中赵琦美录内府本，"于"指《脉望馆钞校本古今杂剧》中赵琦美录小谷本，"柳"指孟称舜《古今名剧合选》（简称孟称舜本）中的《柳枝集》，"爵"指孟称舜本中的《酹江集》，"盛"指《盛明杂剧二集》，"民国"指其他民国版本，《古今杂剧选》指息机子的《古今杂剧选》，"马"指马廉藏钞本，"古"指吴梅《古今名剧选》，"孤"指王季烈《孤本元明杂剧》。

　　由表 2 可看出，朱有燉杂剧创作时间很长，从永乐二年（1404）一直到正统四年（1439），其中宣德年间创作最多，一共十六种。这或许和宣宗皇帝登基后，对朱有燉"恩礼视诸王有加"以及朱有燉此时"奉藩多暇"的安定生活有关，故这个时期其创作颇丰。

二、朱有燉杂剧作品的题材分类

　　关于朱有燉杂剧三十一种的题材内容，历来学者有不同的分类方式，现主要列举具有代表性的分类方式，详见表 3。

　　这些分类法虽然都不是很完美，只是不同学者在不同的背景下做出的一种诠释。所以"分类本身并不重要，重要的是你将某部作品置于某一背景而进行的解读"[1]。从列表可以看出，朱有燉杂剧创作以"度脱剧"（或称"仙佛剧""道释剧"等）、"妓女剧""庆贺剧"（或称"祝寿剧"）、"节义剧"为最多，虽然各题材类型之间的界限并不是很确切，但通过朱有燉杂剧创作类型可以大致看到其创作趋势及动因。朱有燉的妓女剧常寓有节义内容，这与他的水浒剧（或称"英雄剧"）《豹子和尚》《仗义疏财》及写良家妇女的《团圆梦》和《继母大贤》等有着相似的教化主旨。这应该与明初的教化思潮或主流文学风尚以及作者的社会地位有着密切的关系。《灵芝庆寿》《蟠桃会》《八仙庆寿》属于典型的歌功颂德的庆赏剧，而像《海棠仙》这种以南极星为度人者的剧种同样具有庆贺功能，并且他以海棠花为被度者，也与《牡丹仙》《牡丹园》《牡丹品》这些以赏花为主题的剧种有着相似的内涵。这种创作倾向主要歌颂了明初的太平盛世。他的仙佛度脱剧，有些以伎女为主角，如《神仙会》《小桃红》《半夜朝元》《悟真如》，等等。仙佛度脱剧的风行，与明初"儒释道"三教合一的思想密切相关，也和朱有燉晚年慕道求仙、渴望永寿的愿景不无联系，后文将会详细论述。

---

　　① 陈平原：《小说史：理论与实践》，北京：北京大学出版社，2010 年，第 135-136 页。

表 3　朱有燉杂剧题材内容分类

剧目	青木正儿《中国近世戏曲史》	曾永义《明杂剧概论》	伊维德《朱有燉的杂剧》	任遵时《周宪王研究》	徐子方《明杂剧史》	赵晓红《朱有燉杂剧研究》	李恒义《朱有燉及其杂剧》	陆方龙《朱有燉杂剧及其相关问题研究》	朱仰东《朱有燉研究》
1 悟真如	道释－度脱	仙佛－神仙（妓女）	宫廷－度脱	仙佛－度世	宗教	神仙道化	仙佛度脱	度脱	度脱
2 小桃红	道释－度脱	仙佛－佛教－度脱（妓女）	宫廷－度脱	仙佛－度世	宗教	神仙道化	仙佛度脱	度脱	度脱
3 半夜朝元	道释－度脱	仙佛－神仙－度脱（妓女）	寻常－节义－今	仙佛－度世	宗教	神仙道化	仙佛度脱	度脱	度脱
4 常椿寿	道释－度脱	仙佛－神仙－度脱	宫廷－度脱	仙佛－度世	节令庆贺	神仙道化	仙佛度脱	度脱	度脱
5 神仙会		仙佛－神仙－度脱中黄祝寿（妓女）	宫廷－度脱	应时庆贺	宗教	神仙道化	仙佛度脱	度脱	度脱
6 十长生		仙佛－神仙－度脱中寓祝寿	宫廷－度脱		节令庆贺	庆贺祝寿	仙佛度脱	度脱	度脱
7 降狮子		仙佛－佛教	宫廷－仪式	仙佛－度世	宗教	神仙道化	仙佛度脱	仪式	度脱
8 辰钩月	道释－女仙	仙佛－神仙	宫廷－仪式	仙佛－度世	节令庆贺	神仙道化	其他	仪式	家庭婚姻
9 仙官庆会	道释－庆寿	仙佛－神仙－庆寿	宫廷－仪式	应时庆贺	节令庆贺	庆贺祝寿	嘉庆	仪式	庆赏
10 得驺虞	道释－庆寿	仙佛－神仙	宫廷－仪式	应时庆贺	时事	庆贺祝寿	嘉庆	庆贺	庆赏
11 灵芝庆寿	道释－庆寿	仙佛－神仙－庆寿	宫廷－仪式	应时庆贺	节令庆贺	庆贺祝寿	嘉庆	庆贺	庆赏
12 蟠桃会	道释－庆寿	仙佛－神仙－庆寿	宫廷－度脱	应时庆贺	节令庆贺	庆贺祝寿	嘉庆	庆贺	庆赏
13 八仙庆寿	道释－庆寿	仙佛－神仙－庆寿	宫廷－度脱	应时庆贺	节令庆贺	庆贺祝寿	嘉庆	庆贺	庆赏
14 海棠仙	道释－度脱	仙佛－神仙－度脱	宫廷－赏花	应时庆贺	节令庆贺	神仙道化	仙佛度脱	赏花	度脱
15 香囊怨	妓女	妓女－节义	寻常－节义－今	妓女恋爱	妓女	家庭婚姻	妇女	妓女	家庭婚姻
16 曲江池	妓女	妓女－节义	寻常－节义－古	妓女恋爱	妓女	家庭婚姻	妇女	妓女	家庭婚姻

剧目	青木正儿《中国近世戏曲史》	曾永义《明杂剧概论》	伊维德《朱有燉的杂剧》	任遵时《周宪王研究》	徐子方《明杂剧史》	赵晓红《朱有燉杂剧研究》	李恒义《朱有燉及其杂剧》	陆方龙《〈东有燉杂剧〉及其相关问题研究》	朱仲东《朱有燉研究》
17 桃源景	妓女	妓女	寻常-节义-今	妓女恋爱	妓女	家庭婚姻	妇女	妓女	家庭婚姻
18 复落娼	妓女	妓女	寻常-节义-今	妓女恋爱	妓女	家庭婚姻	妇女	妓女	家庭婚姻
19 庆朋堂	妓女	妓女	寻常-节义-古	妓女恋爱	历史	家庭婚姻	妇女	妓女	家庭婚姻
20 烟花梦	妓女	妓女	寻常-节义-今	妓女恋爱	妓女	家庭婚姻	妇女	妓女	家庭婚姻
21 豹子和尚	水浒	英雄	寻常	英雄	历史	英雄侠义	水浒	水浒	英雄
22 仗义疏财	水浒	英雄	寻常	英雄	历史	英雄侠义	水浒	水浒	英雄
23 义勇辞金	其他	英雄	寻常-节义-古	英雄	历史	英雄侠义	其他	节义	英雄
24 乔断鬼		仙佛-佛教	寻常	妓女恋爱	时事	神仙道化	其他	其他	文人
25 继母大贤	节义	节义	寻常		时事	家庭婚姻	妇女	节义	家庭婚姻
26 团圆梦	节义	节义	寻常-节义-今		时事	家庭婚姻	妇女	节义	家庭婚姻
27 赛娇容	牡丹	牡丹	宫廷-赏花	应时庆贺	节令庆贺	庆赏祝寿	嘉庆	赏花	庆赏
28 牡丹园	牡丹	牡丹	宫廷-赏花	应时庆贺	节令庆贺	庆赏祝寿	嘉庆	赏花	庆赏
29 牡丹品	牡丹	牡丹	宫廷-赏花	应时庆贺	节令庆贺	庆寿祝寿	嘉庆	赏花	庆赏
30 牡丹仙	牡丹	牡丹	宫廷-赏花	应时庆贺	节令庆贺	节令庆贺	嘉庆	赏花	庆赏
31 踏雪寻梅	其他	文人	宫廷-赏花		历史	历史	嘉庆	赏花	文人

注：明周藩原刻本中，"伎""妓"是有区别的——"伎"指的是以歌舞为业的女子，"妓"则是指以卖淫为业的女子。考虑到表3中所列著作的称谓，表3统一用"妓"涵括这两种含义，但在行文中则按照周藩刻本的书写字子以区别。

第三章　道德文化与朱有燉杂剧创作

　　道德是调节社会生活中人和人之间关系的一种特殊的行为规范总和。中国传统的道德文化以儒家的伦理道德文化为主，其创始人孔子以"仁"作为最高的道德境界，将"孝""悌""礼""信"等纳入其中，形成最高的道德学说。而中国传统伦理道德文化内容往往又通过伦理道德规范表现出来。孔子的伦理道德规范涵盖了"仁""孝""悌""忠""信"等内容。孟子继承并发展孔子学说，提出了"仁""义""礼""智"四德说和"五伦"即父子有亲、君臣有义、夫妻有别、长幼有序、朋友有信的伦理原则。董仲舒根据孔子的"君君，臣臣，父父，子子"，提出了"君为臣纲，父为子纲，夫为妻纲"的"三纲"（《春秋繁露》），和仁、义、礼、智、信的"五常"（《举贤良对策》）说。这些道德规范渗透到社会生活的各个方面，成为封建社会的道德纲目。在封建社会，强制的行为规范（法律规范）必不可少，而非强制的行为规范（道德规范、风俗习惯）也同等重要。孔子在《论语·为政第二》曰："道之以政，齐之以刑，民免而无耻；道之以德，齐之以礼，有耻且格。"他所持的"为政以德"观点，强调了道德教化是为政的基础，道德教化比法律手段更能感化人心，而每个社会成员自觉遵守道德规范则是维持社会稳定的基础。因而，中国封建社会统治者历来重视"为政以德"，充分发挥道德文化在统一思想、教化育民方面的作用。明初统治者也不例外，把恢复儒家道德文化的精神权威作为治国方略广泛推行。在明初时代环境的影响下，作为文学艺术的戏曲自然也会带有道德文化的烙印。

　　明初的主流思想、朝廷文化政策及文学风尚在不同程度上带有道德说教的色彩，戏曲发展也深受其影响。在思想文化上，明初帝王极力推崇程朱理学，将其设为官学，并采取强制手段，大力宣扬封建伦理道德和伦理纲常，提倡教化思想，为戏曲创作圈定了范围，定下了基调。朱有燉杂剧中赞颂女性贞节的道德剧显然是受到时代气息的沾染。此外，统治者从明廷政治利益着眼，在法律上颁布一些禁戏政策，提倡"事关风化，劝人为善"的戏曲风教观，通过限制和利用戏曲的方式，达到对社会进行敷陈教化的目的。在文坛上，永乐后期台阁体渐兴，至洪熙、宣德年间大行其道，"传圣贤之道，鸣国家之盛，颂美功德"[①]的文学作品遍布文坛。朱有燉创作的歌颂盛世太平题材的杂剧与当时的时代主旋律应当是契合的。在时代潮流风尚的浸染下，明初戏曲艺术以宣扬忠孝节义教化民心、颂美功德、黼黻承平为主流。朱有燉现存的三十一种杂剧中，纯粹的道德教化剧占八种，可见，在主流思想文化的影响下，朱有燉的杂剧创作自然也蕴含了明初所倡导的道德教化意识。

第一节　理学浸染与崇理倾向

以宣扬孔孟"性与天道之说"（《论语·公冶长》）的宋代理学，从北宋起，经过程颐、周敦颐等人的传播与发扬，至南宋，朱熹成为集大成者。元代时，在统治者的大力推崇下，程朱理学已发展为官学。明初重建华夏大一统的同时，朱元璋以儒治国，将程朱理学设为官学。其实自元末起兵始，朱元璋就有意识地拉拢了一批理学之士，"讲论道德，修明治术，兴起教化，焕乎成一代之宏规"[②]。明初，整个社会的统治思想一时尚未确立。朱元璋意识到，加强对人民思想上的控制比刑罚手段更行之有效。洪武二年（1369），朱元璋发布诏令，明确立学必须遵守的原则：

> 国家明经取士，说经者则以宋儒传注为宗，行文者则以典正实纯为主。今后务颁降《四书五经》《通鉴纲目》《大学衍义》……

---

① 罗宗强：《明代文学思想史》上册，北京：中华书局，2013年，第129页。
②《明史·儒林传》序（卷二百八十二），北京：中华书局，1974年，第1页。

及历代诰律典制等书，课令生徒讲解，若有剽窃异端邪说、炫奇立异者，文虽工，弗录。①

洪武十五年（1382）他又改国子学为国子监，而且多次颁布诏令："一宗朱子之学，令学者非五经、孔孟之书不读，非濂、洛、关、闽之学不讲。"②此外，为了使理学能够深入人心，明初规定科举考试科目，沿袭唐、宋的旧制，但逐渐改变考试的方法，专门选取"四子书"和《周易》《尚书》《诗经》《春秋》《礼记》五经来进行命题考试，形成严格的八股取士制度，"其文略仿宋经义，然代古人语气为之，体用排偶，为之八股，通谓之制义。"③从当时考官命题的方向来看，主要以《四书五经》为蓝本，严格遵循程朱理学的义理。从洪武三年（1370）开始举办科举，中间一度废止十年之久，洪武十七年（1384）重新开科至景泰（1450—1456）期间，科举考试文题也寓有劝善教化的意味，以下列举了此时一些会试的经义文试题：

洪武十八年（1385）乙丑科会试四书文试题：

> 《论语》：天下有道，礼乐征伐自天子出。
>
> 《孟子》：见其礼而知其政，闻其乐而知其德。④

洪武二十一年（1388）戊辰科会试四书文试题：

> 《论语》：君使臣以礼，臣事君以忠。⑤

洪武二十四年（1391）辛未科会试四书文试题：

> 《礼记》：尧舜率天下以仁而民从之。
>
> 《孟子》：及其闻一善言，见一善行，若决江河，沛然莫之能

---

① 佚名：《松下杂钞》卷下，载孙毓修编：《涵芬楼秘笈》第三集，北京：北京图书馆出版社，2000年，据上海商务印书馆 1917 年影印本影印，第三册，第 368 页。

② 陈鼎：《东林列传》，文渊阁《四库全书》本。

③《明史》卷七十《志第四十六》，第 693 页。

④ 仲光军等编：《历代金殿殿试鼎甲朱卷》，石家庄：花山文艺出版社，1995 年，第 121 页。

⑤ 仲光军等编：《历代金殿殿试鼎甲朱卷》，石家庄：花山文艺出版社，1995 年，第 124 页。

御也。①

永乐四年（1406）丙戌科会试四书文试题：

《礼记》：大学之道，在明明德，在亲民，在止于至善。

《论语》：克己复礼为仁。一日克己复礼，天下归仁焉。

《礼记》：致中和，天地位焉，万物育焉。②

永乐十年（1412）壬辰科会试四书文试题：

《礼记》：诗云：邦畿千里，惟民所止。诗云：缗蛮黄鸟，止于丘隅。子曰，于止，知其所止，可以人而不如鸟乎。

《礼记》：天下之达道五，所以行之者三。曰君臣也，父子也，夫妇也，昆弟也，朋友之交也。五者天下之达道也。③

正统元年（1436）丙辰科会试四书文试题：

《礼记》则立，不豫则废。

《论语》克己复礼为仁。一日克己复礼，尧舜率天下以仁，而民从之。

《礼记》凡事豫天下归仁焉。为仁由己，而由人乎哉？④

明初帝王通过科举制度的强化，"使天下之士一尊朱氏为功令"⑤（何乔远《名山藏》卷之八十四《儒林记》上），达到了对天下士子思想的钳制和精神的禁锢，使他们虔诚地皈依理学。程朱理学被尊为圣贤之学，士子谈论的范围无外乎程朱之学，除此之外则属异端邪说，会受到惩处与打压。在朝廷政策的普遍推行下，整个社会都弥漫着浓厚的理学氛围，出现了"家孔孟而户程朱"⑥的局面。

---

① 仲光军等编：《历代金殿殿试鼎甲朱卷》，石家庄：花山文艺出版社，1995 年，第 124 页。
② 仲光军等编：《历代金殿殿试鼎甲朱卷》，石家庄：花山文艺出版社，1995 年，第 135 页。
③ 仲光军等编：《历代金殿殿试鼎甲朱卷》，石家庄：花山文艺出版社，1995 年，第 136 页。
④ 仲光军等编：《历代金殿殿试鼎甲朱卷》，石家庄：花山文艺出版社，1995 年，第 150 页。
⑤ 《续修四库全书·史部·杂史类》，也见《渊鉴类函》第二〇一卷《儒术一》。
⑥ 朱仰东：《朱有燉研究》，济南：山东师范大学博士学位论文，2013 年，第 197 页。

通过靖难之役，明成祖朱棣以武力登基，为了给其登基的合法性和合理性寻找依据以及尽快掌控民众意识，朱棣迫切需要权威理论做指导，而理学的伦理道德恰好迎合其统治的需要。朱元璋大力推行儒学，朱棣同样重视先王之道，认为尊孔重道即可弘扬圣道，劝化人心，平治天下。永乐十二年（1414），成祖朱棣下诏修《四书大全》《五经大全》《性理大全》，摈弃了汉儒之说，而专以程朱传注为主。次年，朱棣亲自为其作序，并颁布天下，此后三部大全也被奉为科举考试的圭臬。朱棣下令编纂三部大全，"非惟备览于经筵，实欲颁布天下。俾人皆由于正路，而学不惑于他歧。家孔孟而户程朱，必获真儒之用；佩道德而服仁义，咸趋圣域之归，顿回太古之淳风，一洗相沿之陋习。"①实际上是借程朱理学统一全国思想，从而达到"家不议政，国不殊俗"②，以此禁锢人们的头脑，达到化治天下的目的。

三部"大全"的编著，标志着程朱理学在明初统治地位的确立。程朱理学的思想被奉为"一道德，同风俗"（《曾子固新序目录》序）的理论指导，代圣贤立言，八股取士，都以此为依据。从中央国子监到地方书院，均以程朱理学思想教授学生。而且明代学校教育达到了前所未有的程度，正如《明史》所载："无地而不设之学，无人而不纳之教"③。读书人若涉猎理学之外的领域，就会遭受斥责。在统治者的极力倡导下，出现了：谈论《诗》《易》，不是朱子传授的道义不敢谈论；谈论《礼》，不是朱子之家倡导的礼法不敢推行；"言不合朱子，率鸣鼓而攻之"④的局面。在朱元璋抬高程朱理学的基础上，朱棣将理学推向了极端，以至于一旦出现违背理学的行为就会受到严惩，"永乐三年，饶州府儒士朱友季著书传，专攻周、程、张、朱，献之朝，上命行人押回原籍，杖遣之，焚其书。"⑤这种残酷的刑罚，确保了理学的权威性，规范了伦理道德，但是束缚了士子的思想，使他们囿于钦

---

① 胡广：《进五经四书性理大全表》，载《明文衡》卷五，文渊阁《四库全书》本。
② 朱熹：《四书章句集注》，上海：中华书局，1983 年，第 36 页。
③《明史》卷六十九《志第六十九》，第 1675 页。
④ 朱彝尊：《曝书亭集·道传录》序，上海：世界书局，2009 年。
⑤ 沈德符：《万历野获编》，北京：中华书局，1959 年，第 633 页。

定的书籍范围内，中规中矩地服从统治者的旨意，缺乏独立思考和创新的能力，学风日渐败坏。正如顾炎武斥责道："八股之害等于焚书，而败坏人材有甚于咸阳之郊所坑者。"① 即使是处在社会底层的普通人也受到程朱理学思想的钳制，统治者一方面利用文学、艺术等形式赞扬各式各样的忠臣孝子和义夫节妇，另一方面又极力鼓吹儒家的"三纲五常"等思想。理学以其强大的辐射力渗透到社会的各个方面。

明初大环境如此，朱有燉生活的小环境同样也充斥着浓厚的理学气息，其杂剧创作自然浸染着理学的思想，出现明显的尚理倾向。

在理学思想的浸染下，"忠诚"成为朱有燉杂剧一个主要的关注点。朱有燉以"忠诚"为主题的杂剧至少有八部，其中七部剧是以有德行的伎女作为主人公，还有一部剧是由义侠好汉做主人公。"忠"在中国古代被赋予了崇高的伦理地位，它是儒家伦理道德的重要范畴。在汉代的《大戴礼记·卫将军文子》中记载了关于孔子"四德"的言论："孔子曰：孝德之始也；弟，德之序也；信，德之厚也；忠，德之正也。参也，中夫四德者矣哉。"这里主要强调了"忠"是"四德"内容之一。孔子的弟子曾子在其《曾子本孝》开篇便道："忠者，其孝之本与！"此外，《孟子·告子上》的"天爵"说提到："仁、义、忠、信，乐善不倦，此天爵也。"天爵指自然爵位，通俗理解即人们与生俱来的道德品性，这就把"忠"与其他三者共同视为构成孟子"天爵"伦理范畴的具体内容。《晋书·儒林外传》载范弘之《与王珣书》中具体阐释了忠孝之德的伦理地位："夫人道所重，莫过君亲，君亲所系，忠孝而已。"此观点强调了人世间最重要的关系就是君与臣、父与子的关系，而忠与孝则是维护它们道德规范的基础。理学诸子对忠的伦理地位也有一些阐述，其中"二程"指出："忠者天理""若无忠信（理），岂复有物乎？"（《二程遗书》卷十一）"忠者天道，恕者人道。……忠者体，恕者用。"（《论语集注·里仁》）朱熹及其弟子也多次引证论述了"忠者天道"等说法，这表明忠在程朱理学伦理体系中占据重要地位。

明初理学被定为一尊之后，忠的伦理地位也受到重视。"理学最重

---

① 顾炎武：《日知录（集释）》卷十六，上海：上海古籍出版社，2006年，第445页。

要的思想主张'存天理'的根本内容就是遵守、坚持和实行诸如君臣、父子、夫妻、兄弟之间的忠、义、孝、爱、悌一类的道德、思想与观念"① 中国传统观念有"忠臣不事二君，烈女不嫁二夫"观点，常常会把妻子对丈夫的忠比作臣子对君主的忠。忠是儒家的五种基本美德之一，是支配君臣关系、维系夫妇关系的重要原则。历代对"忠""忠诚"伦理美德的颂扬不胜枚举，但在明初理学之风的大行其道的背景下，在统治者的灌输下，忠诚思想已经渗透到人们日常生活的各个方面。明代设立旌表制度，大力倡导女子的忠贞，公开表扬捍卫节烈的女子，忠贞烈女成为全国效仿的楷模和家庭荣耀。"台湾学者董家遵从《古今图书集成》中统计出，有明一代，女子因死节载入典册者，数量竟达27141 人，烈妇有8688 人，合计节烈女性的总数为35829 人。"② 这令人触目惊心的数字，还只是明代忠贞节烈女子的部分记载而已。而朱有燉生活的周藩开封，同也不乏这类妇德形象。据顺治年间修纂的《河南通志》卷三十"烈女"条记载节妇数量即达百余人，其中不乏普通百姓，悼恭王妃张氏及为朱有燉相继殉葬的巩氏等人也在列。

朱有燉投入极大的热情为忠贞女子和义侠之士立传，在其所创作的忠诚剧中，女子忠贞于其所爱男子的剧多达七部，除了《团圆梦》是写一个士兵之妻外，其余都是以乐籍伎女作为主人公。此外，《义勇辞金》主要写了臣子对于恩主的忠诚。朱有燉所创作的忠诚剧为我们展示了形形色色的德妇和节烈女形象。《庆朔堂》里的妓女甄月娥对范仲淹一往情深，即使受到范仲淹的猜疑，仍忠贞于他："休道是烟花泼贱贼，莫猜疑，不比寻常门妓。休将人一例窥，有贞烈，有志气，守清白，不滥为。既相逢，称意的，永和谐，鱼共水。"《曲江池》中的李亚仙讨厌自己的卖艺生涯，但她对郑元和的爱是真诚的，即使在郑落魄遭难时，仍忠诚于他，在物质和精神上给予他极大的帮助和鼓励。《李妙清花里悟真如》中的李妙清，丈夫死后为其守寡数十年，日夜坐

① 曹萌：《明初社会思潮与〈三国演义〉尚理倾向》，《黄山学院学报》，2003 年第 4 期，第 84 页。

② 董家遵：《历代节妇烈女的统计》，转引自任达荣主编：《守节、再嫁、缠足其及其他》，西安：陕西人民出版社，1990 年，第 111 页。

禅，最后坐化升天，正如作者所赞："赞叹妙清功行，一生守志修行。虽在花门柳户，不染纤芥污名。寿年八十有四，跏趺端生归程。"《刘盼春志守香囊怨》中的伎女刘盼春，忠贞于丈夫，立志守节，其母逼之接客，则以死殉节。《桃源景》中的桃源景在丈夫李钊儿进京赶考后，一方面不惧恶势力的逼婚坚定地忠诚于丈夫，坚持照顾婆婆；另一方面不惧独自到北方，只为和被贬的丈夫团聚。此外，朱有燉的《团圆梦》和《香囊怨》都讲述了女子为了捍卫自己的忠贞，不惜献出生命。两剧的女主人公坚守着她们的道德信念，恪守妇道，为了捍卫她们对爱情婚姻的忠诚，甘愿以自杀来维护她们的忠贞。她们在社会对节烈、忠贞意识的怂恿裹挟之下，自觉或不自觉地按照程朱理学所要求的原则生活，但最终沦为封建社会的牺牲品。在朱有燉来看来，她们的行为是对理学道德完美的诠释，是崇高的道德模范。他创作这些杂剧主要是为了宣扬理学的伦理道德，教化民众。他在《香囊怨》的引辞中，就有明确阐释：

> 三纲五常之理，在天地间未尝泯绝……近者山东卒伍中，有妇人死于其夫……彼乃良家之子，闺门之教，或所素闻，犹可以为常理。至若构肆之女童，而能死节于其良人，不尤为难耶。[①]

作者认为，在当今社会中，金钱至上，忠诚遭弃，已是常理。如果连风尘女子都能死节于良人，那么对于常人来说，做到忠诚岂不更容易？这段话其实隐含着作者对当时社会风气的不满，以及对重建良好道德风气的期望。朱有燉在戏剧中塑造的这些忠贞女子正是出于这样的道德目的。此外，他的《义勇辞金》主要赞扬了关羽对刘备和汉室的忠诚，更为直接地赞扬了臣对恩主的忠诚这样的美德。正如其引辞所言："予每读史至关羽辞曹操而归刘备，未尝不掩卷三叹，以为云长忠义之诚通于神明、达乎天地焉。……予其行为，作传奇以扬其忠义之大节焉。"

朱有燉在其杂剧中为义侠好汉立传，又塑造了大量忠贞女子的形象，他把封建纲常视为教化民众、移风易俗的工具，主张以曲明道，

①《中国古代杂剧文献辑录》第二册，北京：全国图书馆文献缩微复制中心，2006年，第401页。

将戏曲作为"劝善之词"(《团圆梦》引辞)。其实都是出于宣扬忠义的强烈政治动机,这迎合了当时统治者的政治意志,也是当时社会浓厚崇理风尚的一种反映。

第二节　戏曲风教观与敷陈教化

"教化"一词的详细阐释最早可追溯到《说文解字》,其言:"教,上所施,下所效也""化,行也"。① 王符《潜夫论笺校正》云:"人君之治,莫大于道,莫盛于德,莫美于教,莫神于化,道者所以持之也,德者所以苞之也,教者所以知之也,化者所以致之也。"② 王符所言"教化"涵盖了学校、家庭、社会教育及具有教育作用的政令制度及文化社会风俗。而明初的道德教化范围相对更加狭小,主要侧重宣扬封建伦理道德,如奖励德行、惩戒恶习。正如《汉书·董仲舒传》所云:"夫万民之从利也,如水之走下,不以教化堤防之,不能止也。是故教化立而奸邪皆止者,其堤防坏也。古之王者明于此,是故难免而治天下,莫不以教化为大务。……圣王之继乱世也,扫除其迹而悉去之,复修教化而崇起之。教化已明,习俗已成,子孙循之,行五六百岁未败也。"③ 在明初理学风气炽盛的背景下,在统治者颁布的戏曲政策的影响下,明初戏曲的发展也倾向于以有助于改善社会道德风气、敷陈教化为旨归。

1. 文以明道教化论

一定时代的文学理论对文学创作具有导向作用,这是文学创作的规律。明初帝王假禁令间接提倡劝人为善的教化题材,明初戏曲中的伦理道德意识也随之高涨。"文以明道",文学具有教化人心的功用。这种观点在明初文人的作品中俯拾皆是:

---

① 许慎:《说文解字》,天津:天津古籍出版社,1991年。

② 王符著,汪继培笺、彭铎校正:《潜夫论笺校正·德化第三十三》,北京:中华书局,1985年,第371页。

③ 班固:《汉书》,兰州:兰州大学出版社,2004年,第139页。

　　诗虽先生余事，而明白正大之言，宽裕和平之气，忠厚恻怛
之心，蹈乎仁义而辅乎世教，皆其所存所由者之发也。昔朱子论
诗必本乎性情言行，以极乎修齐治平之道，诗道其大矣哉！①

　　明道之谓文，立教之为文，可以辅俗化民之谓文。斯文也，
果谁之文也，非圣贤之文也？圣贤之道充乎其中，著乎外，形乎
言，不求其成文而文生焉者也。②

虽然这些言论是针对诗文提出的创作原则，但不难看出"文以明道"
观念已经渗透到文学创作中，其对戏曲创作潜移默化的影响也在情理
之中。通过文学来移风易俗达到辅俗化民的目的，其实早在先秦时，
这种传统思想已露端倪。正如《论语·阳货》所云："诗可以兴，可以
观，可以群，可以怨，迩之事亲，远之侍君，多识于鸟兽草木之名。"③
此观点从伦理道德层面，阐述了"诗"可以教育人"事亲""侍君"。
而《毛诗》序对诗的教化功能总结更为详细："治世之音安以乐，其政
和；乱世之音怨以怒，其政乖；亡国之音哀以思，其民困。故正得失，
动天地，感鬼神，莫近于诗。先王以是经夫妇，成孝敬，厚人伦，美
教化，移风俗。"诗的这种社会作用实际上是基于儒家伦理道德的教化
传统。文学具有教化世人的作用，这也成为以后历朝文人的共识。

　　唐代的柳宗元在《柳河东集》中提到："然圣人之言，期以明道，
学者务求诸道而遗其辞。辞之传于世者，必由于书。道假辞而明，辞
假书而传，要之，之道而已耳。道之及，及乎物而已耳。斯取道之内
者也。"④

　　纵观上述文士学者们所倡导的"文以明道""文以载道"，其中
"道"指的就是儒家的伦理道德体系。元代初年，杂剧成熟，以宣扬传
统伦理道德为主的杂剧大为盛行。对于元曲四大家的杂剧创作，周德

---

① 杨士奇著，刘伯涵、朱海点校：《东里文集》卷四《胡延平诗》序，北京：中华书局，1998
年，第46页。

② 宋濂著，罗丹霞编：《宋濂全集·芝园续集》卷六，杭州：浙江古籍出版社，1999年，
第1568页。

③ 杨伯峻译注：《论语译注》，北京：中华书局，2010年，第180页。

④ 柳宗元：《柳河东集》卷三十四《报崔黯秀才论为文书》，北京：中华书局，1960年，第
550页。

清曾评论道："观其所述，曰忠曰孝，有补于世。"①

　　而在戏曲创作理论上，这种教化意识在元末已露端倪。杨维桢在《沈氏今乐府》序中，强调杂剧传奇具有"使痴儿女知有古今美恶成败之劝惩"②的作用。此外，夏庭芝《青楼集志》也认为，杂剧具有教化功能。"可以厚人伦，美风化。又非唐之'传奇'，宋之'戏文'，金之'院本'，所可同日而语。"③在这篇序中，夏庭芝以儒家的君臣、母子、夫妇、兄弟、朋友的伦常关系论述了杂剧相较于院本的进步性，认为戏曲可以起到敷陈教化、移风易俗的功效，而院本仅追求"谑浪调笑"。高明《琵琶记》更是强化了戏曲的教化意义：

　　　　正是不关风化体，纵好也徒然。传奇，乐人易，动人难。知音君子，这般另作眼儿看。休论插科打诨，也不寻宫数调，只看子孝共妻贤。正是骅骝方独步，万马敢争先。④

高明强调戏曲创作应当以彰显孝子贤妻、人伦规范、忠贞操守等道德为旨归，以求感化人心，重视戏曲教化的实际内容及效果，轻视戏曲创作中的插科打诨、寻宫数调等娱乐性内容。

　　元代教化剧演出也是颇为盛大，据李存《俟庵集》载：

　　　　萧居钱塘，人为俳优，日聚观至数百人，或千人。其传为慈孝、为节义事者，长幼无不慷慨长叹，至流涕，或恸哭不能终观。⑤

由此可见，以三纲五常、忠孝节义为主题的杂剧，在元代戏剧舞台上不断地被搬演。到了明代，在朝廷律令的推波助澜下，这种意识得到

---

　　① 周德清：《中原音韵》，载中国戏曲研究院编：《中国古典戏曲论著集成（一）》，北京：中国戏剧出版社，1959年，第175页。

　　② 俞为民、孙蓉蓉编：《历代曲话汇编·新编中国古典戏曲论著集成·唐宋元编》，合肥：黄山书社，2006年，第425页。

　　③ "院本"大率不过谑浪调笑，"杂剧"则不然；君臣如《伊尹扶汤》《比干剖腹》，母子如《伯瑜泣杖》《剪发待宾》……皆可以厚人伦，美风化。又非唐之"传奇"，宋之"戏文"，金之"院本"，所可同日而语矣。——《青楼集》校对，载中国戏曲研究院编：《中国古典戏曲论著集成（二）》，北京：中国戏剧出版社，1959年，第7页。

　　④ 高明：《琵琶记》第一出，北京：中华书局，1958年，第1页。

　　⑤ 李存：《俟庵集》卷十二，载文渊阁《四库全书》集部五。

极大地强化。明初戏曲基本承袭元杂剧创作风格，加之"明初统治阶级利用戏曲浅显、世俗、直观的艺术特性，进行伦理教育的需要"。① 因此，明初戏曲充斥着敷陈教化的伦理道德内容，这既是元代以来戏曲创作的惯性，也体现明初统治者的政治意志。

明初"文以明道"论虽然与元末戏曲风教观有一定区别，"明道之道是对于知识阶层精英分子的德行要求，而戏曲俗文学之敷陈教化则是面对普通百姓发出的德行要求"②，但二者都强调了文学具有教化世人的功用。宋濂对"文以明道"的阐释："明道之谓文，立教之为文，可以辅俗化民之谓文。"③ 强调文除了要明道、立教还要辅俗化民。在主流文学思潮"文以明道"观的引领下，作为有益于移风易俗和有补世教的戏曲自然也就化身为统治者统一民众思想的工具。

2. 洪武时期以演剧为声教

明代的帝王大都喜好戏剧。"明代十六帝，除英宗外，大抵皆喜好戏曲，其中太祖、成祖律令促使中国戏曲但能'寓教于乐'，宣宗禁歌妓开'变童妆旦'的风气……。"④ "太祖起自布衣，体内流的是庶民的血液，而戏剧的对象是以广大的庶民为基础的。"⑤ 太祖的布衣出身，僧侣经历，使得他对戏剧这种民间俗文学更易于接受。明成祖朱棣也爱好戏剧，自亲王时期便在藩府宠遇文人剧作家。据《录鬼簿续编》记载：

> 汤舜民，文皇帝在燕邸时宠遇甚厚，永乐间恩赉常及。
>
> 杨景贤，永乐初与舜民一般遇宠。
>
> 贾仲名，尝传文皇帝与燕邸，甚宠爱之。每有宴会应制之作，无不称赏。⑥

① 谭帆、陆炜：《中国古典戏剧史论》，上海：华东师范大学出版社，2005 年，第 282 页。

② 陆方龙：《朱有燉杂剧及相关问题研究》，台北：台湾大学硕士学位论文，2008 年，第106 页。

③ 宋濂：《文说赠王生黼》，详见蔡景康编选：《中国历代文论选·明代文论选》，北京：人民文学出版社，1993 年，第 19 页。

④ 曾永义：《明代帝王与戏曲》，《台湾大学文史哲学报》第 40 期，1993 年。

⑤ 曾永义：《明杂剧概论》，台北：学海出社，1979 年，第 4 页。

⑥ 王刚：《校订录鬼簿三种》，郑州：中州古籍出版社，1991 年，第 173、174、180 页。

所谓"上之所好，民必甚焉"（《管子·法法》）。帝王对民间曲艺的爱好，结合制度上的制礼作乐的国家仪典，随着诸王分封各地而散入民间，极大地推动了乐舞戏曲的发展。除此之外，朱元璋还设置教坊、钟鼓二司等演剧机构，又建富乐院、十六楼等供倡优居住并招揽商客，种种举措均有利于戏曲的发展。

而帝王对戏曲的爱好也不是纯粹的，为了统一藩王和民众的思想，统治者更多注意到的是其感化人心的作用。洪武初年，朱元璋实行了分封同姓王的宗藩制度，其显然是为了巩固国家的根基，维护专制统治和安定民生。但到了洪武后期，如何去教导并控制藩王，成了一个非常棘手的问题。本身对戏曲十分爱好的朱元璋，想通过具有教育效果的文艺形式，使诸王能安分守己，不干预中央政权。自明太祖开始，"洪武初年，亲王之国，必以词曲一千七百本赐之"。① 朱元璋"广发词曲与藩王，无非想利用词曲腐化藩王的政治欲望，使其安心享乐，不至于同室操戈。"② 显然这是符合当时的政治环境。明初帝王通过的一系列法令政策以及言传身教，或强制，或潜移默化地将对戏曲的爱好传导给子孙。文献显示，帝王不仅赐之以戏，同时还以乐户赐之，"昔太祖封建诸王，其仪制服用具有定制。乐工二十七户，原就各王境内拨赐，便于供应。今诸王未有乐户者，如例赐之有者。仍旧不足者，补之"。③ 对当时流行的南戏名作《琵琶记》，朱元璋亦是赞不绝口，称其"如山珍海错，富贵家不可无"④。他以帝王之尊，向人们推荐这部作品，正是出于戏曲可以教人向善、可以移风易俗的目的。但作为一国之君，明初帝王对戏曲的搬演又有种种限制，他们以法律的手段将戏曲创作圈定在一定的题材范围内，并不允许逾越，这就限制了戏曲创作的自由，以禁锢的手段实现戏曲教化的目的。

洪武六年（1373），朝廷明确规定了戏曲的创作范围：

---

① 李开先：《张小山小令后》序，载《李开先集》，北京：中华书局，1959 年，第 370 页。

② 高志忠：《明代宦官文学与宫廷文艺》，北京：商务印书馆，2012 年，第 89 页。

③《万历野获编》卷一，北京：文化艺术出版社，1998 年，第 18 页。

④ 徐渭：《南词叙录》，载中国戏曲研究院编：《中国古典戏曲论著集成（三）》，北京：中国戏剧出版社，1959 年，第 240 页。

壬午，诏礼部申禁教坊司及天下乐人，毋得以古先圣帝明王
忠臣义士为优戏，违者罪之。①

这是禁戏的第一项命令，到了洪武二十二年（1389）这项禁令更定为
《大明律》中《刑律·杂犯》中的"搬做杂剧"条。对于禁戏的范围、
演出的内容进行了更加严格的限定，处罚的力度也加大了。

《大明律集解附例》对此进行更详细的解释：

盖历代帝王后妃、忠臣烈士、先圣先贤之神像，乃官民之所
瞻仰，而以之搬做杂剧，亵慢甚矣！故其乐人与官民，容令妆扮
者各杖一百。其神仙道扮、及义父节妇、孝子顺孙，事关风化，
可劝人为善者，听其妆扮搬做，不在杖一百禁限内。②

很显然，在朝廷律令的严密控制下，"亵慢帝王"的戏曲演出被明文禁
止，而具有劝诫人心、移风易俗作用的戏曲作品则在官方的倡导下盛
行于世。由此，我们也不难理解为何明初戏曲充斥着神仙与节义的题
材。朱权《太和正音谱》提到："杂剧十二科"，即"以神仙道化剧居
首，而隐居乐道次之，忠臣烈士、逐臣孤子又次之，终之以神佛、烟
花粉黛。"③因此，在朝廷律令的限制下，于人心风教有激励劝诫之功
的戏曲则成为明初风气之下标举的文艺典范。

在明初演剧环境及相关戏曲政策的影响下，朱有燉必然也要在朝
廷颁布的演剧律令制度的规约内进行创作，其杂剧取材方向、题材范
围、思想意识等方面无疑受到了比较严格的限制，他的剧作不乏道德
说教的内容，如杂剧引辞、序言常常提及"世教""行操"等词语，《悟
真如》引辞称赞李妙清"孀居守志，不污其行""于风教岂无少补哉？"
《义勇辞金》引辞直接表明作剧目的在于"扬其忠义之大节义焉"；《香
囊怨》引辞中提到"三纲五常之理，在天地间未尝泯绝。惟人之物欲

---

① 《明实录·明太祖实录》卷七十九，第 1440 页。
② 郑继芳等订正，洪启睿等校：《大明律集解附例》卷二六《杂犯》，万历三十八年（1610）
刻本。
③ 姚品文：《太和正音谱笺评》，北京：中华书局，2010 年，第 38 页。

交蔽，昧夫天理，故不能咸守此道也"；《烟花梦》《团圆梦》则都赞扬了"志行忠烈""节义俱全"的德妇，歌颂了女性的贞节。朱有燉的杂剧就其内容来看，多是事关风化、劝人为善的题材，而其创作有着明显的教化目的。由此可知，在明初的政治环境中，朱有燉的杂剧创作观念与那时的戏曲风教观大体契合。

3. 永乐时期以演剧咏太平

明成祖继位后，对于搬做戏文杂剧又追加了更为严厉的禁令。永乐九年（1411）七月初一日，刑科都给事中曹润等启奏：

> 今后人民倡优装扮杂剧……但有亵渎帝王圣贤之词曲、驾头杂剧，非律所该载者，敢有收藏传诵、印卖，一时挈送法司究治……这等词曲，出榜后，限他五日，都要干净将赴官烧毁，敢有收藏，全家杀了。①

这些严酷的措施更加限定了戏曲的主题思想、题材内容等，显然只有颂美颂德，歌咏太平及赞扬义夫节妇的戏曲才被提倡。较之原来更甚的是，不仅不能扮演，连收藏传诵、印刷买卖也不可以。刑责也更加残酷，对于违令者，从原先"杖一百"加重至"杀全家"。这些禁令非常有效，民间不敢扮演、印刷、收藏违禁作品，作家自然也不敢创作违禁作品，文人的作品只能囿于狭小的范围之内，创作自由受到极大限制。

经过洪武永乐两朝的努力，明代社会到了永乐年间，政治趋向稳定、经济迎来繁荣。适应时代的要求，文学创作除了继续宣扬伦理道德说教，粉饰太平、歌功颂德的倾向也越发明显。李梦阳《熊士选诗》序谈到明朝前期的太平景象时说道：

> 是时国家承平百三十年余矣。治体宽裕，生养繁殖，斧斤穷于深谷，马牛遍满阡陌。……是时海内无盗贼干戈之警，百官委蛇于公朝，入则振佩，出则鸣珂，进退理乱不婴于心。②

朱有燉杂剧大都作于永乐至正统年间，在太平盛世的感召下，他的杂

---

① 顾起元：《客座赘语》卷十"国初榜文"条，北京：中华书局，1987年，第347-348页。
② 李梦阳：《空同集》卷五十，上海：上海古籍出版社，1991年，第478页。

剧也不乏歌功颂德之作，其作品《得驺虞》《牡丹品》《蟠桃会》等剧充满着喜气洋洋、欢乐祥和的戏剧氛围，这正是对太平盛世的礼赞。

第三节　台阁风尚与歌咏太平

在相当程度上，明初诗文在某些观念及风气上与戏曲发展的趋势是相契合的。在明永乐至弘治、正德一百余年间，占主流地位的文学是台阁文学。台阁文学早期主要以"三杨"为代表，"三杨"分别指杨士奇、杨荣和杨溥。然而，台阁文学的发端并非始于三人，而是被称为开国文宗的宋濂，宋濂直接影响了台阁文学的形成。永乐后期至正统年间，在"三杨"的推动下，台阁文学渐成气候，蔚为大观。台阁文学盛行之时，也是朱有燉杂剧作品创作颇丰的时期。朱有燉一定会受到台阁风尚的影响，台湾学者陆方龙在《朱有燉杂剧及其相关问题研究》中说："台阁体兴于永乐而衰于正统，台阁体的代表人物'三杨'均于正统年间陆续凋零谢世，而朱有燉的杂剧创作自永乐二年始至正统四年薨殁为止，其创作年代正与台阁之风行完全重叠；其二是朱有燉与台阁体作者李昌祺有一定程度的往来，且有诗与散曲之作传世（见任遵时之考述）。"[1] 在适逢台阁文学风行于世的时代背景下，朱有燉杂剧创作也不免沾染时代气息，表现出歌咏太平、颂美功德的主流风尚。

所谓"台阁文风"，笔者倾向于罗宗强先生的观点，即："以服务于政教、宣传程朱理学思想观念为目的，主要特点是传圣贤之道，鸣国家之盛，颂美功德，发为治世之音。风格追求和平温厚，要求表现性情之正。"[2] 主要强调诗文创作一方面要传圣贤之道，鸣国家之盛，另一方面又要辅俗化民，有补于世教。这在台阁文人的诗文中多有论述。作为台阁体领袖的杨士奇，在"三杨"之中诗歌作品最多，且最能够表现台阁体的风尚。他的应制颂圣之作如《赐游东苑》组诗共九

---

[1] 陆方龙：《朱有燉杂剧及其相关问题研究》，台北：台湾大学硕士学位论文，2008 年，第108 页。

[2] 罗宗强：《明代文学思想史》上册，北京：中华书局，2013 年，第 129 页。

首，在描绘东苑美景的同时，也不忘颂美盛世，鸣国家之盛。现以其中两首为代表：

> 翼翼圆亭，法象上玄。至朴不斫，适于自然。帝时端居，游思太极。茅茨土阶，允配尧德。(《圆亭》)
>
> 浞浞澄渠，天汉其宗。凝如碧玉，衍如翠虹。发循宸居，流润下土。惟帝德施，周于天下。(《翠渠》)①

再者，杨荣也主张诗文鸣国家之盛，其《省愆集》序写道：

> 自洪武迄今，鸿儒硕彦彬彬济济，相与咏歌太平之盛者，后先相望。②

在这样一种创作理念及馆阁文臣心态的支配下，作为皇帝文学侍从的台阁作家的作品多是一些粉饰太平，颂美功德，歌咏太平之作，呈现出典雅正大的风格。他们自觉追求这种风格，如《倪文僖集原》序所言：

> 文一也，而所施异地，故体裁亦随之。馆阁之文，铺典章，裨道化，其体盖典则正大，明而不晦，达而不滞，而惟适于用。山林之文尚志节，达声利，其体则清矍奇峻，涤成剗冗，以成一家之论。二者固皆天下所不可无，而要及其有不能合者。③

这段话明确表明了台阁体主张"铺典章，裨道化"，追求宏大流畅、典雅规整为诗文的宗旨。他们提倡诗文服务于政治，可以有助于政教，并发为治世之音。

杨士奇多次论及诗文应当有益于政教，如《胡延平》序：

> 诗虽先生余事，而明白正大之音，宽裕和平之气，忠厚恻怛之心，蹈乎仁义而辅乎世教，皆其所存所由者之发也。昔朱子论诗必本于性情言行，以极乎修齐治平之道，诗道其大哉。④

---

① 杨士奇：《东里诗集》卷一，文渊阁《四库全书》本。
② 杨荣：《省愆集》序，载《文敏集》卷十一，文渊阁《四库全书》本。
③ 倪谦：《倪文僖集》，文渊阁《四库全书》本。
④ 杨士奇：《东里文集》卷四，北京：中华书局，1998年，第46页。

魏骥（1374—1471）将鸣国家之盛、歌咏太平作为文人雅士的职责，并希望诗文可以补于世教，垂诫后人：

> 一代之兴，必有一代之文章。故士之文章，其有崇言政论，华国体而观风教，足以范后人者，则不可不传也。洪惟圣朝自兴运以来，士以文章自任，力追古作以鸣一代之盛，而不忝于宣金石、昭汉简者，屡有其人焉。①

黄福在《杨大理文集》序中也提到："文章在天地间不可一日而不存也。文章存则道存，文章熄则道熄。"② 视文与道为一体。

在当时备受推崇的陈敬宗，他也反复论及文章的政教之用。他在《大司马孙公文集》序论到："夫文章与政事相资，文非政事则无以著其实；政事非文，则无以传诸后"③，他将文章和政事完全等同起来。台阁体在永乐、宣德、正统年间风靡一时，台阁文学弥漫朝野。没有文献记载朱有燉和台阁文臣之间有密切交往，但作为皇室贵族，朱有燉也不能完全疏离于台阁文学风尚之外。在文学有益于政教、文道统一思潮的影响之下，朱有燉杂剧便有了"载道"的重要功能，其创作意图及创作心态与台阁文学作家存有一致性。台湾学者陆方龙《朱有燉曲作曲论中之戏曲史与戏曲观》一文指出：台阁文学对帝王美好盛德的歌颂与朱有燉借杂剧歌咏太平、礼赞圣朝之间，虽然二者在文学体裁、写作背景上存在迥然不同的差异，但是他们的创作实践，与"铺典章，裨道化，其体盖典则正大，明而不晦，达而不滞"④的理念，或者都可以看作对时代风尚的反映。虽然不像馆阁文臣囿于身份的限制，需要歌功颂德，争取君主的恩宠。但在时代风尚影响下，歌咏太平盛世，利用戏曲辅俗化民，自然也成为其戏曲创作的核心。如《牡丹品》第一折所赞颂的："承蒙恩惠，藩府安康，内外安宁，季节和年成丰收，天下太平。正当安享清闲之福，以乐和盛世。"《丹牡仙》中邵尧夫借

---

① 魏骥：《陈祭酒文集》序，载《南斋先生魏文靖功摘稿》卷五，济南：齐鲁书社 1997 年。
② 黄福：《黄忠宣公文集》卷二，载《四库全书存目丛书》集部第 27 册。
③ 陈敬宗：《澹然先生文集》卷四，载《四库全书存目丛书》集部第 29 册。
④ 陆方龙：《朱有燉曲作曲论中之戏曲史与戏曲观》，《戏曲研究》，2008 年，第 77 辑，第 78- 114 页。

富丽妖娆的牡丹赞颂太平盛世：

> 若论牡丹本是草木之中，富丽妖艳之一物，有何珍重，只为
> 不因太平之时，风调雨顺，国家安乐，怎的培养的花木至此丰盛？
> 怎得如此欢乐玩赏？一者天下太平；二者风调雨顺；三者国家安
> 宁；四者主人家，多喜事。如此看了，赏牡丹，乃实见太平治世，
> 有关于风化也。①

还有《仙官庆会》剧末散场【柳叶儿】曲文的颂美盛德："立纲常道德
把儒风振，承佳运感皇恩，乐尧年万载千春。"

再者《得驺虞》通过献瑞兽的庆赏活动，也颂美了帝王统治下的
太平盛世，其小引曰："予因暇日，特以时曲，用其俗乐，概括诗词之
意，编作传奇，使人歌之，以赞扬太平之盛事于万一耳。"②

这些剧作赞美太平盛世，称颂皇帝恩泽，歌咏圣贤之道，气势恢
宏、典雅华贵，除体裁形式与台阁体不同外，二者在价值导向上是殊
途同归的，都主张文学应有益于政教，有益于治道，文学要成为太平
之瑞，治世之音。朱有燉的杂剧在某种程度上与台阁文风有着契合之
处，其杂剧可以说是台阁风尚在戏曲领域的延伸。

---

① 朱有燉：《牡丹仙》，载吴梅：《奢摩他室曲丛》二集，上海：商务印书馆，1928 年。
② 朱有燉：《得驺虞》引辞，载吴梅：《奢摩他室曲丛》二集，上海：商务印书馆，1928 年。

第四章　民间文化与朱有燉杂剧创作

　　朱有燉虽贵为藩王，但并未因此而远离世俗，其杂剧中留有浓厚的民间文化的痕迹。所谓"民间文化"，主要"是指一般社会大众，特别是乡民或俗民所代表的生活文化。"[①] 作为历史上八大古都之一的开封享有"风物绍丽，人文荟美，斯其时匪他郡所能比肩"[②]的美誉。北宋时，东京开封是当时世界上第一大城市，到了明代，开封则成为当时重要的政治经济中心，也是明王朝的文学重镇。开封文学的异常繁荣与开封自古所具备的地域优势和文化土壤密不可分。法国艺术史家丹纳认为："总是环境，特别是风俗习惯与时代精神，对艺术品的种类起决定作用；环境只会接受与它一致的品种但会设置重重障碍和不断的攻击，阻止其他品种发展。"[③]自洪武十四年（1381）三岁的朱有燉随父到开封，此后他在开封度过了他的大半生。生活在具有悠久曲艺史的开封城内，身为藩王的朱有燉，"他呼吸开封之气，享受开封之物，交往开封之人，一举一动无不受到开封浓郁文化气氛的熏陶，这对他从事并坚持杂剧创作具有十分重要的作用。"[④]

第一节　开封传统文化对朱有燉的影响

　　周藩所在地开封，具有浓郁的历史文化气息。自夏之老丘，经战

---

　　① 李亦园：《人类的视野》，上海：上海文艺出版社，1996年，第143页。
　　② 管竭忠修：《开封府志·开封府志》旧序，清康熙三十四年（1695）。
　　③ 丹纳著，傅雷译：《艺术哲学》，合肥：安徽文艺出版社，1998年，第77页。
　　④ 李恒义：《朱有燉及其杂剧》，开封：河南大学硕士学位论文，1987年，第18-19页。

国魏，五代的后梁、后晋、后汉、后周，北宋及金代后期的都城，共有八个朝代在此建都立国，故有"八朝古都"之称。作为都城时期的开封无疑在政治、经济、军事、文化上都达到鼎盛，自然也就成为了当时最为繁华的城市。长期生活在古都开封的朱有燉，虽贵为藩王，但他欣赏着开封之物，交往着开封之人，感受着开封之文化，其杂剧创作自然会受到开封浓郁的民间文化氛围的熏陶。

一、丰富多彩的传统民俗活动

自宋代以来，随着经济的发展，开封的民间文化也异常繁荣。孟元老《东京梦华录》卷五"京瓦伎艺"条，详细记载了北宋时期京城各类艺人的诸色娱乐活动，这些活动极大丰富了开封的城市生活。该书卷二，还列举了当时开封五十余座有影响力的勾栏，众多的民间艺人多汇集于此，演出盛况颇为壮观，吸引了大量观众。除了在瓦舍勾栏演出，还有一年中民俗节日的丰富多彩的庆典活动。该书卷六记录了当时热闹宏大的元宵节演出场景：

> 奇术异能，歌舞百戏，鳞鳞相切，乐声嘈杂十余里。击丸蹴鞠，踏索上竿。赵野人，倒吃冷淘。张九哥，吞铁剑……杂剧……更有猴呈百戏，鱼跳龙门，使唤蜂蝶，追呼蝼蚁。其余卖药卖卦，沙书地谜，奇巧百端，日新耳目。①

此外，开封城内的祭祀活动也是声势浩大，六月六日崔府君（宋代民间所敬之神）生日，朝廷不仅会制造出各种游戏娱乐用品，如球杖、弹弓、捕鸟工具、马鞍、辔头等放置到庙中，此外还会在祠庙前设置乐棚，由教坊司和军队演奏音乐，还穿插歌舞和杂剧演出。宫廷各部门以及各行各业的百姓都前来参拜上香，从早到晚都有精彩的演出：如上竿、趯弄、跳索、相扑、鼓板小唱、斗鸡、说诨话……各类表演应有尽有，到傍晚也表演不尽。

---

① 孟元老撰，王永宽注译：《东京梦华录》卷六《元宵》，郑州：中州古籍出版社，2010年，第106-107页。

诸色技艺交相辉映，令人眼花缭乱。在这样一种宫廷内外、君民纵情庆祝的文化环境下，丰富的民俗和诸色技艺活动也随之发展壮大。与此同时，这些形形色色的民俗活动也繁荣了开封文化，使其居于全国中心地位，"圣朝祖宗开国，就都于汴，而风雅典礼，四方皆仰之为师"。①开封汇集并融合了各种文化，不仅保存了绚丽多彩的文化艺术，还吐故纳新，孕育出新的文学艺术形式。及至朱有燉生活的明初，历经数朝礼乐积淀之后的开封已经具备了丰厚的民间文化底蕴，具有其他城市无可比拟的优越性。在《如梦录》"节令礼仪纪第十"中，作者即详细记载了明代初期开封节日期间诸多娱乐活动的情景：

> 年时，有天地神棚、家堂神圣、供奉祖先门神、春联、黄钱、吊钱、百事大吉、钟馗、富灰、挡众木、千斤石……
>
> 正旦，国王率领诸王、宗族、仪宾、文武官员，于承运门拜万岁牌。礼毕，转存信殿受朝，朝毕赐宴。
>
> 初九日以后，俱赴上方寺……畅饮讴歌、打谜、猜枚、行令、拆牌道字、顶针续麻，丝竹管弦声盈耳。
>
> 至十五日，上元佳节，又名元宵节，周府菜园内，扎架鳌山，高结彩棚，遍张奇巧花灯，不啻万盏……是夕，丝弦竞奏、舞旋、扮戏、吊对倒喇、胡乐，热闹非凡。又，烟火架上，安设极巧故事，纵放走线兔子，有火盏、火伞、火马、火盆、炮打襄阳、五龙取水、牌坊等名，花炮声震耳。
>
> 诸王府、乡绅家俱放花灯，宴饮。各家共有大梨园七八十班，小吹打三十班，各街道庙宇俱有灯棚，各家俱放花灯，门前点门灯，争放花炮。

从《东京梦华录》到《如梦录》，大量现存的笔记文献显示，自宋至明初，这种节庆习俗一直延续下来，无论是在演出内容还是演出形式上，明初与宋时相差甚小，这说明文化传承的迹象并未中断，这也为朱有燉汲取开封文化提供了有利条件。周王生活在如此丰富多彩的

---

① 孟元老：《都城纪胜》序，北京：中国商业出版社，1982年，第1页。

民俗氛围中，无疑受到了深刻的熏染，正如《如梦录》提到："诸王府、乡绅家俱放花灯，宴饮。各家共有大梨园七八十班，小吹打二三十班，各街庙宇俱有灯棚，各家俱放花灯。"① 在这样与民同乐的节日氛围下，周藩府及朱有燉又岂能免俗？朱有燉杂剧中经常会出现鼓腹讴歌、毛女翩翩起舞等情节，这与《如梦录》所载的"每巷口三炮，庄农、毛女、百二十行，扮作各色杂剧"的民俗活动有异曲同工之妙，这不能说是巧合。朱有燉虽贵为藩王，但他并没有局限于皇宫园囿。开封丰富悠久的民间文化底蕴，使得朱有燉创作受到了潜移默化的影响。

二、传统节日习俗

生活在文化繁荣的古都开封，朱有燉也十分关注民间习俗，这在他的诗文、杂剧中都有体现。他曾作一首元宵节的诗："明月上元夜，华灯照绮罗。霞觞浮绿蚁，云髻舞金蛾。景逐年光转，人随春意和。太平天下乐，达曙听笙歌。"② 朱有燉的杂剧《辰钩月》作于永乐二年（1404）中秋前后。中秋节，时在农历八月十五，正值三秋之半，故名"中秋"。民间节俗以阖家团圆、赏月、吃月饼等为主，借圆月寓丰收、团圆之意。中秋在周代已有雏形。《周礼》云："中春，昼击土鼓，吹《豳》诗，以逆暑；中秋夜迎寒，亦如此。"《礼记》云："天子春朝日，秋夕月，朝日以朝，夕月以夕。"由此可见，迎寒和祭月已成为当时过中秋的习俗。直到晋代，才出现国人赏月之举，但还不普遍。从宋代开始，"中秋"与"节"字相连，定八月十五为中秋节。不同时代庆贺中秋节的形式也不尽相同。12 世纪初，北宋汴梁欢度中秋节情景："中秋夜，贵家结饰台榭，民斗争占酒楼玩月。丝篁鼎沸，近内廷居民，夜深遥闻笙竽之声，宛若云外。闾里儿童，连宵嬉戏。夜市骈阗，至于通晓。"③ 再者《梦梁录》提到中秋习俗："王孙公子，富家巨室，莫不登危楼，临轩玩月。铺席之家，亦登小小月台，安排家宴，团圆子

---

① 孔宪易校注：《如梦录》，郑州：中州古籍出版社，1984 年，第 87-89 页。

② 朱有燉著，朱仰东笺注：《诚斋录》，北京：中国文联出版社，2016 年，第 94 页。

③ 孟元老撰，王永宽注译：《东京梦华录》，郑州：中州古籍出版社，2010 年，第 158 页。

女，以酬佳节。"[1] 而明代开封的中秋节则是："至八月十五日中秋佳节，祭月光，家家虔设清供月饼、西瓜、菜肴……妇女赏月，观星，朝天礼拜，焚化金钱、宝马、楮信凡仪，祈恳年年此日双清。"[2] 由此，吃团圆宴、庆团圆也逐渐成为中秋节的主要习俗。朱有燉的《辰钩月》可能是为庆祝中秋节而作，当时正是朱有燉及其亲属流放回来一年之后，他创作此剧很可能是借用民俗活动庆中秋寄托团圆的寓意，庆贺他们全家的再次团聚。人月团圆，往往是人们拜月时寄托的美好理想。

中秋节除了赏月、赠送月饼、踏歌等民俗活动，在民间，嫦娥俨然已成为中秋节的节日偶像被推崇。在民间，嫦娥的形象不断地被神化。《山海经》卷十六《大荒西经》："有女子方浴月。帝俊妻常羲，生月十二，此始浴之。"常羲即嫦娥。从月中嫦娥的神话可以看出，在母系社会中，名为月的女酋长，被视为与月一体。汉代以后又出现了嫦娥奔月的故事。而朱有燉的《辰钩月》显然是替嫦娥遭污而鸣不平，他在《辰钩月》引辞中道：

> 世人常以鬼神为戏言，或驰骋于文章，以为传记者，予每病诟其之甚也。夫后土地祇、上元夫人、河洛之英、太阳之神，若此者不一，是皆天地之间，至精至灵正直之气，安可诬以荒淫，配之伉俪，播于人耳，声于笔舌间也？……遂沘笔抽思，亦制《辰钩月》传奇一本，使付之歌喉，为风月解嘲焉。[3]

朱有燉认为嫦娥在民间被奉若神灵，是不可以随意亵渎的。吴昌龄的《辰钩月》以取乐太阳神为趣，显然不被朱有燉认可。吴梅《辰钩月》跋评曰："嫦娥受屈，须诉诸天师。细思殊可温噱。然由此观之，'名节'二字，虽天上亦复郑重。益笑《周秦行纪》之无谓矣。"嫦娥就如同那些历代的帝王后妃、忠臣烈士、先圣先贤之神像一样，受到万民敬仰而不容亵污。朱有燉为嫦娥平反，可能是出于嫦娥形象在民间被当作月亮女神一样被膜拜，神明不可以被任意亵慢、侮辱。

---

① 吴自牧：《梦粱录》卷四，载《丛书集成初编》. 上海：商务印书馆，1939 年，第 34 页。
② 孔宪易校注：《如梦录》，郑州：中州古籍出版社，1984 年，第 90 页。
③ 朱有燉：《辰钩月》引辞，载吴梅：《奢摩他室曲丛》二集，上海：商务印书馆，1928 年。

三、民间舞狮

　　狮子舞，也是一种常见的民俗活动，其又称为"狮舞""狮子灯""舞狮子"等，它是由中亚传入中国的，其最早可追溯到《汉书》中对"象人"的注解。至北魏《洛阳伽蓝记》载："长秋寺……作六牙白象负释迦在虚空中。庄严佛事，悉用金玉，做工之异，难可具陈。四月四日，此像常出，辟邪狮子导引其前。"[①] 而此时狮子舞出现在佛事表演活动中。隋唐以来，关于狮子舞的记载已经相当丰富。杜佑《通典·乐典》"坐立部伎"条记载了西南夷各国的狮子舞：五狮子各依照其颜色，一百四十人歌太平乐，"舞抃以从之，服饰皆作昆仑象。"[②]

　　再者如段安节《乐府杂录》"龟兹部"条记载："戏中有'五方狮子'，高一丈多，各穿五色衣服。每一个狮子有十二人。戴红色抹额，穿画衣，手里拿着红拂子，就是"'狮子郎'，舞'太平乐'曲。"[③]《续文献通考》卷一一九《乐考十九》载狮子舞道："元世祖一日猎还，贺胜参乘。伶人蒙采毳作狮子舞以迎驾，与象惊，奔逸不可制。"[④] 由此可见，狮子舞在中国有很深的渊源。从其传入中国始，就深受上层统治者和民众的青睐，在漫长的历史演变过程中，狮子舞长期与其他艺术表演如杂技、武术等相糅合，共同构成"百戏"的演出内容。狮子舞发展到唐代，才出现像《太平乐》这样单独固定的剧目。唐之前，狮子舞一直活跃于民间，有着一定的群众基础。到唐朝时狮子舞达到了其在古代宫廷中的巅峰地位。从宋代起，狮子舞随着古代宫廷舞蹈的衰落而流入民间，此后狮子舞是以民间活动为主。"中国过去的传统是，在新年或其他节日表演狮子舞，既是驱魔的仪式，又是一种娱

---

　　① 杨衒之著，曹虹今译：《洛阳伽蓝记》，北京：中华书局，2007 年，第 58 页。

　　②"太平乐，亦谓之五方师子舞。师子挚兽，出于西南天竺、师子等国。缀毛为衣，象其俛仰驯狎之容。二人持绳拂，为戏弄之状。"——杜佑：《通典》，杭州：浙江古籍出版社，2007 年，第 178 页。

　　③ 段安节：《乐府杂录》，载中国戏曲研究院编：《中国古典戏曲论著集成（一）》，北京：中国戏剧出版社，1959 年，第 45 页。

　　④ 嵇璜等奉敕撰：《续文献通考》卷一一九《乐考十九》，"散乐百戏"，第 3868 页。

乐。"①古代民间还把狮子看成神兽，象征平安吉祥，如"狮子"与汉语"赐子"谐音，寄托了当时民众对"多子多福"的美好祈盼，此外其还可以祛邪避魔。民间狮子舞活动形式较多，除了用于庆典节日之外，还经常出现在宗教佛事活动中。

《东京梦华录》记载北宋开封府城内庆祝重阳节时盛况：

> 九月重阳，都下赏菊有数种。都人多出郊外登高，如仓王庙、四里桥、愁台、梁王城、砚台、毛驼冈、独乐冈等处宴集。……诸禅寺各有斋会，惟开宝寺、仁王寺有狮子会。诸僧皆坐狮子上，作法事讲说，游人最盛。②

作为中国传统节日的重阳节，在节日庆典的佛事活动中出现狮子，可见狮子在民间占据重要地位。此处提到"诸僧皆坐狮子上"，狮子常被看作佛教的瑞兽，"在佛教画像中，文殊菩萨常被画坐在黑狮子身上，象征他的权威性。"③作为文殊菩萨的坐骑，狮子被视为具有法力的瑞兽，且逐渐被神化。因而，狮崇拜也逐渐成为重要的民间信仰，而舞狮活动正是民众精神信仰的物质形式外化，从而深受民众的喜欢。根据现存资料来看，朱有燉的《文殊菩萨降狮子》虽没有署明具体的创作时间，但该剧主要是狮子舞的表演，接近于《吴社编》中的记载："狮子金目熊皮，两人蒙之。一人戴木面具，肖月氏奚奴，持绣球导舞。两人蹲跳按节，若出一体。"④在狮子舞表演中它们都将绣球作为道具来导舞，这与现在民间的舞狮已经颇为相似了。朱有燉《降狮子》就是受民间舞狮活动和广泛流传的降狮子故事启发而创作的。

① 欧阳予倩：《一得余抄》中的"舞狮子"，北京：作家出版社，1959年，第388-391页。
② 孟元老撰，王永宽注译：《东京梦华录》，郑州：中州古籍出版社，2010年，第159页。
③ 伊维德著，张惠英译：《朱有燉的杂剧》，北京：北京大学出版社，2009年，第53页。
④ 傅起凤、傅腾龙：《中国杂技史》，上海：上海人民出版社，2004年，第256页。

第二节　民间化的取材趋向

一、取材于民间轶闻故事

民间文化影响着朱有燉杂剧创作的兴趣，因而他的作品在取材上更贴近民间生活。高儒《百川书志》中曾对朱有燉杂剧的取材来源概述道："改正前编"或"传奇近事"①。 他对当时发生的轶闻或流行于社会的奇闻异事颇感兴趣，并以此为素材加以改编进行杂剧创作。他的一些杂剧在序言中已经明确阐述了其创作缘由，如《香囊怨》是根据宣德七年（1432）开封发生的一个真实事件创作的，朱有燉在序中提到：

> 去岁河南乐籍中，乐工刘鸣高之女，年及笄，配于良民周生者，与之情好甚笃。而生之父母训严，苛禁其子，构系之不令往来，自后遂其不通。女子亦能守志，贞洁不污。女之父母衣食之艰，逼令其女，复为迎送之事。值富商赍金帛往求之。母必欲夺其志，加之捶楚，女终不从……居数日，其父母复逼之，使与富商为配。女从容入房，自缢而死。及火其尸，焚其余尽，而所佩香囊尚存……众惊异，以为情之所钟，坚如金石，虽经乎水火，终不能消其怨也。予因为制传奇，名之曰《香囊怨》，以表其节操……怜其生于难守节操之所，而又难能表白于后世，可为之深叹也矣。②

再者如《烟花梦》序，朱有燉交代了故事的缘由：

> 洪武辛酉之岁（1381），河南阳武县，伎籍兰氏，既适人而终

---

① 高儒：《百川书志》，上海：上海古籍出版社，2005 年，第 87 页。
② 朱有燉：《香囊怨》序，载《中国古代杂剧文献辑录》第二册，北京：全国图书馆文献缩微复制中心，2006 年，第 401 页。

身不再辱，以死自誓于神。县尹及恶少，凌逼万状，未尝失节，终老于为民之妻，可嘉也矣！①

朱有燉在此基础上对故事内容进行拓展。《桃源景》序中亦交代创作根据及其来由：

予闻执事者尝言，老妪臧氏河南武涉之人也。其女名桃源景，流落于伎籍，尤善歌曲，精通乐艺，立志贞洁，不嫁娼夫，舍夫而就贫，遂从良于一举子。及其试中，授职知县，未几责为卒伍，既而复还前职。荣辱交至，臧氏之女未尝失贞，可嘉也矣。②

此外《李妙青花里悟真如》引辞中提到：

近年汴中妓女妙清者，李赛思喜之妻也，孀居不嫁，守志终身，其母强之，以死自誓，又参佛法于古峰长老，受密教于河西上师，发愈白而心愈坚，年愈老而身愈健……此亦奇异之事也。③

"奇异之事"表明极具传奇色彩，故事本身具有浓厚的民间意味，作者是在传闻基础上进行加工创作的。又如《仗义疏财》，朱有燉谈及其创作缘起时说：

予昔居于滇南，闻有为盗者，窃一富家之财，见有为其母造佛像经典之银数十两，至第二夕默送其银并其老母之衣一大祆，置于其屋上以还之。又予曾经五溪，闻彼土人言，山中蛮僚昼常出没，劫夺行客之财者甚众，独遇儒服与僧道贫困老幼之人并不截取。此可见天理人心，虽下愚夷狄，亦未尝泯绝于仁义之道也。④

此剧是朱有燉被贬云南时，因"闻彼土人言"而根据当地所见所闻加

---

① 《烟花梦》序，载《中国古代杂剧文献辑录》第一册，北京：全国图书馆文献缩微复制中心，2006 年，第 219 页。

② 《烟花梦》序，载《中国古代杂剧文献辑录》第一册，北京：全国图书馆文献缩微复制中心，2006 年，第 163 页。

③ 《悟真如》序，载《中国古代杂剧文献辑录》第二册，北京：全国图书馆文献缩微复制中心，2006 年，第 293 页。

④ 朱有燉：《仗义疏财》，载吴梅：《奢摩他室曲丛》二集，上海：商务印书馆，1928 年。

以创制的，具有浓厚的民间色彩。盗贼"独遇儒服与僧道贫困老幼之人并不截取"，可谓盗亦有道。作者在剧末云："天理人心，虽下愚夷狄，亦未尝泯绝于仁义之道。"① 这种观念的产生与作者在被贬期间深受民间意识影响不无关系。朱有燉杂剧的创作方式主要有两种，一则是"改自前编"，二则是"传奇近事""改自前编"虽是在文人原稿基础上创制的，但这些故事也应当是先在民间流传，后经传播逐渐扩大，才引起了文人的注意。由民间"传说"到文人"传奇"，由民间叙事向文人叙事的转化，朱有燉的戏剧显示出浓厚的民间特征。

二、取材于受民间文化濡染的仙佛和神话人物

（一）八仙故事

"神仙崇拜是一个民族或地域群体的观念和心理的呈现，这种观念和情感的外在表现就产生了民风习俗。"② 不论是道教的仙还是佛教的神都是以民间文化为原型演变而来，带有浓重的民间文化印记。虽贵为藩王，朱有燉并没有脱离群众，长期受开封文化的熏陶，其杂剧中的宗教人物难免带有民间文化的烙印，如《八仙庆寿》《神仙会》《蟠桃会》剧中的"八仙"，可以视为在普通大众喜闻乐道的仙人传说的基础上，加以合理改造后形成的"一个长生不老的仙团"③。八仙的修道理论及仙话故事，在我国民间广为流传，因而妇孺皆知，深入民心。

八仙故事源远流长，八仙群体经历长期的演化发展才最终定型。现在所说的"八仙"，是指道教供奉并且在民间广泛流传的八位得道仙真，即汉钟离、吕洞宾、张果老、铁拐李、蓝采和、何仙姑、曹国舅、韩湘子等，而这个八仙群体是到明代才完全确定下来。"八仙"一词最早可追溯到东汉牟融的《理惑论》，其云："王乔、赤松八仙之箓，神书百七十卷。"但是仅仅提到了王乔、赤松二仙。汉代淮南王刘安属下有"淮南八公"。晋代葛洪《抱朴子·内篇·仙药》称："昔仙人八公，各服一物，以得陆仙，各数百年，乃合神丹金液，而升太清耳。"后人

---

① 朱有燉：《仗义疏财》序，载吴梅：《奢摩他室曲丛》二集，上海：商务印书馆，1928年。
② 卢寿荣：《八仙》，济南：山东画报出版社，2003年，第148页。
③ 林智莉：《明代宗教戏曲研究》，台北：台湾政治大学博士学位论文，2005年，第129页。

对八公的神通羡慕不已，因此，有"八仙"之名。至唐代，八仙的故事仍为众人所乐道，流传甚广，且常被文人墨客引用在诗文中，代指神仙得道之事。与唐宋阶段的单个仙人逸闻传奇有所不同，八仙发展到元代已经形成一个小群体，虽然八仙的阵容还不确定，他们在剧情发展中的地位也有差异，但八仙是以群体形象出现的，他们以度人为共同目标，明显表现出厌弃世俗、追求仙道、渴慕永寿长生的倾向。从此以后，人们将各种传说附会到八仙身上，使得八仙故事变得越来越丰富离奇，成为人们心中最受欢迎的吉祥神。八仙之所以受到平民百姓的普遍欢迎，一方面可能是考虑到不同阶层的社会民俗对于神仙信仰的各种需求，八仙群体具有广泛的代表性。正如王世贞《题八仙画像后》所说："以是八公者，老则张，少则蓝、韩，将则钟离，书生则吕，贵则曹，病则李，妇女则何，为各据一端作滑稽观耶？"[①] 另一方面可能与八仙常常作为民间祝寿欢乐热闹的吉祥神出现有关。

　　明前期的八仙戏大概有七种："谷子敬《邯郸道卢生枕中记》《吕洞宾三度城南柳》，陆进之《韩湘子引度升仙会》，贾仲明《铁拐李金童玉女》《吕洞宾桃李升仙梦》，朱有燉《瑶池会八仙庆寿》《吕洞宾花月神仙会》"[②]。明代的八仙戏创作沿袭元代创作，多为元杂剧的改作，人物形象和剧情大体相同。元杂剧中剧情虽也追求热闹，但还是以劝世修行为主。朱有燉在求仙慕道、追求永寿时，自然会将八仙群体作为庆寿吉祥之神。朱有燉在《新编吕洞宾花月神仙会》引辞中谈道："予观紫阳真人悟真篇内有上阳子陈致虚注解，引用吕洞宾度张珍奴成仙得道事迹。予以为长生久视、延年永寿之术，莫逾于神仙之道。乃制传奇一帙以为庆寿之词，抑扬歌颂于酒筵佳会之中，以佐樽欢，畅于宾主之怀，亦古人祝寿之义耳。"[③]

　　再者如《八仙庆寿》，八位神仙携长生不老之物上场庆寿："汉钟

　　① 卢寿荣：《八仙》，济南：山东画报出版社，2004 年，第 156 页。
　　② 涂秀虹：《论元明八仙戏》，《福建师范大学学报（哲学社会科学版）》，2004 年第 6 期，第 84—90 页。
　　③《新编吕洞宾花月神仙会》序，载《中国古代杂剧文献辑录》第一册，北京：全国图书馆文献缩微复制中心，2006 年，第 113 页。

离遥献紫琼钓鱼；张果老高擎着千年韭；蓝采和漫步长衫秀；捧着长寿面的是曹国舅；贺拔岳孔目的铁柱护得千秋；进献牡丹的是韩湘子；进献灵丹的是徐守信；我呵，则捧着玉液金盆。"

正是为了庆贺祝寿，朱有燉改变了元杂剧中八仙为了度脱导致家破人离、悲伤分别的情节，使八仙成为贺寿吉祥的群体。他在《瑶池会八仙庆寿》引辞中提及："予制《蟠桃会》《八仙庆寿》传奇，为庆寿佐樽而设，亦古人祝寿之意。"①

经改造，八仙从好道修行的形象发展为喜庆纳吉的象征，不仅满足了圆满庆寿的目的，同时也符合民间喜闻乐见的热闹习惯。

（二）西王母故事

在众神仙中，西王母掌管女仙，在朱有燉杂剧中出场频繁。西王母是中国古老的女神，随历史进程不断地丰富和发展。早在史前时期，西王母作为母系社会的首领，在西域昆仑山地区被奉为图腾供人崇拜。在先秦文献记载中，她是个半人半兽的凶神、恶神，如《山海经·大荒西经》有详细记载："有神，人面虎神……虎齿，豹尾，穴处，名曰西王母"。战国末西王母出现仙化特征，汉代时则演变为道教女仙，魏晋时发展为道教掌管女仙的"第一神仙"，也成为妇孺皆知的、受众人崇拜的"王母娘娘"。随着时代的演进和文明的发展，神话的神圣性也逐渐被淡化，超自然的神被世俗化，他们具有了像人一样的七情六欲，神性减弱，与人的关系更密切。西王母在流变过程中，随着道教的融入，其外貌形体变化很明显，从《山海经》中"蓬发、虎齿、善啸"的女神，到《穆天子传》《汉武内传》已演变成一位温文尔雅、能歌善舞的贵妇，仪态端庄的神屋。西王母在现代民间神话中，被赋予了人的性格和情感，与凡人一样善良，具有人性气息。西王母作为道教女仙，被视为长寿的象征。对永寿长生的渴慕，使得持有不死药、与长生信仰密切相关的西王母受到世人的崇拜与敬仰。但在朱有燉杂剧中，在各种庆赏祝寿的场合经常会发现西王母与民同乐的场景，如《神仙会》《八仙庆寿》《蟠桃会》《十长生》等剧。"这种形象的深化较

① 《瑶池会八仙庆寿》序，载《中国古代杂剧文献辑录》第一册，北京：全国图书馆文献缩微复制中心，2006年，第87页。

西王母作为道教女仙首领更容易被庶民百姓接受，故在唐代西王母于民间的光环渐渐褪去而被列入道教高高在上的神谱时，《蟠桃会》等杂剧的出现有助于重新塑造及烙印西王母在民间的形象。"①可见，朱有燉杂剧中西王母的形象经改造后，更贴近世俗化，更贴近民间朴实、善良的妇女，人们对西王母掌管不死药等奇术的信奉程度逐渐减弱。

（三）钟馗故事

钟馗凭借突出的捉鬼才能，深受后世民众的推崇，可谓众所周知的传奇人物。钟馗集人、鬼、神三者于一身，主要参与一些与鬼相关的活动如斩鬼、驱鬼、驱疫等，以保佑人间平安。钟馗形象也随着傩仪的演艺进展而不断丰富和发展。在北宋宫廷驱妖的仪式中，钟馗只是一个配角，而在朱有燉的《仙官庆会》中，钟馗已成为主角。

关于钟馗的文献记载可追溯到敦煌写本《太上洞渊神咒经》，"斩鬼第七"中提到："今何鬼来病主人，主人今危厄，太上遣力士、赤卒，杀鬼之众万亿，孔子执刀，武王缚之，钟馗打杀得，便付之辟邪。"②这段记载只是点明钟馗形象最早出现时主要是负责驱鬼。唐朝时，从《儿郎伟》（除夕夜诵读以驱傩为目的的"愿文"）的唱词："旧年初送玄律，迎取新节青阳。北六寒光罢末，东风吹散冰光。万恶随于古岁，来朝便降千祥。应是浮游浪鬼，付与钟夔大郎……"③，可以看出钟馗已演变成驱邪的主角。此外，敦煌写本《除夕钟馗驱傩文》道："五道将军亲至，（部）领十万熊罴，衣（又）领铜头铁额，魂（浑）身物（总）着豹皮，（敕）使朱砂染赤，咸称我是钟馗，捉取浮游浪鬼……。"④也记录了钟馗在除夕驱傩仪式中的表演。唐朝时人们已经相信，钟馗能起到驱鬼逐疫、护佑平安的作用。当人生病时，演员就会表演"钟馗舞"作为驱妖仪式。过年时他的画像还常常由朝廷分发给有功绩的官员，正如唐玄宗时期，大臣张说（667—730）《谢赐钟馗及历日表》所记载："中使至，奉宣圣旨，赐画钟馗一及新历日一轴……屏祛群厉，

① 林智莉：《明代宗教戏曲研究》，台北：台湾政治大学博士学位论文，1994 年，第 129 页。
② 吴明艳：《历代钟馗人物形象的解析》，苏州：苏州大学博士学位论文，2012 年，第 16 页。
③ 黄征、吴伟：《敦煌愿文集》，长沙：岳麓书社，1995 年，第 961-962 页。
④ 黄征、吴伟：《敦煌愿文集》，长沙：岳麓书社，1995 年，第 963-964 页。

缋神像以无邪；允授人时，颁历日而敬授。"① 到 11 世纪时，钟馗被世人认为是 7 世纪时的一个历史人物，他在会试失败后自杀。有些文献则讲到，由于他长得丑陋，皇帝在殿试中没挑中他，遂自杀。在其死后，玉皇大帝指令他杀鬼。北宋沈括《梦溪笔谈·补笔谈》中完整地记载钟馗传说：

> 明皇开元讲武骊山……因（疟疾）作，将逾月，巫医殚伎，不能致良。忽一夕，梦二鬼……其大者戴帽，衣蓝裳，袒一臂，鞹双足，乃捉其小者，刳其目，然后擘而啖之，上问大者曰："尔何人也？"奏云："臣钟馗氏，即武举不捷之进士也。誓陛下除天下妖孽。"②

可以看出，宋代以后，钟馗信仰已经在汴梁等广大中原地区传播，正如孟元老的《东京梦华录》卷十"除夕"③条所载。

这些活动对原来的傩祭仪式进行了改造，使其显示出戏剧的面貌。而后，钟馗也渐渐从傩祭仪式脱离出来，在戏剧表演中呈现，《东京梦华录》卷七"驾等宝津楼诸军呈百戏"条云：

> 有假面长髯展裹绿袍筒靴如钟馗像者，傍一人以小锣相招和舞步，谓之舞判……谓之哑杂剧。④

随着钟馗影响扩大，在北宋时他的像有时也做门神。《东京梦华录》卷十云："近岁节，市井皆印卖门神、钟馗、桃板桃符……"⑤，而后钟馗在民间就担当起门神职责。从宋代以后，钟馗形象发展到一个新阶段：一方面保存在驱傩仪式中，并与民间的节令风俗相融合，活跃在各种祭祀活动中；另一方面，钟馗故事化身为古代戏曲创作素材，催生出成熟的钟馗戏。

---

① 《文苑英华》卷五九六《表》，北京：中华书局，1996 年，第 3093 页。
② 沈括：《梦溪补笔谈》，北京：中华书局，1985 年。
③ "至除夕日，禁中呈大傩仪……教坊南河炭丑恶魁肥装判官。又装钟馗、小妹、灶神之类……"载孟元老撰，王永宽注译：《东京梦华录》，郑州：中州古籍出版社，2010 年，第 197 页。
④ 孟元老撰，王永宽注译：《东京梦华录》，郑州：中州古籍出版社，2010 年，第 132 页。
⑤ 孟元老撰，王永宽注译：《东京梦华录》，郑州：中州古籍出版社，2010 年，第 198 页。

朱有燉的《仙官庆会》共有四折戏，其中第三折的驱妖是高潮，演绎出钟馗驱鬼灭妖的激烈热闹场面。钟馗一方面威力无比，一方面又乐意帮助好人。《仙官庆会》的创制，可能吸取了民间除夕驱鬼逐疫的风俗信仰，成功地将新年驱妖仪式拓展为杂剧娱乐形式。

第三节　开封宗庙文化对朱有燉的影响

明代早期的宗教状况，直接影响到神仙道化剧的创作。对于明代早期神仙道化戏的成因，吴梅谈到："大概明代的宗室，多半喜欢慕道，像宁献王朱权晚年慕冲举，自称臞仙，宁献王也喜欢写游仙的文章，大概是自身本来很富贵，所希求的只是长生罢了。秦皇、汉武被方士蛊惑，大概就是此意。"[①] 他认为统治者对于道教的兴趣，远胜于佛教。而统治者对道教的推崇与否，很大程度上决定了道教的兴衰，影响着神仙道化剧的发展。

朱元璋夺取政权建立明朝不久，就制定了儒、释、道三教并用的宗教政策。他撰有《释道论》《三教论》等著作，阐发了对于三教的主张。他认为儒、释、道三教虽各有不同，但都能起到教化民众的作用，缺一不可。明初虽然确立了"以儒治国"的政策，但并不排斥佛、道二教，认为三教各有益处。明代初年，佛道二教所宣扬的因果、鬼神等观念已深入民心，朱元璋对于佛教的肯定固然是出于治国的需要，然而他本人确实是有鬼神信仰的。他认为信鬼神有益于治道，"与国有补"，具有儒家思想不可替代的作用。鉴于佛、道二教可以作为教化"愚民"的工具，可以使之去恶从善，明初统治者对其也是采取扶植与利用的方针，佛道二教在明初也获得一定程度发展。

由此可见，历代统治者对佛道二教的推崇，必然在民间也引起了广泛崇佛嗜道效应。宋代《东京梦华录》载："其锢路、钉铰、箍桶、修整动使、掌鞋、刷腰带、修幞头帽子、补角冠、日供打香印者，则

---

① 吴梅著，王卫民校注：《吴梅全集》（理论卷，中），石家庄：河北教育出版社，2002年，第70页。

管定铺席人家牌额，时节即印施佛像等。"① 由此可见，宋时开封城各行各业人，每天都会供应香印，而且朝廷会按照相应节日印制并发放佛像。再者如《如梦录》记载明代开封城内民间祭祀活动的盛况：

> 初九以后，俱赴上方寺，携榼担酒，或在树阴，或在禅室，或在五柳亭，或塔左右，畅饮讴歌，打谜，猜枚，行令，拆牌道字，顶针续麻，丝竹管弦声盈耳。或于台下走马射箭，亦有酒饭茶汤铺，亦有戏棚杂耍，又有杂货、耍货，终日游乐，至暮方散。②

又记清明、中元、十月初一，都是鬼节。预先请城隍神到孤魂坛祭行；请府城隍到西门外孤魂坛；请县城隍到宋门外孤魂坛。和尚道士发坛礼佛，诵经超度一切孤魂，请显示尊神……

明代开封城内广泛分布的寺庙建筑也可以看出佛、道二教在民间的兴盛程度。据《如梦录》载，明末开封存寺有：

> 祐国寺即上方寺、绽梅寺、卧佛寺、观音寺、千佛寺、国相寺即繁塔寺、白云寺、清风寺、铁佛寺、华严寺、龙华寺、香山寺、大佛寺、相国寺、孝严寺、天王寺、回灵寺、宝相寺、礼拜寺。③

开封城内的道教场所有：

> 三皇庙、玉皇阁、县城隍庙、武庙、土神庙、三神庙、玉阳观、东岳庙、三官庙、岳王庙、吕公堂、玉皇庙、白衣堂、延庆观、星君庙、府城隍庙、老君堂、泰山庙、关圣庙、三圣堂、万寿堂、玄帝庙、济渎庙、观音阁、盐神庙、财神庙、三清观、禄神庙等。④

从开封城内鳞次栉比的寺庙排布，亦可以看出民间神仙信仰的广泛性。

神仙剧的创作和演出，主要是以广布民间的神仙信仰为基础，这

---

① 孟元老撰，王永宽注译：《东京梦华录》"诸色杂卖"条，郑州：中州古籍出版社，2010年，第70页。
② 孔宪易校注：《如梦录》，郑州：中州古籍出版社，1984年，第87页。
③ 孔宪易校注：《如梦录·节令礼仪纪第十》，郑州：中州古籍出版社，1984年，第92页。
④ 孔宪易校注：《如梦录·节令礼仪纪第十》，郑州：中州古籍出版社，1984年，第92页。

使得神仙道化剧平添了神秘色彩和艺术魅力。所谓的"神仙道化剧"，青木正儿在《元人杂剧概论说》中将神仙道化剧一分为二："一种是神仙向凡人说法，使他解脱，引导他入仙道；一种是原来本为神仙，因犯罪而降生人间，既至悟道以后，又归仙界。我的意见，把前者成为度脱剧，把后者称为谪仙投胎剧。"①他的分类很有道理。虽然贵为藩王，但置身于开封浓厚的民间佛道信仰氛围和繁盛的宗庙文化的影响下，作为儒雅风流、喜爱结交文人的朱有燉，他的活动并非局限于藩王府内。

明代藩王中喜好戏曲的还有朱元璋的第十七子朱权，他作有《太和正音谱》，在"杂剧十二科"中把元杂剧分为十二类："一曰神仙道化，二曰林泉丘壑，三曰披袍秉笏，四曰忠臣烈士。"②他把神仙道化剧置于首位，表明他对此类剧作的推崇，也可见明初佛道思想的繁盛。

明初帝王对佛道的推崇，加之制礼作乐广泛推行，民间也掀起了崇佛扬道的潮流。朱有燉的杂剧作品中也表现出明显的好佛嗜道倾向，他创作了不少带有宗教色彩的杂剧。他的佛教度脱剧主要有《悟真如》和《小桃红》，而《降狮子》《神仙会》《十长生》《半夜朝元》《海棠仙》《常椿寿》可以看作典型的道教度脱剧。他的神仙道化剧的创作，充分表明了他对佛教的熟悉及对道教的赞叹与崇信。如在《惠禅师三度小桃红》说法一场中，通过小桃红之口讲述了佛教的三宝，列举了各种教义，宛然成为"佛教百科全书"。由此看出，他对佛教的三宝，佛、僧、法及说法的程序甚为了解。朱有燉对道教不仅是熟悉和喜好，而是敬仰与崇拜。在民间宗庙文化的兴盛背景下，以及晚年忧生惧死、求仙慕道之心的殷切，朱有燉参禅悟道，释道思想渗透在他的各类作品中，其中有些写到自己参禅悟道的领悟，如《学佛》所云："学佛无他术，言空勿认空。群魔休怖畏，万口总涵容。着意存天理，诚心守祖风。但为妆点事，便与俗凡同。"③

---

① 青木正儿著，隋树森译：《元杂剧概说》，北京：中国戏剧出版社，1957年，第26-27页。

② 中国戏曲研究院编：《中国古典戏曲论著集成（三）》，北京：中国戏剧出版社，1959年，第24页。

③ 朱有燉：《诚斋录》，载《续修四库全书》，上海：上海古籍出版社，2002年。

此外，朱有燉的杂剧中也融入了大量的佛道思想。首先，朱有燉将大量的释道人物引入杂剧，如《三度小桃红》中辟支佛队子、慧禅师等；《辰钩月》张天师、嫦娥等；《仙官庆会》中福禄寿三仙、神荼郁垒二神及钟馗；《八仙庆寿》中的八仙、香山九老等等。其次，朱有燉崇道嗜佛，表现出永寿长生、求仙慕道的强烈向往。正如小令《北正宫·小梁州》祈求长寿道："喜庆筵前福禄臻，满捧金尊。红颜不老似仙真，承佳运安享太平人。仙音溜亮娥俊，捧仙桃仙乐和匀，仙酒香仙花嫩。神仙有分，千岁寿长春。"[①] 杂剧《常椿寿》末折唱【双调新水令】："八千春寿永延年，积阴功上天恩眷，长生在云顶山，得道向紫阳仙，庆喜团圆，福禄绵绵。"而在《瑶池会八仙庆寿》中他表达了对神仙世界自由自在、瑶池盛景等神仙生活的憧憬。

朱有燉虽然崇道嗜佛，但释道思想根本上仍受制于内心深处根深蒂固的儒家思想。朱有燉往往借神道度脱形式施予教化的用意，如《小天香半夜朝元》引辞和《李妙清花里悟真如》引辞所言。相比于元明时期以出世为主题的追求羽化升仙的神仙道化剧，朱有燉杂剧的创作目的有明显不同。他的神仙道化剧具有明显的教化补世用意，反映了他作为藩王的正统意识。所以，他的道教度脱剧并未远离世俗，实际上是宣扬教化的一种手段。

第四节　开封文人圈对朱有燉的影响

藩王的交游不如一般文士自由，甚至亲王连行旅、迁徙、乃至于会亲的人身自由均被剥夺。《皇明祖训·法律》规定："凡王国内，除额设诸职事外，不许延揽交结奔竞佞巧智谋之士。"因而能够与朱有燉相互往来唱和的文友，不是周藩府僚便是河南地方长官。任遵时曾考得周府张史刘醇、瞿佑、教授王翰、纪善周是修、伴读黄体方与朱有燉均曾往来唱和。藩邸之外，则只有河南布政使李昌祺与兵部侍郎于

---

① 谢伯阳：《全明散曲》第一卷，济南：齐鲁书社，1994 年，292 页。

谦与朱有燉有交谊。① 任遵时《明代剧作家周宪王研究》以及朱仰东《朱有燉杂剧研究》对上述人物做了详细的论述，笔者不再赘述，现主要谈谈这些府僚及藩邸之外的文人，对其文学创作的影响。

一、李昌祺

李昌祺（1376—1452），名祯，字昌祺，江西庐陵人。永乐二年（1404）进士，后参与《永乐大典》的编纂，授礼部郎中。永乐十六年（1418），迁为广西左布政使，后被贬至房山。洪熙元年（1425）豁免，迁为河南左布政使。李昌祺性格刚正、威严，办事公道，是一位令人敬重的官员。《明史·李昌祺传》载："尚书吕震，汰而愎，驭僚属，多不以礼，独器重昌祺，昌祺亦无所阿附。"② 他学问渊博，是个有造诣的诗人，著有《运甓漫稿》《容膝轩草》等诗集，小说代表作有《剪灯馀话》。永乐十七年（1419）李昌祺完成《剪灯馀话》，其在形式、风格上主要是仿瞿佑的《剪灯新话》而作。

在开封长期任职长达十几年，李昌祺写了很多诗，诗中有不少与周藩有关，或描写王宫盛会，或称颂宪王盛德，或赞美宪王画作，这说明他与朱有燉之间有密切的交游。朱有燉十分钟爱牡丹，以牡丹命名的杂剧有《天香圃牡丹品》《十美人庆赏牡丹园》《洛阳风月牡丹仙》，同时创作了咏牡丹的小令二十二首和套数一套，并撰有《诚斋牡丹百咏》一卷。

朱有燉笔下的牡丹有着高贵的气质，可称得上是"园里夺魁"：

> 暖云晴，韶光媚，红芳深处戏。舞狻猊，绛英攒锦绣团，绿叶捲狰狞势。金粉飘香，春风细倚，新妆浅淡偏宜。论高品园中第一，赏艳冶樽前可喜，玩丰标花里夺魁。【北中吕普天乐·庆赏舞青猊之曲即普天乐】③

李昌祺《运甓漫稿》诗集有不少赞美花的诗作，他在供奉翰林院期间写过《合欢牡丹三首应教作》《合欢芍药二首奉教作》等作品。这

---

① 任遵时：《明代剧作家周宪王研究》，第 5 章，第 68-117 页。
② 《明史》卷一六一《列传第四十九》，第 4375 页。
③ 朱有燉著，赵晓红整理：《朱有燉集》，济南：齐鲁书社，2014 年，第 511 页。

些诗辞藻华美、雍容华贵，颇具台阁气象，如咏牡丹之"烂漫绚晴朝，容华若赛娇。瓣多愁露泡，干弱怯风摇。共讶晨妆淡，缘宿酒消。更期千岁寿，岁岁赏妖娆。"① 此外，他的题画诗《题并头牡丹图》写道："诚斋天潢尊，游艺妙通玄。名花擅国色，尽向毫端传。莹其冰玉洁，粲若云锦鲜。朵重干不弱，蒂比葩相联。红嫣白嫩孰可拟？二乔出嫁争芳妍。娉婷窈窕俱有倾世貌，浅颦轻笑并立偎香肩。含情含娇深自怜。"② 牡丹华贵富丽、美艳绝伦，成为皇室贵族、名臣的争相追捧的对象，朱有燉和李昌祺都写有牡丹诗，牡丹成为两人之间文笔酬唱、情感交流的媒介。李昌祺的《得驺虞歌命补之》："钧州有兽驯且仁，身如白虎性如麟。雪月英华为骨格，阴阳秀淑作精神……共诧奇祥冠今昔，谁知宵旰存谦抑。所重年丰所宝贤，洛龟宛马诚何益。荡荡巍巍昌运开，熙熙皞皞似春台。永沐周南召南化，为歌为颂愧非才。"③ 四百多字的七言长篇，铺陈辞藻，描写驺虞的奇特之形及现世祥瑞，极力歌颂皇家恩泽和太平盛世，与朱有燉的《得驺虞》杂剧有异曲同工之妙。

　　李昌祺结识朱有燉，是在他写《剪灯馀话》之后。《剪灯馀话》作于永乐十七年（1419）谪役房山期间，李昌祺仿瞿佑《剪灯新话》创作了文言小说集《剪灯馀话》。从李昌祺《剪灯馀话》篇章题材类型来看，主要以道德教化和神仙道化为主。作品以 14 世纪中叶的历史为创作背景，淡化了以往小说戏剧故事中那些超自然的神奇因素，更多地强调忠诚和夫妇永谐。无论是道德说教、神仙道化、劝善讽谏、粉饰太平，李昌祺的小说与朱有燉的杂剧旨归几乎是不谋而合的。现列举李昌祺《剪灯馀话》作品可与之前朱有燉杂剧作品相互对照，详见表4。④

---

① 李昌祺：《运甓漫稿》，载文渊阁《四库全书》第一二四二册集部一八一别集类。
② 李昌祺：《运甓漫稿》，载文渊阁《四库全书》第一二四二册集部一八一别集类。
③ 李昌祺：《运甓漫稿》，载文渊阁《四库全书》第一二四二册集部一八一别集类。
④ 表中同一作品，有的同时兼具多个类别的特点，在此也只归入其中一个类项。在"道德说教"类项中，不论作品最终结局如何，只要作品中出现了道德说教的语句或思想，皆归入该类项，"劝诫"类与"粉饰太平"类项皆做类似处理。

表4 李昌祺《剪灯馀话》作品分类统计表

作品分类	《剪灯馀话》篇目	所占比例
道德教化	《月夜弹琴记》《连理树记》《何思明游酆都录》《青城舞剑录》《两川都辖院志》《凤尾草记》《鸾鸾传》《琼奴传》《胡媚娘传》《洞天花烛记》《秋千会记》《泰山御史传》《江庙泥神记》《贾云华还魂记》《芙蓉屏记》《田洙遇薛涛联句记》	72.8%
神仙道化	《幔亭遇仙录》《听经猿记》《武平灵怪录》	13.7%
劝诫讽谏	《秋夕访琵琶记》	4.5%
粉饰太平	《长安夜行录》	4.5%
惩恶扬善		0
其他	《至正妓人行》	4.5%

在朱有燉杂剧中，至少有七部戏是由有德行的伎女做主人公，戏中赞颂了她们对爱情、婚姻的忠贞，如《香囊怨》《烟花梦》等，还有像《义勇辞金》以义侠好汉做主人公，将关羽塑造成可敬畏的战将、忠诚的典范。很显然，朱有燉这些剧作与李昌祺的道德小说所倡导的忠诚的主题有着异曲同工之妙。朱有燉生于洪武十二年（1379），卒于明英宗正统四年（1439），而《剪灯馀话》最早的刊本是明宣德八年（1433）张启光刻本，为《新刊校正足本剪灯馀话二卷》，在此之前，此书均以抄本的形式流传。由此可见，朱有燉很可能读过李昌祺的《剪灯馀话》，并在其进行杂剧创作时，一定程度上受到李昌祺道德小说的影响。

二、于谦

朱有燉晚年和于谦结识。于谦（1398—1457），字廷益，号节庵，钱塘人。宣德四年（1428）于谦被任命为江西巡按。宣德四年（1429），他又被任命河南、山西巡抚，一直持续到正统十二年（1447），中间只有正统六年（1441）因诬陷而被监禁。漫长的地方官经历，使得于谦亲身感受到农村的凋敝，对百姓表示极大的同情和关心。

于谦思维敏捷，一生著作颇丰，诗歌成就较高。长期的地方官经历使他了解民生疾苦，又兼极富儒家情怀，忧国怀民，伤时感世、关心民瘼便成为他创作一个主要题材。由于河南自然灾害频繁，或久旱或雨水泛滥，百姓多为灾民，生活没有着落。于谦写了一些祈雨诗，如《雪斋之夕闻檐溜有声因赋》：

> 人皆愁听客中雨，我独喜闻窗外声。报国常怀丰稔念，关心不是别离情。沾濡最爱滋群品，点滴何妨到五更。倏起披衣成兀坐，焚香读易到天明。[①]

《悯农》更是道出了农民生活的艰辛：

> 无雨农怨咨，有雨农辛苦。农夫出门荷犁锄，村妇看家事缝补。可怜小女年十余，赤脚蓬头衣蓝缕。提筐朝出暮始归，青菜挑来半沾土。茅檐风急火难吹，旋爇山柴带根煮。夜归夫妇聊充饥，食罢相看泪如雨。泪如雨，将奈何？有口难论辛苦多，嗟尔县官当抚摩！[②]

纵然是早出晚归辛勤劳作，但仍然免不了以野菜充饥度日，真切描绘出百姓生活的艰苦，最后作者发出呼吁："县官当抚摩"，希望能够关心百姓疾苦，情真意切。

于谦和朱有燉结识于晚年，写了一些和朱有燉来往的唱和诗。于谦作为地方官，勤政爱民，体恤百姓。他的这种民本意识，既是儒家对文人士子的基本要求，也是于谦作为一个清官的高尚情怀。朱有燉也创作过不少关心百姓疾苦的诗歌。在周王府所在地开封，人们的生活时常因为或雨旱灾害或经久不雪的恶劣天气而陷入困顿。朱有燉的《喜雪后有感》表达其对人们庄稼收成的关心：

---

① 于谦：《忠肃集》卷十一，文渊阁《四库全书》本，台北：台湾商务印书馆，第358页。
② 于谦：《忠肃集》卷十一，文渊阁《四库全书》本，台北：台湾商务印书馆，第344页。

呵笔吟成喜雪词，玉光寒透白毡帷。懒陪高士寻梅去，自笑先生酌酒迟。云母窗棂初日影，水晶檐瓦缀冰澌。令人欢乐复惆怅，可是庄田饱暖时？[1]

在欣赏雪景、悠游自在之时亦不忘百姓冷暖。此外，开封水患频发。朱有燉曾写过《五月霖雨不止，将及二旬，芸阁阴湿苦雨，遂成古体诗一首》，其诗云："连朝风雨无休息，檐溜常闻声淅沥。草侵阶砌合行径，水浸池塘浸苔石。锦鳞跳跃青脚飞，百舌不语黄莺寂。……今岁麦田不得收，只恐田家又亏食。安得西风吹墨云，万里长空看晴日。"[2]该诗先写雨后作者处境，最终指向还是对农家温饱的关切。这些都表明了朱有燉体恤民情、关心百姓疾苦的一面。能够心系民生关心民瘼，让朱有燉的一些杂剧在明初宗室的创作中有更贴近普通大众也更接近现实的一面。在这一点上，朱有燉和于谦有着共同的情怀，反映出他们在藩地交往及诗歌唱酬中的共同兴趣。

由此可看，朱有燉作品不仅关注藩封地的民俗，也非常关注普通百姓的日常生活。朱有燉不以藩王的高贵而疏离民间，民间文化在其作品中亦留下了鲜明的痕迹。

---

① 朱有燉：《诚斋录》，载《续修四库全书》，上海：上海古籍出版社，影印明嘉靖十二年（1533）同藩刻本。

② 朱有燉：《诚斋录》，载《续修四库全书》，上海：上海古籍出版社，影印明嘉靖十二年（1533）同藩刻本。

第五章　宫廷文化与朱有燉杂剧创作

所谓宫廷文化，是指皇室贵族在皇宫中所享有的物质与精神文化的总称，它具有社会上层文化的特征，并对整个社会文化有引领和影响作用。"宫廷文化"是相对于"民间文化"而言的。虽然朱有燉杂剧创作深受民间文化的影响，但从根本上看，朱有燉杂剧还应从属于"宫廷文化"之列。由于作家的贵族地位和阶级属性，那些被朱有燉引入剧中的民间文化元素，自然而然地是在贵族文化审美观照下的产物，沾染了上层文化的审美特征。因此，朱有燉杂剧中明显渗透着宫廷文化的意识。

第一节　礼乐制度与朱有燉杂剧创作

随着明初礼乐制度、演剧制度等的相继建立，作为皇室藩王的朱有燉，其杂剧创作更为直接地受到宫廷文化的影响。

一、雅颂传统与朱有燉的杂剧创作

明初，经历元末群雄割据的战乱之后，百废待兴。恢复汉家典章制度，制礼作乐，则成为明初的重要任务。洪武二年（1369）八月，朱元璋诏令儒臣修定礼书。洪武三年（1370）八月，谕群臣："古昔帝王之治天下，必定制礼以明贵贱……近世风俗相承，流于僭越，闾里之民，服食居处，与公卿无异，而奴仆贱隶，往往肆侈于乡曲，贵贱无等，僭礼败度，此元之失政也。中书其以房舍服色等第明立禁条，颁布中外，俾各有所守。"①朱元璋极为重视礼乐的作用。早在他登基之前就曾言："礼以导敬，乐以宣和，不敬不和，何以为治？元时古乐俱废，惟淫词艳曲，又杂以北方之音，甚至以祀典神祇饰为队舞，谐戏殿廷，殊非所以导中和，崇治体。自今一切流俗喧哓淫亵之乐，全部摒弃。"②

　　朱元璋反对"流俗喧哓淫亵之乐"，是因为它"鄙陋不称"，不足以"道敬宣和"，而主张恢复和平广大的古乐，表明其尊典雅，主张回归雅正传统。雅乐因其具有和平广大之意，因此成为宫廷宴乐的主角。对于礼乐的功用，《明史·乐志》亦有表述："古先圣王，治定功成而作乐，以合天地之性，类万物之情，天神格而民志协。盖乐者心声也，君心和，六合之内无不和矣。是以乐作于上，民化于下。秦、汉而降，斯理浸微，声音之道与政治不相通，而民之风俗日趋于靡曼。明兴，太祖锐志雅乐。"③其尊典谟、回归雅正的思想，也反映在他对戏剧的限制上。前文已经论述了明初朝廷颁布的一系列禁戏政策，这对宫廷戏剧与民间演戏都起到了极大的限制作用，而朝廷对戏剧题材范围的设定，从政治上说显然是为了维护王权的绝对尊严，而从审美情趣上，符合回归雅正的传统思想。朱元璋所推崇的雅乐、古乐，最早可追溯到《诗经》。南宋郑樵《通志》总序云："风土之音曰风，朝廷之音曰雅，宗庙之音曰颂。"④《诗经》中雅、颂具有各自的效用，即"雅者正也，言王政之所由兴废也""颂者美盛德之形容，以其成功告于神明者也"。明初戏曲之风教观——敷陈教化，实际上和《诗》大序中诗的功用论述："先王是以经夫妇、成孝敬、厚人伦、美教化、移风俗"⑤，是一脉相承的。朱有燉在此认为古诗与今曲在言志、抒情、人际交往等功能上是如出一辙的。正如他在【北正宫·白鹤子】《咏秋景》曲前小引中所论："唐末宋初以来，歌曲则全以词体为主，今世则呼为南曲

---

① 《明实录·明太祖实录》卷五十五，第 1097 页。
② 龙文彬纂：《明会要》卷二十一，内蒙古图书馆清光绪十三年（1887）刻本，第 4 页。
③ 《明史·志》卷三十七，第 1499 页。
④ 郑樵编撰：《通志》总序，北京：中华书局，1987 年，第 184 页。
⑤ 曹顺庆：《两汉文论译注》，北京：北京出版社，1988 年，第 34 页。

者是也。……南人歌南曲，北人唱北曲，若其吟咏情性，宣畅湮郁，和乐宾友，与古之诗又何异焉。……乃叹古诗亦曲也，今曲亦诗也，但不流入于秾丽淫伤之义，又何损于诗曲之道哉！"①

诗教的各种功能同样被移植到明初戏曲创作上来，朱有燉的杂剧创作亦受到《诗经》与诗教的影响。朱有燉杂剧中曾两次引《诗经》作为其作品创作理念缘由。《神屋山秋狝得驺虞传奇》引辞云："予惟《驺虞》《麟趾》之篇，诗人乃美文王之化，以声于歌咏耳。"《诗经》"美文王之化"，主要用以歌咏当时太平盛世，而朱有燉鉴于诗曲在抒情、言志功能上的一致性，在其杂剧中自然用来寄托颂美圣朝之意。颂美圣朝雍熙之治的言论随处可见，再者如《仙官庆会》剧末散场【柳叶儿】曲文："立纲常道德把儒风振。承佳运感皇恩，乐尧年万载千春。"《河嵩神灵芝庆寿传奇》引辞云："予钦蒙圣恩，奉藩守国，于今十五载。仰赖圣世雍熙，天下和平，中原丰稔，雨阳时若，藩国安康，宫闱吉庆。"此外，朱有燉在《烟花梦传奇》引辞中第二次引《诗经》，提到："野死有麕，《国风》所载，夫子不删，以戒后世，言女已贞而男未正。"《野有死麕》出自《国风·召南》，朱有燉主要借此劝谏后世的教化意味，赞颂乐户伎女贞节烈行。

朱有燉将诗教"兴观群怨"感化人心的功能与道德教化挂钩，一方面引儒家经典实现自己创作戏曲的"正当化"，另一方面实现戏曲的风教功能，"戏之为用大矣哉！孔子曰：'诗可以兴，可以观，可以群，可以怨'。今举贤奸忠佞，理乱兴亡，搬演笙箫歌鼓吹之场，男男妇妇，善善恶恶，使人触目而惩戒生焉，岂不亦可兴、可观、可群、可怨乎？"②

二、宫廷宴乐仪式中进盏仪式对朱有燉杂剧创作的影响

洪武时期，严格规定了宴乐场合的用乐和仪文，其中进盏仪式对演剧有直接影响。《明会典》载："宴有大宴、中宴、常宴、小宴。洪

---

① 谢伯阳：《全明散曲》，济南：齐鲁书社，1994 年，第 227-228 页。
② 李调元《剧话》序，载中国戏曲研究院编：《中国古典戏曲论著集成（八）》，北京：中国戏剧出版社，1959 年，第 31 页。

武永乐间两定，礼少异，而乐半不同。"① 在乐曲、乐舞的基础上，这些宴会仪式根据进盏的次数，在每一段乐章中间穿插队舞、院本、小唱、百戏依次进行演出，而在祝酒进乐舞杂剧队戏时乐官都会致词。洪武年间所定大宴礼，称为"九奏三舞"之制，以九爵为度，其间夹杂着文舞、武舞与抚四夷舞。"凡中宴，礼仪同大宴，但进酒七爵。凡常宴，同中宴，但百官一拜三叩头，进或三爵、或五爵而止。"② 此外，像京师以下各级官府之间应酬宴会、甚至对民间乡绅饮酒仪式也做出相关规定。在宴乐进盏仪式影响下，杂剧演出在宋元时期已初步形成规模，至明代更是在演剧中占据主流。明初宴会上的杂剧演出，以歌章杂队舞、院本、小唱等，这种从进盏仪式中发展出的杂剧演出，一经制度化地推行，对当时的杂剧戏文创作产生了很大影响。身为贵族藩王的朱有燉，其杂剧创作自然要符合宫廷演剧的模式。

下面主要从三方面进行论述：

（一）杂剧的非情节性

生活在一个乐舞繁盛的环境中，耳濡目染，朱有燉杂剧创作自然也会受到影响。宫廷宴仪中的程式对朱有燉来说再熟悉不过了，信手拈来，甚至淡化情节纯以歌舞为剧都是常事。如庄一拂评《牡丹品》"为一纯粹之歌舞剧。"③ 下面以朱有燉的杂剧为例简要分析。《灵芝庆寿》剧只是庆典，情节极少。全剧分四折：

第一折：一位嵩山尊神位下神将及黄河尊神位下仙女，想要求赐灵芝以为永寿长生之征，在去蓬莱仙岛路上偶遇八仙，而后一起去东华君仙府（神将和仙女轮唱，歌舞开头有村民讴歌唱"快活年"，八仙上场要配着渔鼓唱道情）。

第二折：他们向东华君禀告了中原的繁荣景象，东华君决定把灵芝亲自送下凡间。那位仙女和神将，先回去报告（神将和仙女轮唱，末是两人合唱）。

第三折：紫芝仙带着四个弟弟金芝、青芝、石芝、肉芝上场。东

---

① 申时行：《明会典》卷七十二，北京：中华书局，1988 年。
② 申时行：《明会典》卷七十二《礼部三十》，北京：中华书局，1988 年。
③ 庄一拂：《古典戏曲存目汇考》，上海：上海古籍出版社，1982 年，第 403 页。

华君命他们随从一起送灵芝下凡（紫芝仙先独唱四曲，后和四位灵芝仙合唱余下的六支曲）。

第四折：一群神仙包括东华君、寿星、八仙、嵩山尊神、黄河尊神、五位灵芝仙和他们的随员，一起下凡会集于周王府祝寿（五位灵芝仙被东华帝君命唱"捡芝吟"且五芝翩翩起舞）。

由此可见，全剧基本情节极少，只不过是以数段歌章夹杂着歌舞、小唱等敷衍太平盛世、恭贺庆寿的热闹场面。

再者如《降狮子》一剧也是一出简洁的小戏：哪吒误捉金毛狮子（第一折）；哪吒请二十八星宿神将帮忙，终究还是被青毛狮子打败（第二折）；文殊菩萨携着四位揭谛神将降服了它（第三折）；五位闪电娘子作为探子将降狮子的胜利告知护法天师（第四折）。它清晰、简单的情调夹着狮子和对手搏斗时的各种杂技武艺、合唱、探子报信等精彩表演。

《得驺虞》一剧，情节也极为简单，叙述了发现驺虞、捕获驺虞、庆功设宴的过程。在【楔子·赏花时】及第四折驺虞上台时，前面都有百兽率舞。最后宴庆赞赏盛世太平，基本上是搬演殿廷宴会的范式。

朱有燉杂剧尤其是他的庆祝宴赏剧，基本趋于非情节化，无鲜明的故事，主要是以角色之繁多、场面之壮观、服饰之绚丽来写庆赏的场面，从而展现出一幅欢乐祥和的太平景象。

（二）歌者不舞、舞者不歌的现象

早期戏剧，一般歌与舞分离，随着戏剧发展演变，逐渐将二者结合，亦歌亦舞。元杂剧早已发展为成熟的综合艺术，然而在一些剧中仍会发现古制的痕迹，如现存元刊杂剧《单刀会》在【中吕·粉蝶儿】一套曲前写道："正末扮尊子燕居，扮将主拂子上坐定。"剧中的正末，是坐定而唱，也可能是只唱不作。明代宫廷宴仪，歌章间穿插队舞、院本的表演，当有些杂剧逐渐趋向非情节化时，其演出也会出现歌者不舞、舞者不歌的遗迹。

如上述杂剧《降狮子》，其中第二折写七路神将的安排，用《出队子》曲写了七首对仗整齐的词。接着描述了狮子和对手格斗时的各种杂技武艺。三折中所有的曲子由四位揭帝神合唱。第四折中的曲子由五位闪电娘子作合唱。试想场上搬演时，司唱者，唱而不作，而周围是各种杂技表演。这种演唱方式，其实是古时歌者不舞、舞者不歌的进一步发展。在朱有燉的庆赏剧中，我们经常会见到此种安排。

（三）宫廷舞蹈在其杂剧中的应用

朱有燉的杂剧常常穿插歌舞以调剂场面，甚至结构全剧，这是其皇家戏剧的特色。朱有燉把队舞歌乐编进杂剧，用以凸显场面的华丽、欢闹，同时也可以增强舞台效果。"队舞"是一种新型舞蹈表演方式，综合了大曲、诗歌、朗诵、舞蹈和歌唱等各种表演艺术，是唐宋宫廷歌舞形式之一。宋代队舞主要用于宫廷和士大夫官邸的典礼宴享，为皇帝歌功颂德或庆祝节日等，其功能兼具礼仪、典礼、娱乐等功能。"队舞"属于宋代教坊的重要乐舞，属于舞蹈文化的转型期。"为了迎合时代的审美要求和价值取向，带有表演故事和塑造人物形象性格的新型乐舞逐渐取代纯情绪类型的舞蹈，这一形式很大程度上影响后世戏曲艺术的形成。乐舞表演里戏曲元素凸显，故事性、情节性得到全新演绎，成为舞蹈史上的重要转折点。"① "队舞与'杂剧'在宫廷教坊演出中相互影响，彼此取长补短吸收借鉴，实现了乐舞百戏化、戏曲化。"②

朱有燉杂剧继承了宋代队舞的故事性,形成载歌载舞的表演形式。《神屋山秋狝得驺虞》中有"办百兽舞队子同驺虞队上一折""办鼓腹讴歌村田乐队子一折了"；《东华仙三度十长生》开场出现了十长生队子，第二折有瑶池金母队子和南极寿星队子分别上场，第四折还有福禄寿队子登场；《文殊菩萨降狮子》第三折中，有"扮文殊菩萨队子"；《惠禅师三度小桃红》开场是"辟支佛队子队舞"；《李妙清花里悟真如》第三、四折之间，有"扮十六罗汉队子"等。"十六天魔舞"也属于队舞的一种形式，在朱有燉的杂剧中频繁出现。

1. 十六天魔舞

十六天魔舞是流行于元代宫廷和民间的一种著名乐舞。该舞可追溯到《元史》的记载：

① 袁媛：《论宋代"队舞"对后世戏曲发展的影响》，《芒种》，2013 年第 6 期，第 247-248 页。
② 袁媛：《论宋代"队舞"对后世戏曲发展的影响》，《芒种》，2013 年第 6 期，第 247-248 页。

　　时帝怠于政事，荒于游宴，以宫女三圣奴……一十六人按舞，
名为十六天魔，首垂发数辫……大红绡金长短裙、金杂袄、云肩、
合袖天衣、绶带鞋袜，各执加巴剌般之器，内一人执铃杵奏乐……
以宦者长安迭不花管领，遇宫中赞佛，则按舞奏乐。①

　　"天魔舞"创于"元顺帝至正十四年（1354），属于藏传佛教密宗
一派的乐舞，是宫中做佛事时表演的女子群舞。"② 天魔舞是一种队舞，
不仅用于宫廷"赞佛"仪式，也适合宫廷宴饮时演出。如《越楼观灯》
诗云："小队天魔花作阵，初筵云醴玉为舟。"③ 明代瞿佑《天魔舞》提
到："承平日久寰宇泰，选伎征歌为绝代。教坊不进胡旋女，内廷自试
天魔队……。"④ "十六天魔舞"自产生之日起，就与宫廷保持密切联
系，被宫廷所垄断。"《十六天魔舞》既然进入宫廷，就不会与民间同
日而语，从排场到服饰，必定宫廷化，较之民间更加奢华，更加艳丽，
也一定更好看。"⑤ 天魔舞在元明时代极为盛行。明朝前期，宫廷演出
的戏曲作品中经常伴有天魔舞的表演。如无名氏《争玉板八仙过沧海》，
这出杂剧反映出十六天魔舞被宫廷戏曲演出吸收的事实。

　　天魔舞在宫廷乐舞中盛极一时，作为藩王的朱有燉对此自然也很
熟悉。其父朱橚有《元宫词》，其中有两首咏天魔舞："十六天魔按舞
时，宝妆缨络斗腰肢。就中新有承恩者，不敢分明问是谁。""背番莲
掌舞天魔，二人娇娃赛月娥。本是河西参佛曲，把来宫苑席前歌。"⑥ 此
舞在排场上极为欢乐热闹、华丽纷呈、羽衣仙袂、载歌载舞，令人赏
心悦目。此外，朱有燉杂剧《惠禅师三度小桃红》第一折和第四折均
出现了天魔舞，主要叙述：飞仙会间，因观天魔乐舞，二圣迷失正道，
遂贬降生凡间。慧禅师为了点化二圣，命十六天魔舞仙女起舞，二圣
回想起当时的情景，回心悟道，断绝尘缘，重返天庭。此剧第四折提

① 〔明〕宋濂等撰：《元史》本纪第四十三《顺帝六》，北京：中华书局，1976 年。
② 赵保清：《人神共娱的十六天魔舞》，《内蒙古艺术》，2011 年第 1 期，第 84-86 页。
③ 吕诚：《来鹤草堂稿》，载《元诗选》第六册，北京：中华书局，1987 年，第 661 页。
④ 朱彝尊：《明诗综》，载文渊阁《四库全书》第 1459 册，第 592-593 页。
⑤ 麻国均：《中国古典戏剧流变与形态论》，北京：文化艺术出版社，2010 年，第 214 页。
⑥ 傅乐淑：《元宫词百章笺注》，北京：书目文献出版社，1995 年，第 30 页。

到："十六天魔队，花旦五人，一折了，舞住"；①此外还有天魔舞柘枝词【沉醉东风】："我那舞又无甚花儿叶子，又无那品竹调丝，一声声正法音，一句句清虚字，听中天玉女歌词，看十六天魔舞柘枝，赛过您翠红乡星眸皓齿。"②

再者如《赛娇容》第四折剧末，西王母下界赏名花，请众花仙歌舞天魔音乐："（王母云）今日梓童来赏梅花、水仙，众花仙可歌舞一曲天魔音乐，以佐芳樽……（七花仙上）（唱舞天魔队曲一折了）（王母云）看了这仙舞，十分轻致，梓童将着数颗蟠桃，就分与松竹二老，众位花仙尝用。"这场天魔音乐由七位花仙负责，中途有退场换装、再重新登场歌舞的上下场安排。此外，朱有燉的《仙官庆会》和《复落娼》中也只是简单提及了"天魔"，并没有实际演出。

2. 十七换头舞

除了十六天魔舞外，朱有燉杂剧中的十七换头舞也很有特色，从其华丽的服饰及种类繁多的乐器使用，可以看出其更具备宫廷演出的可能性。而关于十七换头舞的文献资料相对比较难寻。何良俊《四友斋丛说》曾提到"十七换头"：

> 李直夫《虎头牌》杂剧"十七换头"，关汉卿散套"二十换头"，王实甫《歌舞丽堂春》"二十换头"，在变调中别是一调，排名如【阿纳忽】、【相公爱】、【也不罗】、【醉也摩挲】、【忽都白】、【唐兀歹】之类，皆是胡语，此其证也。三套中惟"十七换头"其调尤叶，盖李是女真人也。"十三换头"【一锭银】内"他将【阿纳忽】腔儿来合唱"，《丽春堂》亦是金人之事，则知金人于变调内惯填此调，关汉卿、王实甫因用之。③

何为"换头"，吕洪静《换头论》中提到："她在考究西安鼓吹乐套式中的'换头'，发现，'换头'都是根据某固定的'八拍曲段'的末两

①《小桃红》，载《中国古代杂剧文献辑录》第一册，北京：全国图书馆缩微复制中心，2006年，第421页。

②《小桃红》，载《中国古代杂剧文献辑录》第一册，北京：全国图书馆缩微复制中心，2006年，第421页。

③ 何良俊：《四友斋丛说》卷三七《词曲》，北京：中华书局，1959年，第340页。

拍而来，而在节奏与旋律上做了压缩和简化，演奏时速度变得稍快，让人一听就知道是换头音乐，它一方面可以引出之后的新曲，另一方面也可以作为曲与曲之间的过门，每次换头出现，便代表曲子多奏一遍。"① 吕洪静据此推测杨宏道（1189—？）《小亨集》中所说："舞《鹧鸪》乃女真乐……其曲有四换头，每一换则休息片时"，此"四换头"即指反复四遍。吕洪静的观点对何良俊描述的元人杂剧"换头"现象提供了合理的解释。而台湾学者陆方龙进一步推测："'十七换头舞'应当是女真歌舞的一种，原本应当是附设于这些'换头'音乐中筵宴歌舞，被朱有燉移植运用到他的杂剧歌舞中来。是以在《小桃红》《赛娇容》二剧中，'十七换头舞'的出现时机同样都在双调套曲之中，虽然此二剧之变调套曲并未使用胡曲，但亦是为了适应音乐调性所作的安排。而《牡丹品》舞唱之'换头'虽则出现在正宫套曲中，并非双调，却也是出于女真音乐的使然。"②

在朱有燉的杂剧《赛娇容》《小桃红》中都出现十七换头舞，而《牡丹品》中有舞唱"换头"一折，三剧常以"歌舞十七换头一折"作为科介引其登场。如《赛娇容》第三折：

> （松竹云）众花仙颇习歌舞。请一试之。（菊云）俺这舞乃是上界天仙音乐。若歌舞一回，必然惊得西王母降临也，岂敢轻易便舞。（松竹云）未必便有所感，试请歌舞一回，以赏秋光。（菊云）众妹妹，您去打扮了，来舞一曲十七换头。（八仙下）（菊旦唱）
>
> 【双调·脱布衫】理芳容整顿威仪，束腰肢改换头霞衣，百宝妆璎珞带起，珍珠砌头巾款击。
>
> 【小梁州】……
>
> 【么】合清商入慢含秋意，几声歌高过云飞。玉体柔春葱腻，

---

① 吕洪静：《论换头》，《音乐研究季刊》，2002 年第 3 期，第 34 页。
② 陆方龙：《朱有燉杂剧及其相关问题的研究》，台北：台湾大学硕士学位论文，2008 年，第 223 页。

施展那柳腰纤细，必感得王母下瑶池。(众仙上歌舞十七换头一折了)①

又如《小桃红》第四折：

> (旦引卜同舞十七换头花旦五人上)(旦云)自从俺员外出家来这寺中，我不曾来探望，今日引我几个妹妹一同来，将著茶饼就供养和尚，动会音乐。……(末唱)
>
> 【双调·雁儿落】一任你轻歌传金缕词，舞乱飐罗裙。如娇莺宛转声，似彩凤蹁跹翅。(末云)小桃，你便待舞低杨柳楼头月，歌尽桃花扇底风，也劝不得我一分情兴。(末唱)
>
> 【德胜令】只因我心地本无私……(旦云)请和尚吃盏茶，俺嫁妹服事和尚舞一回。(十七换头舞上一折了)(众舞住)②

再者如《牡丹品》第二折：

> (扮花旦五人上云)妾乃歌舞者，今日春光和暖，俺演罢乐了，因寻这小妮子来。此园内闲戏耍一回。(共住)(正末上云)吾乃掌管花园，教习乐艺。……
>
> (末云)如今牡丹将开，你众多女子，何不在此将歌舞演习一回，准备着赏花也。(花旦云)俺就在此处歌舞一回，哥哥看有蹳撒了处，教俺一教。
>
> (末云)试演习歌舞一回咱。(花旦舞上唱换头一折住)(末唱)
>
> 【正宫·叨叨令】看了你念奴娇将一个翠裙腰结束的腰肢瘦，虞美人将一个红衫儿变鞓下泥金袖，好姐姐舞一回脸儿红汗渍得香腮透，催拍子唱一曲六么序越显得音声溜。③

由上可知，《小桃红》《牡丹品》用五花旦表演十七换头舞，而《赛娇容》则用了九花仙，规模更大、更热闹。而从其穿戴有束腰、红衫

---

① 朱有燉：《四时花月赛娇容》，载吴梅：《奢摩他室曲丛》二集，上海：商务印书馆，1928年。

② 朱有燉：《小桃红》，载吴梅：《奢摩他室曲丛》二集，上海：商务印书馆，1928年。

③ 朱有燉：《牡丹品》，载吴梅：《奢摩他室曲丛》二集，上海：商务印书馆，1928年。

霞衣、翠裙、金袖、璎珞带、百宝妆及珍珠头巾与使用鹧鸪笛、筝、拍板、羯鼓等乐器看来，似乎比十六天魔舞更绚丽、更奢靡。

第二节　皇室贵族身份与朱有燉杂剧创作

朱有燉作为皇室贵族，不论其人生历程是平坦或坎坷，其贵族的意识和身份基本保持不变。这种贵族意识，使得他的杂剧创作呈现出明显的宫廷文化色彩。

一、皇室贵族的等级、尊卑意识

朱有燉创作了两本水浒戏，分别是《豹子和尚自还俗》和《黑旋风仗义疏财》。这两本水浒戏中主人公鲁智深和李逵，失去了元杂剧中的反抗斗争精神，而演变为"安邦护国称保义，替天行道显忠良，一朝圣主招安去，永保华夷万载昌"的顺民。他们奉行封建伦理纲常，主张以正直和忠良来辅佐皇上。朱有燉作为皇室贵族，毕竟代表着统治阶级利益的思想意识，不可能理解他们的革命精神。他站在贵族阶级的立场上，把李逵、鲁智深上梁山，视为落草的强盗，因此以接受招安作为他们的归宿。《仗义疏财》不再是元剧中能文能武的李逵形象，他失去了积极反抗精神，剧中李逵看到张叔夜招安梁山的榜文，又经过李撇古的劝服，最终决心改过从新，去往山寨劝说大哥，情愿做良民。

> （外云）如今你回去，早来归顺，都要做巡检哩。（二末唱）
> 【尾声】做巡检职分须忠顺，比俺那翻窗刻墙的到稳，从今后贼见不相饶。[①]

我们知道在元杂剧中李逵是极力反对招安的，而在周献王笔下，他却演变成一个热爱功名富贵之徒，甘心做奴才顺民，这是极大的反差。朱有燉从自身统治阶级利益的角度出发，把梁山好汉描写成鼠窃狗盗

---

① 朱有燉：《黑旋风仗义疏财》，载吴梅：《奢摩他室曲丛》二集，上海：商务印书馆，1928 年。

之流的小贼，希望他们接受招安，忠心辅佐皇帝。在《豹子和尚自还俗》一剧中，副末李逵和正末鲁智深都被描写得十分下流，鲁智深以正末身份却唱着下面的曲词：

> 【天下乐】（末唱）似你这做贼的有一日拿住赃。（末学带枷躯老就唱）大沈枷膊项上搹，粗麻绳脊背后绑。那些个男儿当自强。（副末云）似你做僧人，每日辛苦，持斋吃素的，有甚好处？俺做贼的，十分快乐。趱家私，干衣食，又不犯本钱，只说俺做贼的好。[1]

鲁智深很享受现在做和尚的好处，李逵则甘心做小偷。受创作主体的限制，周献王不可能把梁山人物塑造成代表正义的好汉。他是从贵族立场出发，把这些好汉描写成卑贱的盗寇和小贼。由此，周献王笔下的李逵、鲁智深则演变成王朝治化下一个缺乏反抗精神、向往招安的盗贼。

在朱有燉的家庭婚姻剧中，大多数女子往往无法主宰自身的命运，沦为男人的附庸。剧中最多的是妓女，她们的最高愿望是盼着脱离烟花路，争做守节人，或者为了"夫妇正理"，要么殉节而死，要么守节升天。如《李妙清花里悟真如》中的李妙清，"虽在花门柳户，不染纤芥污名"，夫死后为其守寡数十年，日夜坐禅，"寿年八十有四，跏趺端坐归程"。再者如《甄月娥春风庆朔堂》赞颂了妓女甄氏对范仲淹的坚贞不渝，但范仲淹自始至终都对妓女甄月娥的情感持怀疑态度，这主要出于两方面的顾虑：一是"他这等人有几个守志的"；二是，"我是太守职官怎生取个衍衍作伴"。从中流露出贵族文人的真实心态——歧视妓女地位卑贱和浓重的贵族等级差别意识。"有贞烈有志气守清白不滥为，既相逢，称意的，永和谐，鱼共水"的甄月娥对待感情的态度与范仲淹形成鲜明反差。对待这种不平等的感情付出，作者认为是无可厚非的，在此体现了作者贵族自身的优越性和强烈的阶级意识。

---

[1]　朱有燉：《豹子和尚自还俗》，载吴梅：《奢摩他室曲丛》二集，上海：商务印书馆，1928 年。

此外，在《张天师明断辰钩月》自序中，可以看出此剧是朱有燉替嫦娥平反，意在为仙正名，强调了仙和精的不同，作者明确提到"太阴之情之正气，不可诬以幽合之事"，由此突显了鲜明的贵贱、尊卑意识，渗透了贵族不容亵渎的等级观念。

二、皇室贵族的生活情趣展现了宫廷文化的华贵、庄重、典雅

"节令与贺寿演剧是明代宫廷贵族生活的重要内容"[①]。朱有燉的宫廷庆赏剧，弥漫着浓郁悠闲的贵族气质，体现出其贵族化的生活情趣和审美意趣，展现出宫廷文化的华贵、庄重与典雅。朱有燉身为贵族藩王自然有锦衣玉食供奉，写作杂剧特别是宫廷庆赏剧，只是自娱、寄情声色罢了。从这些宫廷庆赏剧中可展现出其贵族化的生活情趣。如《瑶池会八仙庆寿》表现了朱有燉优雅闲适的超迈情怀："我是个无拘束烟霞隐士，不私凡风月神仙。尽他世事云千变。见几番秦宫楚阙。更几遍海水桑田……叹尘中为名利急急煎煎，争如我向山林散袒俄延。"[②]

《四时花月赛娇容》在第三折【小梁州】后是"众花仙唱舞十七换头一折"，第四折【太平令】后是"七花仙唱舞天魔队曲一折。"《天香圃牡丹品》连续用十五支曲子详细叙说牡丹品名，辞藻华丽，铺陈夸张。这凸显出朱有燉对音乐歌舞的精通。而《十美人庆赏牡丹园》中借鞓红旦、粉娥旦论棋表现了他对下棋的见解："边不如角，角不如废，有棋势，有角图。古人说，宁输数子，勿失一先。又说与其无事而强行，不若因之自补。"[③]他过的是诗酒欢娱、怡然自得的闲适生活。他的庆赏剧也充分展现了其闲适的贵族生活的场景。

朱有燉的宫廷庆赏剧主要是为宫廷庆赏或祝寿而作，不大注重故事情节的设置，而追求场面之热闹，表现视听声色之美。他把贵族气质与生活情趣渗透到其作品中，并与宫廷文化结合，使他的作品独具

①　徐子方：《明杂剧史》，北京：中华书局，2003 年，第 120 页。
②　朱有燉：《瑶池会八仙庆寿》，载吴梅：《奢摩他室曲丛》二集，上海：商务印书馆，1928 年。
③　朱有燉：《十美人庆赏牡丹园》，载吴梅：《奢摩他室曲丛》二集，上海：商务印书馆，1928 年。

特色。朱有燉杂剧所描述的华丽庄重的天界玉阙、琐细繁缛的礼节、热闹喜庆的祝寿庆赏场面，都渲染出了富丽堂皇的宫廷氛围。

朱有燉杂剧中对琼楼玉宇的天宫的描绘，俨然就是人间帝王宫殿的写照。如《十美人庆赏牡丹园》所描述：华丽的宝殿金色的大门，瑶台玉阙，翡翠阁银色屏障，高举着象榻鹅衾，低簌下龙帷凤结。还有《河嵩神灵芝庆寿》中展现的气势磅礴的宫殿群："卧牛城八十里如牛样，有艮岳峥嵘踞大梁，东北有黄河襟带势威强，宫殿广，王国奠中央。"① 这些气势非凡的宫殿充分展现出了皇权的至高无上、威严、神圣不可侵犯。

朱有燉杂剧体现作者的贵族气质，也彰显了宫廷文化的娱乐性。在其宫廷庆赏剧中经常会看见对神仙世界华贵奢靡生活的描述,如《群仙庆寿蟠桃会》，描绘了受用瑶池乐景的快乐："调玉液琼浆饮，把霞绡雾縠穿，餐两瓯玉露青精膳，诵几篇玉简黄庭卷，写一章玉玉劻丹书篆，似俺这光辉凤羽导仙幡，抵多少云移雉尾开宫扇。"如此铺陈奢华气派，展现其杂剧的宫廷化倾向。《洛阳风月牡丹仙》第二折不遗余力地展现了奢华气派的赏花场景：

> 【梁州】名园馆今晨庆会，小红亭别是风光……酌仙酒九霄沆瀣，赏仙花十里馨香。绮罗丛玉佩玎珰，翠红乡金缕悠扬……遥望着碧琉璃鱼鳞砌，转角回廊。看花半晌，相陪佳客同来往。②

朱有燉杂剧铺陈夸饰地描绘了天上神仙到人间庆赏祝寿的场面，使我们仿佛看到了帝王、贵族在宫廷宴饮中歌舞升平、饮酒欢娱的奢靡生活："听仙音律吕谐，玩仙舞翠裳开，满饮流露霞捧玉台，众高真到来，列仙果玳筵席排。"③

由此可见，身为藩王的朱有燉，其作品呈现出明显的贵族气度风范，体现着贵族的等级和尊卑意识，透露出贵族化的闲适生活情趣。这种贵族气质与宫廷文化的融合，彰显出宫廷文化的华贵、庄重与

① 朱有燉：《河嵩神灵芝庆寿》，载吴梅：《奢摩他室曲丛》二集，上海：商务印书馆，1928 年。
② 朱有燉：《洛阳风月牡丹仙》，载吴梅：《奢摩他室曲丛》二集，上海：商务印书馆，1928 年。
③ 朱有燉：《东华仙三度十长生》，载吴梅：《奢摩他室曲丛》二集，上海：商务印书馆，1928 年。

典雅。

如果说，民间文化以其多样的形式和丰富的内容为朱有燉杂剧增添了多姿的文化元素的话，那么，宫廷文化则是左右着他杂剧创作的方向，决定杂剧的性质。随着明初礼乐制度、演剧制度等的相继建立，作为皇室藩王的朱有燉，宫廷文化对其杂剧创作影响更为直接。其杂剧创作透露着浓郁的贵族气质，这种贵族气质和宫廷文化的融合，既彰显了帝王神圣威严的观念意识，也体现了宫廷文化的华贵、典雅、庄重和娱乐性特征。

朱有燉可视为北曲杂剧发展过程中一位承前启后的作家，他的杂剧资料保存完整，这对研究明初戏曲具有重要价值。他的杂剧既沾有时代气息，受到主流思潮影响，倡导理学，主张有益于政教，敷陈教化，带有明显的道德说教色彩。同时，处于古都开封的浓郁文化氛围熏陶下，丰富多彩的民间习俗、宗庙文化等因素都为朱有燉从中汲取创作素材创造了便利。贵为藩王的朱有燉，对宫廷文化是再熟悉不过了。随着明代制礼作乐，宫廷文化对其杂剧创作影响更为直接。朱有燉具有明显的贵族气质，彰显出贵族的尊卑和等级意识，透露出贵族化闲适的生活情趣。贵族气度与宫廷文化相互融合，使得他的杂剧创作呈现出华贵、典雅的品格。

第六章　朱有燉的诗文创作

章学诚《文史通义·文德》云："不知古人之世，不可妄论古人之辞也。知其世矣，不知古人之身处，亦不可以遽论其文也。"[①] 言即研究者务要"知人论世"，对于朱有燉的研究亦应如此。我们既要关注明初特定的社会环境与其创作心态的密切关系，又要关注他的人生经历对他创作心态的影响。诗为心声，和杂剧相比，朱有燉的诗文更接近他一生的心理真实，反映他一生的心路历程。

第一节　朱有燉诗文创作生涯

朱有燉创作除杂剧三十一种外，还有诗歌千余首，词三十三首，散曲三百零九首，文章二十五篇，创作之富，明初百年堪称第一。

朱有燉的诗文创作大致划分为四个阶段：洪武时期、建文时期、永乐初期、永乐后期至正统三年（1438）。朱有燉杂剧大都标明了明确的写作时间，而诗文很多并未标明，本文只能根据作者的生平经历以及诗歌所表达出来的情景与思想，推测诗歌产生的大致时段。

一、洪武时期的诗文

（一）昂扬向上之边塞诗

洪武二十四年（1391），朱有燉被册封为世子，他在周藩的地位很高，享受着宗藩世子所带来的荣耀与尊崇。同时，他也曾参与军国大

---

① 严杰、武秀成译：《文史通义全译》，贵州：贵州人民出版社，1997 年，第 336 页。

事，这让他有了一份自觉担当的家国情怀，有了建功立业的渴望。

此时的朱有燉已少年老成。十一岁时，父亲朱橚被谪迁云南，他能独当一面，把周府的大小事情料理得井井有条。这次出色的表现，深得祖父朱元璋器重，被接去宫廷和秦、燕、晋世子一起学习治国练兵的本领。等他长到十七八岁时，他便以世子的身份和他的长辈以及一些开国将领担当巡关的大任，而其他世子是没有荣幸担此大任的[①]，这足以看出朱元璋对他能力的肯定。在这时期朱有燉的诗歌定不会表达"少年唯恐清名污"[②]、"惟有诗酒娱平生"[③]、"世事何须苦用情"等消极的思想[④]。此时的他，对人生充满了希望，参与政治的热情也空前高涨。作为宗藩中的翘楚，他有着初生牛犊不怕虎的勇气，梦想着和长辈们一样征战沙场，以满腔热血为国效力。

出征行军的盛大场面激起了朱有燉的豪情壮志，让他充满了无比的自信，有一种强烈的建功立业的渴望。而作为一名文韬武略的世子，他通过诗歌表达了自己渴望建功立业的心情。最能表现他这一思想的诗歌有《塞上曲》：

> 黑云压山山水咽，冻雨下空作飞雪。将军拔剑挥寒铁，笳鼓声喧旌旆裂。
>
> 欧脱无尘胡虏绝，野火涨烟海风烈。北过祁连搜虏穴，缚取呼韩朝帝阙。献俘驰奏赐繁缨，中原万载歌升平。[⑤]

诗歌首先描绘了作战时恶劣的边塞环境，黑云压山，天气十分寒冷，

---

①《明史》卷三《本纪第三》："洪武二十九年春，二月，辛亥，燕王棣师师巡大宁，周世子有燉师师巡北平关隘。"《明实录·明太祖实录》卷二百四十四："辛亥宁王权言，近者骑兵巡塞，见有脱辐遗于道上，意胡兵往来，恐为寇边之患。上曰：'胡人多奸，示弱于人，此必设伏以诱我军。若出军追逐，恐堕其计，于是敕令今上（成祖）选精卒壮马抵大宁，全宁沿河南北觇视胡兵所在，随宜掩击，仍敕周王橚令世子有燉率河南都司精锐往北平塞口巡逻。"

② 朱有燉：《【北中吕·山坡羊】省悟》，载朱有燉著，赵晓红整理：《朱有燉集》，济南：齐鲁书社，2014 年，第 491 页。

③ 朱有燉：《醉吟楼》，载朱有燉著，赵晓红整理：《朱有燉集》，济南：齐鲁书社，2014 年，第 584 页。

④ 朱有燉：《冬夜即景》，载朱有燉著，赵晓红整理：《朱有燉集》，济南：齐鲁书社，2014 年，第 660 页。

⑤ 朱有燉著，赵晓红整理：《朱有燉集》，济南：齐鲁书社，2014 年，第 593 页。

雨落成雪。即使在这样的环境下，战士的斗志依然十分激昂。接着描写了激烈紧张的作战场面，在烈风的助力下战场上烽烟四起，将军拔剑而起。号角吹响，战士们蜂拥而上，勇猛杀敌。"北过祁连搜虏穴"表现了战场的紧急和将士们勇追穷寇的场面。全诗描绘了战士出征作战到归来的全部过程，展现了一幅将士们气势如虹、勇敢杀敌的胜利图景，寄寓着作者矢志立功边关的雄心壮志。

再如《拟古出塞》五首其三[①]：

> 霜清野火红，鼓断辕门晓。传令塞风高，行营山月皎。将军解战围，士卒颜色槁。从军有苦乐，只异饥与饱。

其四：

> 挥戈奋长驱，破敌宁捍死。生擒左贤王，归来报明主。

其五：

> 老马出胡关，壮心久复振。昂首发长鸣，天寒踏冰尽。斩俘献捷书，驱戎回远镇。勿谓成功多，凶器亦当慎。

五首组诗写出了边塞的恶劣环境以及从军的苦与乐，格调苍凉。在这种心境下，作者希望将士们可以"挥戈奋长驱，破敌宁捍死。生擒左贤王，归来报明主。"英勇作战，报效朝廷。最后一首，以老马壮心复振，昂首长鸣，与《塞上曲》一样，表达的是要为国效力的情怀。

与此相关的，朱有燉这个时期的诗歌中还有不少征夫思妇诗。朱有燉年纪轻轻就多次随军出征巡关，在战场上及军旅间的所闻所见，不仅激发了他昂扬向上的斗志，也让他体会到了远征不归的辛酸与亲人分离的哀伤。这些经历使他开始关注当时普遍存在的别离之苦，征夫的忧愁，思妇的悲叹。如《关山月》：

> 日从西山没，又向东海生，千古万古不暝此光耀。朗然下照关山月，关山路杳如登天，一去十年更九年。征夫夜夜拥寒鐵，

---

① 朱有燉著，赵晓红整理：《朱有燉集》，济南：齐鲁书社，2014 年，第 595 页。

别妇朝朝理断弦。断弦已续欢未续，空对清光夜不眠。关山月，偏与行人照离别。葱河一夕霜降威，北雁南飞渺胡越。雁去雁来春复秋，升沉几度重圆缺。圆缺升沉自有期，征夫感此成呜咽。天兵用武自由神，指日平胡报边捷。何苦征夫对月愁，明年不戍关山头。①

诗写战士们戍守关山的辛苦，一去经年，未有归期。"征夫夜夜拥寒镪，别妇朝朝理断弦"，夫妇天各一方，思念之夜夜、朝朝，多么失望与煎熬！思妇只能空对着月亮，思念远在边关的丈夫。"断弦已续欢未续，空对清光夜不眠"，两句尤能表现思妇的相思之苦。战士戍边之苦，别妇的思念之苦，作者深表同情。诗结尾"指日平胡报边捷""明年不戍关山头"，表达作者必胜的信念，昂扬着的是对于战争的乐观主义的情怀。

（二）忠孝节义之道德诗

纵观朱有燉的一生，他的思想较为复杂，总体上可以说融三教于一体，以佛治心、以道治身、以儒治世。但这种观念的形成是有一个发展变化的过程，这种发展与变化又与他的生活环境和生活经历密切相关。少年时期，儒家思想是占支配地位的。晚年时期佛道思想杂糅，儒家思想开始退居次要地位。

少年时期是朱有燉儒家思想形成的关键时期。朱元璋建国后，确立了"以儒治国"的方略，同时，朱元璋十分注重对子孙儒家思想的教育与培养，邀请名儒作为师傅。他选王仪、张易为太子宾客谕德时，曾语重心长地说道"范金砻玉，所以成器。尊重师傅，所以成德，朕命卿等辅导太子，必先养其德性，使进于高明"。②朱元璋还认为只有"蓄养德行，博通古今"，才能"承籍天下国家之重"。③朱有燉归藩之后，继续接受儒家的教育，业师刘淳"每进讲，必先忠孝礼仪，俾王远声色货利以训典，世子、庶子守先生之诲，咸知饬检，无骄纵气"④。此外，周府聚集着一些学识渊博、道德高尚的名师大儒，如周是修、

① 朱有燉著，赵晓红整理：《朱有燉集》，济南：齐鲁书社，2014 年，第 593 页。
② 《明实录·明太祖实录》卷三五，第 637 页。
③ 《明实录·明太祖实录》卷六三，第 1203 页。
④ 《国朝献征录》卷一百零五，万历四十四年（1616），徐象橒曼山馆刻本。

瞿佑、王翰、程本立等，长期处于这样的环境中，这些人所表现出来的温柔敦厚的儒家诗教传统对朱有燉也产生了潜移默化的影响。

年少时的儒家思想教育，名师的教导、与名儒频繁往来的环境使得朱有燉形成了以儒为主的思想，并贯穿他的一生。朱有燉的诗文大多没有标明创作时间，但根据他的经历以及创作思想的发展，具有强烈儒家入世思想的作品应该是早期作品。或者说，作品中所体现的儒家思想越强烈，那么它的创作时间应该是越靠前的。

朱有燉作品中体现最明显的就是儒家所提倡的"孝悌"，他自己更是身体力行，实践着这一思想。建文时期，朱橚的次子有爋诬告父亲朱橚有异谋，① 建文帝借此机会把朱橚囚往南京。为了保全父亲，朱有燉挺身而出，替父顶罪，建文帝才动了恻隐之心，朱橚一家才免于一难。朱棣即位后，特意作《纯孝歌》褒奖他代父受难，"以死自期，略无怖色"的壮举。这足以说明儒家的孝道思想对朱有燉的影响之深。

《诚斋录》卷四《兰竹轩》序表达了他对孝道的肯定和赞美，《兰竹轩》序是朱有燉为纪善余士美文章所作的序文。在序中，朱有燉对他的孝行大加赞赏：

> 余曰："善哉！先生知所以尽孝者矣！"，……孝子之心，思父母之乡，终身无替者，无以自宣，此所以假兰竹自见也……乃惓惓念其先人之轩居，以寓终身之思慕也哉！……甚美其孝，今观先生之卷，乃知君子尽孝之情，未尝不同也！②

朱有燉素怀孝心，对余士美的孝心他更是感同身受，这篇序文所写发自内心，温情感人，无丝毫矫情应酬之嫌。又如《慈庆堂》序一文，也体现了朱有燉对孝道思想的肯定，《慈庆堂》是周府的典仪夏谟"因念母之慈爱抚育之恩"而作的文章③，希望朱有燉为之作序，朱有燉"嘉谟之居职忠勤，立身端谨"为之作序。"予观夏谟之事上，景岱之奉亲，

---

① 《明史》卷一一六《列传第四》，"橚次子汝南王有爋告变，帝使李景隆备边，道出汴，猝围王宫，执橚，窜蒙化，诸子并别徙"。

② 朱有燉著，赵晓红整理：《朱有燉集》，济南：齐鲁书社，2014 年，第 705 页。

③ 朱有燉：《慈庆堂》序，载朱有燉著，赵晓红整理：《朱有燉集》，济南：齐鲁书社，2014 年，第 708 页。

可谓忠孝之人矣"。对于身边具有忠孝品质的人，他都大加赞赏。此外，嘉奖他人孝行的文章还有《题严良医孝行卷》《长史郑义家谱》引辞以及《马氏永思斋记》等。这种根深蒂固的孝悌思想也无不渗透到他的诗歌里，如《题榴花鸟头白颊图》：

> 一树榴花照眼明，枝头好鸟哺初成。可怜得食频回顾，微物犹知爱子情。[1]

此诗以韩愈的《榴花》诗开头，看似是在描绘一幅花鸟图，实则是借鸟儿之间的亲情来赞美人世间的亲情，并劝谕世人勿忘父母养育之恩。诗歌托物言志，借景抒情，可看出朱有燉纯孝与至诚的秉性。再如《诚斋新录》中的《书吾教授梦萱堂卷》：

> 母在萱草能忘忧，母去谖草能增愁。乃知草木无定意，惟在人心之所由。
>
> 我闻萱堂奉慈所，母违荣养谖草枯。止有清宵梦见之，庶若生前供樽俎。梁园教授□姓吾，感母劬劳情独苦。古云大孝慕终身，朝思夕想心何勤。精诚念虑不少怠，所以梦寐恒相亲。吾卿听我忠诚说，梦义虚无因感得。惟有扬名与立身，若□灵爽恒欢悦。[2]

在中国文化意象里，萱草代表母亲，萱草又称谖草。萱堂，是对母亲居所的雅称。作者认为，吾教授之所以常梦见母亲，是因为内心太思念母亲，"精诚念虑不少怠，所以梦寐恒相思"。"古云大孝慕终身，朝思夕想心何勤"，朱有燉赞赏吾教授的这一孝行。在朱有燉的诗文中，始终贯穿着忠孝的思想。从人到物，与孝道相关的，他都会大加赞赏，大力提倡。

朱有燉认为儒家所提倡的道德伦理是一种至善至美的理想人格范式，人只有通过自我修养才能使自己的品格达到高尚的境界。

---

[1] 朱有燉著，赵晓红整理：《朱有燉集》，济南：齐鲁书社，2014年，第685页。
[2] 朱有燉著，赵晓红整理：《朱有燉集》，济南：齐鲁书社，2014年，第751页。

《玉簪花说》开篇大发议论，阐述德行的可贵。[①]他赞美玉簪花的美，乃"花中秋芳而香者，其色素而不艳，其香甚清，满院馥郁，故余酷爱之"。"折一枝置枕畔，俄而嗅其香而变焉，令人中闷欲呕……见其花有青蝇之秽，余极弃之。既而叹曰：'为人不全其德者，亦若此也'"！但他又认为，玉簪花有"貌"无德，颜色漂亮，气味清香，却无"花德"。进而由花及人。感叹"为人而不全其德者，亦若此也"。他认为人之初，性本善，"人之性，天所命之，皆善也"，善是人生来就有的品德，但由于外物的侵扰，"外物一侵，不善长焉……不善日长，其善日消"，以致善心善行逐渐消失，被人轻贱。"人之无德，孰不贱之"。文章借花喻人，以此规劝人们。朱有燉十分注重人的品德，他的另一篇散文《青蜘蛛说》[②]，借青蜘蛛品格的低劣，规劝人们要注重自己的德行。青蜘蛛夜晚侵蚀花木的根茎，白天则藏身于洞穴，为了不使人发现它，在洞穴上面覆土掩盖。朱有燉认为青蜘蛛秉性狡猾，"自以为智识之深，关防之密……孰不知彼之智识关防，人从而得其计焉"，自作聪明，以至于"彼之至巧乃至拙，彼以至得于计谋然而至失于计"。青蜘蛛以雕虫小技惑人，最终是"至失于计"，朱有燉借此讽刺世间"人若此者亦多矣"。做人应注重德行，坦坦荡荡，"直行吾道，平处吾心，乐夫天命，听其自然，复何虞哉"。由青蜘蛛到人，苦口婆心规劝人们修德行善，宪王之苦心可知矣。

在诗歌创作中，朱有燉亦擅长以小见大，从微物着眼，发表议论，表达观点。有些诗歌表达了对儒家君子之德的肯定。如《诚斋录》卷一《驯鹭诗》[③]，《驯鹭诗》前有序，言明作此诗的目的，是赞美鹭"怀义念恩"的美好品德。朱有燉曾在苑中救了一只受伤的鹭雏，蓄养了二月有余，待其痊愈，羽翼渐丰，便放飞了它，而此鹭"翱翔复下，不忍径去"。而世间那些趋炎附势、得意忘形的人则"受窘而附人，得势而忘义"，于是，他感叹"呜呼世间人亦多，不如负义辜恩了无耻"。

---

① 朱有燉：《玉簪花说》，载朱有燉著，赵晓红整理：《朱有燉集》，济南：齐鲁书社，2014年，第710页。

② 朱有燉著，赵晓红整理：《朱有燉集》，济南：齐鲁书社，2014年，第711页。

③ 朱有燉著，赵晓红整理：《朱有燉集》，济南：齐鲁书社，2014年，第579页。

一方面对失德之人感到失望，另一方面又表达了对高尚道德的期盼与赞美。再如《马嵬山下粉》①，作者一反红颜祸水观念，认为造成当时马嵬坡事件的主因是皇上用人不当，奸臣误国。"后人不责唐明皇，惟知因色生祸殃"。他为杨玉环叫屈，"世人但谓玉环妖，不识玉环冤死处""玉环之死真无辜"。进而提出治国用人的重要性，"须知治国用人谨，奸邪岂有如忠良"，而用人的关键是要看人的品行，只有忠良之人才不至于启祸肇端。作者表达对高尚道德情操的推崇，与此有关的诗歌还有《诚斋录》卷一《偶成》，规劝人们"寄言君子操，言行当谨饬"。②

二、建文时期的诗文

（一）凄凉落寞之悲情诗

建文帝朱允炆即位后，强烈地感觉到这些手握重兵的叔父们对他皇权的威胁，于是建文帝动了削藩的念头。对朱允炆皇权威胁最大的是燕王朱棣，朱允炆意欲从朱棣开始削藩，但又怕燕王实力过强，于是决定先剪其羽翼，"以橚为燕王母弟"，所以先从朱橚下手。"建文初，……帝使李景隆备边，道出汴，猝围王宫。执橚，窜蒙化，诸子并别徙"。③朱橚被贬为庶人，周府的全家老小及儒臣卫士都身陷囹圄，朱有燉也随父亲来到云南蒙化，开始了一生中最为艰难的日子。他与父亲、兄弟被安置在云南不同的地方，家人分离，过着"衣不掩体，通食穴墙"④的生活，艰苦备尝。

从锦衣玉食的尊贵世子到衣不掩体、无家可归的庶人，朱有燉这时期的心境无疑是悲伤落寞的。此时的诗中一方面表现了当时落寞悲伤的心情，另一方面也表现了对家乡和亲人的思念与牵挂。《临安即事》最能表达他当时的悲伤心境：

> 冻雨寒烟戍满城，雨中烟外更伤情。……蛮方异俗那堪语，

① 朱有燉著，赵晓红整理：《朱有燉集》，济南：齐鲁书社，2014年，第576页。
② 朱有燉著，赵晓红整理：《朱有燉集》，济南：齐鲁书社，2014年，第589页。
③《明史》卷一一六《列传第四》。北京：中华书局，1974年，第3566页。
④《明实录·明太宗实录》卷一："妻子异穴，隔墙以通饮食"，第7页。

独立高台泪似倾。①

当时的云南大部分地区属于蛮荒之地，自然环境极其恶劣。从物阜民安的开封到穷山恶水的云南，朱有燉自然倍觉凄凉。诗中出现的意象自然是"冻雨""寒烟"，反映出当时他的悲伤情绪，而且这样的日子是看不到头的，甚至生死未卜。他不知道自己以后还能不能回到开封的王府，能不能与家人团聚，所以他"独立高台泪似倾"。在"替父顶罪"面临生死时，他尚能脸上"略无怖色"，而此时却是"泪似倾"，可见当时作者内心的悲痛之深。远窜云南的糟糕处境，亲人之间为争夺权力的自相残杀，都让朱有燉悲伤至极。

（二）悲喜交加之忆怀诗

时间的流逝，冲淡了他的悲伤，随之而来的更多的是对亲人的牵挂与思念。靖难时期目睹亲人之间为争夺权力而互相残杀的事实，让他更加珍惜与家人之间的亲情。在这个时期，他写下很多关于亲情的诗歌。如《临安晚眺忆弟》：

> 登楼空远望，蒙化一千程。山水涵秋色，云霞弄晚晴。天边孤雁远，江上一帆轻。怜伊最年少，令我苦伤情。②

登楼远眺，思念远在蒙化的弟弟，山水阻隔，路程是如此的遥远，他对弟弟满是牵挂和担忧，一个"空"字表现了他思念兄弟而不得见的落寞与失望之感。再如《有怀》：

> 南国久迟留，天涯住几秋。万山来远梦，三峡少归舟。忆路频脂辖，看云独倚楼。相思不相见，何以谓离忧。③

身在异乡，不知度过了几度春秋。作者倚楼远望，云海茫茫，思亲却不得相见，只有孤独地咀嚼离别的忧愁。在《秋日有怀》中他写道："兄弟各异方，惆怅滇南路。思之不可见，日暮独凝伫。"④ 这种思亲

---

① 朱有燉著，赵晓红整理：《朱有燉集》，济南：齐鲁书社，2014年，第655页。
② 朱有燉著，赵晓红整理：《朱有燉集》，济南：齐鲁书社，2014年，第606页。
③ 朱有燉著，赵晓红整理：《朱有燉集》，济南：齐鲁书社，2014年，第609页。
④ 朱有燉著，赵晓红整理：《朱有燉集》，济南：齐鲁书社，2014年，第589页。

之痛似乎无时无刻不在折磨着他，使他不能安身。

由于史料的匮乏，我们无从得知他在云南生活的具体细节，但从一些诗作中我们仍然可以窥见生活的蛛丝马迹。悲伤过后的朱有燉并没有自暴自弃，而是选择接受现实、随遇而安，心态逐渐趋于平稳。他经常思念在云南时的好友，《临江仙》词"滇海故人音信远，离情转眼三年"，①《送人之滇南兼述怀寄友》"珍重故人滇海外，好将诗酒乐尧年"。② 这些诗词可以看出他与滇海朋友感情之好。朱有燉曾经"北历沙漠，南游江汉"，③ 但云南之行也就这一次，在此蛮荒之地，父兄异处，处艰难困苦之境，有这些挚友，也足以慰怀。朱有燉的云南后期，已不再抱怨"蛮方异俗哪堪语"了，而是试着接受了眼前的现实，心态也趋于了平和。

三、永乐时期的诗文

（一）复藩得宠之感恩诗

四年的靖难之战以燕王的胜利而告终，即位后的燕王对他的同母弟周定王橚恩宠有加，靖难事成，旋即下诏，为朱橚恢复爵位④，朱有燉复为世子⑤，有爋、有烜等兄弟几人也都被封为郡王，至此，周府一家结束了长达四年的囚徒生活。燕王对他唯一的母弟的赏赐极为丰厚。在朱橚生日时，更是厚赐：

> 洪武三十五年七月庚寅，赐周王橚生日礼物冠一，通天犀待
> 一，彩布三十四，金香炉各合一……每逢生日，必遣驸马都尉亲

---

① 朱有燉著，赵晓红整理：《朱有燉集》，济南：齐鲁书社，2014年，第722页。
② 朱有燉著，赵晓红整理：《朱有燉集》，济南：齐鲁书社，2014年，第677页。
③ 朱有燉著，赵晓红整理：《朱有燉集》，济南：齐鲁书社，2014年。杂剧《紫阳仙三度常椿寿》引辞："予生也，凤慕仙风，南游江汉，北历于沙漠"。《诚斋梅花百咏》序："子自弱冠南游，经湘潭……及壮年，泛楚江"。
④《明实录·明太宗实录》卷十六："永乐元年，春正月己卯朔。……行庆成礼，以复周王橚、齐王榑、代王桂。"
⑤《明史》卷五十二《志五·太宗皇帝》："复封周王于河南……周王世子有燉，复为周世子……永乐元年正月十三日"。

往赐物，可谓宠渥稠叠。①

> 永乐初，周王橚诞辰，赐冠一，通天犀带一……案我朝诸王
> 于此二节，例无庆赐，独定王以同母弟得之，至王薨而后已，盖
> 特恩。②

从史料可以看出，永乐初，每次朱橚进京朝觐，永乐皇帝都有赏赐，而且朱橚及朱有燉每至京师，少则逗留半月，多则一月有余③，可见恩宠之厚。对于永乐皇帝，周府是心存感激的，在短短几年的时间内多次向皇帝献祥瑞，赞美他的仁德。如永乐元年（1403）正月，周王橚献九章及佾舞；永乐二年（1404）七月，朱橚进献嘉禾；九月，朱橚进京献驺虞；永乐六年（1408）八月，朱橚进献野蚕以示祥瑞。朱橚、朱有燉深知永乐皇帝心理，在永乐初期他们频繁地进献祥瑞，除了表达感激之情，也多少有点为永乐帝争正统的意味，给永乐皇帝的即位罩上一层"顺天应人"的神圣光环。总之，永乐初期，周藩与永乐皇帝的关系十分融洽，他们共同上演着一出兄弟情深、君仁臣忠的戏码。

为了表达对伯父皇帝的感激之情，朱有燉这时期写了大量的歌功颂德、赞美太平盛世的诗文作品。这些歌功颂德的诗歌虽有夸张之嫌，但对太平盛世的感激，应该是发自内心的，毕竟，如果不是朱棣靖难成功解救周王橚脱离苦海，他们一家可能终生都在西南边陲过着屈辱困顿的谪贬生活。如永乐二年（1404）得驺虞后，为答谢当地神灵，在驺虞出现的地方建了神屋山神庙。朱有燉亲撰《神屋山神庙瑞兽碑》，他赞美永乐皇帝"今伯父皇帝在位，礼贤恤民，仁恩溥洽，风恬俗熙，遐方异域，重译来献，和气致祥，驺虞之出，固其宜也"④，驺虞的出现是因为王道的实现，象征着太平盛世的出现。朱有燉在永乐初期频繁地进京朝觐皇帝，在朝京的路上还写了很多歌功颂德的诗作，如《舟行过泗州》：

---

① 《明实录·明太宗实录》卷十上，第 157 页。

② 王世贞：《弇山堂别集》卷六《亲王诞辰特颁》。

③ 《明实录·太宗实录》卷四十一："永乐三年夏四月，丙子，周世子有燉来朝，命皇太子宴于文华殿……丁亥，周世子有燉、宁化王济焕……辞归，命皇太子赐之"，共在京师十二天。

④ 管竭忠：《开封府志》卷十八，清康熙三十四年（1695）。

　　深沐天恩遂此生，龙航今日喜重登。才离南海三年苦，又见长淮一水澄。风静浪纹晴绿皱，雨余山色暮烟凝。倚栏回首东南望，云树苍苍是祖陵。①

　　泗州，即今天的安徽泗县古称，从诗的内容我们可以看出此诗作于永乐初期。"龙航今日喜重登。才离南海三年苦"表明作者刚从云南归来不久，今日能够重登龙舟心里十分地高兴。"倚栏回首东南望，云树苍苍是祖陵"，泗州东南，正是都城南京。《太宗实录》卷一二下："洪武三十五年（建文四）九月庚寅，周世子有燉自云南来朝，赐钞二万锭"。又《太宗实录》卷一九："（永乐元）丙寅，周世子有燉，顺阳王有烜……俱辞归。"从诗中"才离""又见"，以及所写景物来看，此诗应作于永乐元年初春朱有燉朝京的路上。作者感沐天恩，放还归国。遥见祖陵，又百感交集，五味杂陈。全诗移步换景，节奏明快，情感真实，是宪王诗中的上乘诗作。永乐时期，有燉曾多次入朝，作于朝京路上的诗歌还有《濠梁驿即事》：

　　淮南淮北雨初晴，几处清山似洛城。对酒已拼今日醉，看花不作少年情。水冲玉峡分流急，霞映金沙夹岸明。闲倚驿楼清眺处，郁葱佳气是神京。②

又有《宿红心驿遇雨》：

　　梅雨潇潇透客窗，那堪残角尚悠扬。初闻万窍风声起，浑似九秋天气凉。孤管有灯人未寝，小楼无月夜偏长。朝天乞得晴三日，咫尺金陵是帝乡。③

可以看出，这两首诗也是作于朱有燉朝京途中，"濠梁""红心驿"在今安徽凤阳境内。既然是朝京途中经过安徽凤阳，则此二诗应作于永乐元年（1403）至永乐十九年（1421）之间。且据史料记载，洪武时，

---

① 朱有燉著，赵晓红整理：《朱有燉集》，济南：齐鲁书社，2014年，第620页。
② 朱有燉著，赵晓红整理：《朱有燉集》，济南：齐鲁书社，2014年，第626页。
③ 朱有燉著，赵晓红整理：《朱有燉集》，济南：齐鲁书社，2014年，第626页。

藩王入朝有禁，成祖即位，曾废除朝禁，于是，亲王入觐者不绝。迁都之前，宪王到南京的机会很多。永乐初年出于亲情和政治的原因，朱有燉频繁朝觐皇帝。《太宗实录》记载朱有燉朝京的时间，多在永乐初期①。可以推测，这两首朝京途中的诗最有可能作于永乐初期，即周藩与永乐皇帝关系最为融洽的这段时期。这类诗作都是赞美自己的伯父皇帝的美德，歌颂当时的太平盛世，虽没有建文时期"泪似倾""苦伤情"这样浓烈的感情，但风格明快，情景交融，语浅情真。

朱有燉这个时期的诗文主旨是歌功颂德，黼黻承平，充满台阁气息，但他并不是台阁体文人。从创作动机、出身经历、诗歌特征等方面来看，朱有燉与台阁文人还是有很大不同的。朱有燉此时所写的歌功颂德的应制诗是发自内心地感激永乐皇帝的恩宠与关爱，其诗与文人的应制诗相比，感情自然真挚，鲜见矫揉造作，不过分堆砌赞美皇帝功德和盛世的词语。在台阁文人的应制诗中，我们看到的是一位小心翼翼邀宠的臣子形象；而在朱有燉的应制诗中，我们看到的是一位自信的、赞美皇帝治国有方的王者形象，他对皇帝表达的是忠诚之意，而不是邀宠之心。

朱有燉作为宗藩，其身份的特殊性使得他的应制诗包含了复杂的感情，有感激，有赞美，但在残酷的政治现实面前，又何尝没有一丝韬晦与逃避。朱有燉目睹靖难时期的几大政治事件，包括叔侄之间的权力之争、方孝孺事件等等，这不仅使他丧失了政治热情，也让他明白了"顺我者昌，逆我者亡"的残酷真相。与他相差一岁的皇叔朱权，曾为靖难效力，最后落得连挑选封地的权利也没有，只能隐忍韬晦于南昌，这更让他引以为鉴。朱有燉看透了这些政治把戏，他懂得，作为一名世子，他要安分守己，只有守拙避嫌才能保自己一世平安，而不能在政治上有所作为。与朱有燉的逃离政治相反，台阁文人创作大量应制诗的目的是要积极地参与到政治中，他们要讨好皇帝，处理好

---

① 《明实录·明太宗实录》卷十二下："洪武三十五年九月庚寅，周世子有燉自云南来朝"。《太宗实录》卷二十下："……己卯，周世子有燉、顺阳王烜来朝"。同书卷三十五："永乐二年十一月，丙寅，周世子有燉、汝南王有爋辞归"。同书卷四十一："永乐三年夏四月，丙子，周世子有燉来朝，命皇太子宴于文华殿"。

君臣关系，以便自己能更好地参政议政，实现一个士子的人生抱负。

（二）风花雪月之闲情诗

复藩后的周藩与其他藩府相比，虽然受到了极大的恩宠，但是这仅限于亲情似的关怀与关心，一旦涉及政治权力，他的伯父皇帝是绝不会含糊的。当周藩对皇权有所冒犯时，也会受到无情的惩罚。明初，周藩所受到的惩罚，绝大多数来自定王朱橚。《明史》载朱橚"时有异谋"，朱橚多次受到成祖的斥责，在最后的一次事件中，成祖竟然发兵讨之，可见事情的严重性。永乐后期，周藩与皇帝的关系已不再像永乐初期那么融洽了。在朱棣坐稳皇位后，他不再需要用"亲亲之义"来包装自己，他更需要的是能忠于朝廷的周藩臣子，而不是时时对自己"有异谋"的弟弟。周旋于父亲与皇帝之间的朱有燉深谙这些权力之争的政治把戏，在惊险之余，朱有燉选择醉心文字，寄情山水，不再插手政治。自此，在这种特殊的政治环境下，那位在军事与政治上崭露头角的宗室翘楚，却戏剧性地走上了文学创作的道路，并在文学上大放异彩。

除了父亲造成的几次有惊无险的事件，朱有燉在永乐时期，生活还是十分惬意的。自永乐元年从云南归来至洪熙元年袭周王这段时间，周王府的国中大事，有他父亲朱橚处理，朱有燉所要做的，就是在侍亲之暇，读书写字和游山玩水。朱有燉的生活不仅清闲，而且舒心惬意。自永乐五年（1407）开始，他这一生最喜爱的宫人夏云英陪伴在他的身边①，心情自然是十分愉悦的。清闲的世子生活无外乎读书写字，饮酒作诗，宴饮交游。但在晚年愈演愈烈的藩禁环境下，他只能愈发地清闲了。从永乐到正统，在这段清闲的时光里，朱有燉也一直在创作。这两个时期，因为作者的生活方式是相似的，其创作的题材也是相似的，如创作了大量的咏物诗、酬唱赠答诗等。在他的诗作里，有不少诗文未明确标出创作时间，要判断出这些诗歌具体的创作时间有一定的难度。但是，由于人生的不同经历，每个阶段都有不同的思想与情感，这种观念与情感支配着作者的诗歌创作。抓住诗歌背后所

---

① 朱有燉：《夏氏云英墓志铭》："宫人讳云英，青州府莒州人……年十三，选为周世子宫人……宫人生于大明洪武二十八年五月八日"。可由此推断，入周府是在永乐五年。

隐藏的思想情绪，再结合作者此时期的人生经历，就能大致判断作品创作的时期。

朱有燉在永乐时期的诗文多反映贵族化生活。他写了大量的咏物诗、酬唱赠答诗等。在闲适的时光里，朱有燉观察一草一木、一虫一鸟，都非常细致。正如他所说"微物而粹造化之精者也"[1]，其咏物诗包括咏花、咏珍禽等。诗歌精致巧妙，富有意趣，善于从细微处着眼，描写非常细腻。如《题木犀角金》：

> 簌簌奇花占晚芳，九霄和露散清香。仙禽角戴真金缕，闲向高枝啄嫩黄。[2]

这首精巧的咏物诗着意于描绘桂花的外在特征，包括桂花的芳香和颜色，是一首纯粹的咏物诗，表现了朱有燉悠闲自得的生活。朱有燉的兴趣不止于花鸟，在做世子的这段时期他还十分热爱书法。永乐十四年（1416），他刊刻了一整套的《东书堂法帖》，永乐十五年（1417）又刊刻了《兰亭修褉帖》。他在序中说道，刊刻这些法帖的目的不是要示于后人，完全是出于自己的兴趣爱好。此外，他还写了很多与书法、画作相关的诗文，如《题拙书兰亭后》。再如《学书》：

> 米长苏短赵多媚，论字无过王右军。千载高风犹想见，万年书迹不成尘。官奴裹鲊行行异，乐毅黄庭字字真。手不通玄空苦志，学书聊复自怡神。[3]

朱有燉的这首诗写得颇为随性，应该是自己在初始学习书法时的一些感悟。他分别评价了宋代几位著名的书法家，指出自己最崇拜的还是魏晋时期的王羲之，为自己学不得感到惋惜。《学书》一诗没有标出明确的时间，诗歌内容所展现出来的作者对书法的狂热，当是在他最热爱书法的这一时期。朱有燉晚年也写过与书法相关的诗歌，但从诗歌

---

① 朱有燉：《菊花谱》序，载朱有燉著，赵晓红整理：《朱有燉集》，济南：齐鲁书社，2014年，第707页。

② 朱有燉著，赵晓红整理：《朱有燉集》，济南：齐鲁书社，2014年，第738页。

③ 朱有燉著，赵晓红整理：《朱有燉集》，济南：齐鲁书社，2014年，第656页。

内容来看，作者想要表达的心境已经不一样了，其晚年的诗歌多有一些标志性的词语，如"老来容我""老来苦咳嗽""吾今老病""鬓先皤"等，或者直接以老人自称，且朱有燉晚年的诗歌多抒发人生短暂、时光易逝、老来无欲无求的情怀。如同样是书法题材的诗歌《学书自乐》，诗中写道：

> 老来无所好，惟有学书心。几净鸾笺滑，窗明象管沉。腕悬章草熟，心定楷书深。黄庭与书赞，乘兴不须临。[①]

从诗歌的内容明显可以看出写作时间当是晚年，作者不再是追求某种风格，而是通过书法达到修身养性的目的，"腕悬章草熟，心定楷书深"。朱有燉的题画诗也有很多，如《题樱桃鸟头白颊》《题俊鹘擒鹅图》《画册》引辞等。《画册》引辞阐明自己作画的目的是"适意"而已，"以工织巧，夸耀人目，非予之志也"。[②] 关于酬唱赠答的诗歌，有《和长史卞孟符诗韵》《和王长史诗韵》《赠黄伯振教授》等。[③]

朱有燉在这一时期所写的咏物诗、酬唱赠答诗虽然不是特别优秀，但也有自己的精巧别致的艺术风格，更为难得的是在台阁体盛行的永乐时期，朱有燉的这些诗歌对当时的诗坛来说无疑是一股清流。

台阁文人认为诗文应该"传圣贤之道，鸣国家之盛，颂美功德，发为治世之音"。他们认为诗歌要有益于政统，诗歌创作要"发为治世之音"，而不能局限于个人的喜怒哀乐。朱有燉作为一名宗室文人，他不同于那些台阁重臣，无需靠作诗来邀宠。他的诗作虽然也发为治世之音，表达对皇帝的忠心，对盛世的礼赞，但作为宗藩，只要他远离政治，恪守本分，他就能享有更多的自由，不像当时的台阁文人有那么多的顾忌。所以，他的诗歌除了王朝治化、颂美功德之外，还比较多地反映了他个人的生活情趣。他的诗歌能结合自身的生活，我手写我心，把自己对生活的体验及情感写入诗中，同时，其诗歌的题材丰

---

① 朱有燉著，赵晓红整理：《朱有燉集》，济南：齐鲁书社，2014 年，第 610 页。

② 朱有燉：《画册》引辞，载朱有燉著，赵晓红整理：《朱有燉集》，济南：齐鲁书社，2014 年，第 754 页。

③ 朱有燉著，赵晓红整理：《朱有燉集》，济南：齐鲁书社，2014 年，第 646、646、645 页。

富，也远远超出了台阁诗的范围，在一定程度上，打破了台阁体一统文坛的局面。

（三）感情真挚之悼亡诗

关于夏云英，朱有燉在《夏云英墓志铭》云："宫人讳云英，青州府莒州人"。① 永乐五年（1407），年十三，以才德选入周府，为周世子宫人，备受朱有燉宠爱。她是一位集才、貌、德于一身的近乎完美的女子，其才，"宫人生而聪慧异于寻常，五岁即能记诵孝经，七岁学佛典金刚、莲花等经，楞严尊胜等咒，皆能背诵"。"至于女工，剪制、结簇无所不精，博奕音律，一经目睹耳聆，便皆造妙，父母兄弟咸敬爱之""每有难决之事，问之，皆条对明白，识见高远，有古智士之才"。"初，司香药，观医书，颇明其理，后掌图史，终日读书，手不释卷"。其德，"德行温良，性情端正"。朱有燉无论是在为夏云英所写的墓志铭中还是在为之所写的《题夏氏端清阁》序中，对夏云英极尽赞美之词。"惟顺惟贤德之固，惟才惟色恩之坚。世人得一尚可羡，尔皆有之岂非天"，② 世人得一己让人十分羡慕，而他的云英是"皆有之"，言辞之间，赞美不已。

他们相伴了仅仅十一年，永乐十六年（1418）夏云英因病去世，年仅二十四岁，这对朱有燉的打击很大，他写了很多的诗文来悼念她。在云英去世的这一年，作《挽诗》九首③，表达自己的哀思，《挽诗》其一，作者写道"伤心失良佐，掩泪泣英贤"，云英之于他，不仅限于男女之爱，他们更是知己之爱。有燉"每有难决之事，问之，皆条明白，识见高远"，所以称云英为"良佐""英贤"。除了在云南那段最为悲惨的处境下，朱有燉有过"泪似倾"的情绪，在他的全部诗文中还没看到过像"掩泪泣"这样难掩的悲伤。对于云英的早逝，他甚至忍不住要去怪罪苍天的不公，"吉人何啬寿，谁可问苍天"，《挽诗》有九，作者对逝者深深的不舍之情以及对云英去世的无奈充斥于字里行间。《挽诗》其二，作者自知逝者不可回，但仍然抱着一丝的幻想，"香魂

---

① 朱有燉著，赵晓红整理：《朱有燉集》，济南：齐鲁书社，2014年，第718页。
② 朱有燉著，赵晓红整理：《朱有燉集》，济南：齐鲁书社，2014年，第578页。
③ 朱有燉著，赵晓红整理：《朱有燉集》，济南：齐鲁书社，2014年，第607页。

或可招""多情如有意，深院任逍遥"，幻想着能一见云英的魂魄，朱有燉对夏云英可谓深情一片。云英去世后，朱有燉"独坐愁难遣，孤眠梦未成"，惆怅悲痛之状跃然纸上。

此后，朱有燉也不断作诗悼念夏氏，如《忆夏氏》《偶成悼亡为夏氏作》《云英》。作者回忆往事，伤悼不已。此外还有《有怀》组诗两首：

> 十二瑶台凉似水，苍梧叶落西风起。蓝桥一别玉京仙，独自吹箫月明里。

又

> 鸾笺象管漫尘侵，古调新腔不喜吟。从别玉京仙子后，人间何处有知音。①

从诗的内容我们可以推测，此诗当是思念夏云英的。组诗的第二首，作者称在人间已找不到这样的知己，能称得上朱有燉知音的，恐怕也只有夏云英。《偶成悼亡为夏氏作》一诗中他又用"一别玉京仙"指代与云英的离别，伤悼之情，溢于言表。再看《七夕有感》：

> 今宵牛女同欢悦，凄凉但恨银潢隔。纵然一岁一相逢，犹胜人间永离别。②

朱有燉七夕有感而写下此诗，诗中说牛郎织女隔着银河，甚为凄凉，但至少能一岁一见，总好过阴阳两隔，永不能相见。朱有燉的妻妾不止一人，但见诸诗文，能称得上朱有燉最爱之人的只有夏云英，他和正妻吕氏，只是举案齐眉的夫妻关系，因此，此诗极有可能是思念云英而写的。这个时期，朱有燉与云英相关的文字还有《书夏氏法华经偈》序以及《故宫人夏氏墓志铭》《题夏氏端清阁》。

夏云英自幼便接触佛法，"七岁学佛典、金刚、莲花等经"，二十二岁那年，因疾为女释，在此期间更是遍观佛典精进修持，朱有燉赞曰："若夏氏，可谓得《法华》三昧者矣！"可以说，朱有燉晚年对佛

---

① 朱有燉著，赵晓红整理：《朱有燉集》，济南：齐鲁书社，2014 年，第 698 页。
② 朱有燉著，赵晓红整理：《朱有燉集》，济南：齐鲁书社，2014 年，第 694 页。

法的研习深受夏云英的影响。在与云英相伴的这些年间，朱有燉已经对佛法有了一定的了解，他在《挽诗》中也用佛法的一些义理来平复云英去世带给他的伤痛，如"有相原非相，无缘不离缘""了此万劫转，明夫一性空。……净土惟心静，包含世界中"。在永乐时期，朱有燉的生活相对安逸，无甚大的打击，他对佛教的认识相较于晚年，止于浅显，谈不上有禅意之思。所以除了《挽诗》九首中，后几首以佛教义理抚平自己伤痛外，其《诚斋录》《诚斋新录》中几首浅显的与佛法相关的诗歌当作于此时期。如《答僧偈》：

> 祖师何必去相参，认取原来旧布衫。管得大家都是佛，莫分李四与张三。①

此外还有《学佛》《答僧》等。②总之，朱有燉好佛与夏氏的熏陶密不可分，云英的去世是朱有燉思想转向佛道的一个催化剂，也是思想转变的一个开端。

在台阁文风盛行的时代，朱有燉所写的感情真挚的悼亡诗亦是别具特色。在情感表达方面，台阁体提倡一种和平温厚的文风，作诗亦然，台阁文人在论及诗之抒情特征时，强调诗歌的抒情要合乎"性情之正"，在作诗时感情要有节制，要受到道德的约束，使感情处于不温不火的状态，因此，台阁文人之诗少有大喜大悲，少有慷慨激昂，读来淡如清水，像朱有燉诗中"伤心失良佐，掩泪泣英贤"的哀痛之思的诗文作品很少。朱有燉不仅为他最爱的夏云英写过悼亡诗，他还作诗悼念过自己的正妻吕氏，有《挽诗》《秋夜有怀》两首。《挽诗》云：

> 十年糟糠结发初，心诚志一性全孚。可怜白鹤归沧海，不见青鸾到碧梧。
> 花柳精神随处有，松篁节操古今无。谩将几点凄然泪，洒向红绡烈女图。③

---

① 朱有燉著，赵晓红整理：《朱有燉集》，济南：齐鲁书社，2014年，第678页。
② 朱有燉著，赵晓红整理：《朱有燉集》，济南：齐鲁书社，2014年，第601、661页。
③ 朱有燉著，赵晓红整理：《朱有燉集》，济南：齐鲁书社，2014年，第631页。

朱有燉的正妻吕氏卒于永乐四年（1406），朱有燉的这两首诗当作于永乐时期，诗中朱有燉赞美自己结发妻子的良操美德，"花柳精神随处有，松篁节操古今无"，他们之间虽然没有缠绵悱恻的爱情，但也是相敬如宾的夫妻，想起十年的相敬如宾，作者不禁潸然泪下。在《秋夜有怀》中更是掩泪而泣[①]，"掩泪不堪伤往事"。在为两位妻妾所作的悼亡诗中，朱有燉不像台阁文人一样在作诗时节制自己的感情，而是毫无保留地将悲痛之情泻于诗中。身处台阁文风盛行之时，朱有燉诗歌能够缘情而发，不稍节制，确是难能可贵。虽然朱有燉性格"宅心仁厚"，他的大多诗歌也具有和平温厚的特点，但这与台阁体并不是亦步亦趋。藩王身份决定了他的诗歌既受到时代风气的熏染，又不完全囿于其中。

四、洪熙至正统时期的诗文

（一）看破红尘之放达诗

洪熙元年（1425），朱有燉袭周王，开始主政周藩。此时的朱有燉已经四十七岁了，人近暮年，经历了大风大浪的朱有燉，晚年心境逐渐趋于平淡，仿佛看透了世间的一切。其诗文中表现出的既有向往隐居生活的渴望，又有热心佛道、看淡功名利禄的追求。

朱有燉晚年，历经仁宗、宣宗、英宗三朝。在这期间，周藩相较于平级辈分的其他宗藩，也算是受到了厚待。仁宗朱高炽曾与他同舍而学[②]，宣宗朱瞻基又是一位仁君。再加上朱有燉本自"宅心仁厚"，恪守君臣之道，不像他的父亲朱橚"时有异谋"，所以这时期朱有燉与朝廷的关系还算融洽。但朝廷与藩府、亲王与郡王、长幼嫡庶之间的利害冲突，仍然激烈地进行着。

在周藩，导致同室操戈、骨肉情谊荡然无存的，正是在建文时期举报生父谋反的二弟汝南王朱有爋。朱棣登基后，朱有爋被贬云南，后召回，但仍不知悔改，为了争得藩王的位置，不惜再次对其兄下手。朱有燉数次被劾，却未受到任何惩罚，反而得到皇帝的劝慰。时隔一

---

① 朱有燉著，赵晓红整理：《朱有燉集》，济南：齐鲁书社，2014年，第636页。

② 朱睦㮮：《开封府志》卷六·藩封："宪王讳有燉，定王第一子……章皇故与王同舍而学"，章皇帝记载错误，实为昭皇帝朱高炽。

年，朱有爌又筹谋陷害其兄。宣德三年（1428），朱有爌与朱有熺共同策划，想以谋反罪陷害四弟有爝，并嫁祸于朱有燉。^①所幸宣宗明智，查清事实后，将有爌废为庶人，"锢之西内"，朱有爌的罪行还不止于此。此前，因有燉膝下无子，朝廷旨意将有爌之子过继给有燉，有燉将其抚养成人时，有爌却又反悔，将其子强行夺回，有一个这样品行恶劣的弟弟，这个时期的朱有燉终日不得安宁。

朱有燉对兄弟姐妹却是十分友爱的。宣德元年（1426），有燉兄弟宜阳王有炍等人将婚未有居室，有燉上书朝廷赐命营建；^②宣德八年（1433），有燉为祥符王之女等四人上书请造房屋居住；^③宣德十年（1435），有燉为四弟祥符王有爝奏请增益禄米，上允准。^④兄弟姐妹们的大小事件朱有燉都挂念在心。他与四弟祥符王的关系甚好，朱有燉有诗《书祥符王画鹡鸰扇》"只缘兄弟念，珍重寄丹青"。^⑤但有兄妹去世，朱有燉痛心不已。在永乐后期，继云英永乐十六年（1418）去世后，朱有燉的很多亲人相继离世，^⑥这让朱有燉意识到了生命的脆弱，更引起了他对生命、人生深深的思考。朱有燉晚年淡泊洒脱的心态，也不排除受此事的影响。

此时的朱有燉，经历了早年无数次政治风波，眼看着亲人之间为了名利不惜同室操戈，骨肉相残。接二连三的打击终于使朱有燉看清了现实的残酷，让他产生人生如梦的幻灭感。在他晚年所写的散曲中，无不表达着对尘世的厌倦，如【北中吕·山坡里羊】《省悟》其一：

> 德尊崇，禄盈丰，浑如一枕黄粱梦，迷到老来才自懂。功，也是空；名，也是空。

---

①《明实录·明宣宗实录》卷四十一："庚午……赐书周王朱有燉，召新安王有熺。……奏得祥符王有爝与赵王高燧同谋不轨之书。"

②《明实录·明宣宗实录》卷二十一，第549页。

③《明实录·明宣宗实录》卷九十九，第2219页。

④《明实录·明英宗实录》卷十一，第201页。

⑤朱有燉著，赵晓红整理：《朱有燉集》，济南：齐鲁书社，2014年，第665页。

⑥永乐十七年（1419），五妹永城郡主薨；永乐十九年（1421），十妹宜安郡主薨；永乐二十年（1422），周王妃冯氏去世；永乐二十一年（1423），有燉母冯妃薨；洪熙元年有燉的父亲朱橚去世。

其二：

> 功名为务，劳心焦虑，半生已被人情误。古诗读，书法摹，少年唯恐清名污，算到老来甘受苦。贤也是土，愚也是土。①

这些膏粱供奉、这些贤王名声在朱有燉眼里都只不是黄粱一梦，他甚至怪自己懂得太晚了。朱有燉自小处身于皇家，熟知政治斗争无处不在，所以自小就很懂事，刻苦读书，"古诗读，书法摹"，凡事都小心翼翼，生怕不能做好一名贤王。面对别人的攻击，他也选择隐忍，只求太平。晚年的他，终觉劳心焦虑，不再在乎世间的名利，只追求自己内心的平和欢乐，【北双调·庆东原】《庚和丹丘作》自况庚韵：

> 妆些坌，撒会村，半生狂花酒相亲近。学一个古人，是一个老人，做一个愚人。管甚世间名，一任高人论。②

朱有燉一再强调"管甚世间名，一任高人论"，晚年的他不仅对名利不再在乎，对世间俗事亦不在乎，好似万事不能扰其心。他甚至对自己的多病也看得很开，仿佛把自己的身体和精神分开对待，他在《自笑吟》中写道：

> 本自端然无病人，故为形骸苦相保。形骸形骸寄予尔，尔苦我乐何相累。尔欲累吾吾不惧，生铁脊梁无所忌。③

"尔苦我乐何相累"，他的心态是多么淡定从容，身体虽然生病，但依然不妨碍我内心的快乐，还要对病体说"尔欲累吾吾不惧"。晚年朱有燉的心态多了一份自在无为的洒脱，甚至不顾形象地"穿着领布袍，歪戴顶磕帽，松系个长条"，一任别人笑，这哪是坐镇一方的藩王形象？俨然是一位洒脱的隐士。晚年的朱有燉一改往日里庄重严肃、不苟言笑的藩王形象，甚至放纵自己。在他所作的风流体《醉乡词二十篇》序中写道："制风流体醉乡词二十篇……但寄一时之疏狂兴趣……知我

---

① 朱有燉著，赵晓红整理：《朱有燉集》，济南：齐鲁书社，2014年，第491页。
② 朱有燉著，赵晓红整理：《朱有燉集》，济南：齐鲁书社，2014年，第517页。
③ 朱有燉著，赵晓红整理：《朱有燉集》，济南：齐鲁书社，2014年，第738页。

者恕其狂变焉。"①朱有燉经常作诗自嘲，如《琵琶吟》是醉酒之后写的，结果酒醒之后，"复作解嘲诗一篇……且示府僚，发一笑耳"②，如此我行我素的形象在朱有燉的其他作品中都难得一见。此时朱有燉那根紧绷的神经终于松了下来，他不再在乎自己的所作所为是否符合一位贤王的身份，在压抑了半生之后，他只想寻求一种心灵的解脱，但在这种旷达的背后，我们更能感受到他的无助和无奈。

（二）花友闲情之咏物诗

树欲静而风不止，如此忠心耿耿、谨慎行事的朱有燉在宣德时期却再次因"开封有王者气"被卷入到政治风波中。③"此事《明史》无记载，毁塔之诏今亦不见，然联系起明永乐以后对藩王的疑忌，此类传闻当非纯属无据。"④总之，身处于皇家，政治斗争、政治猜疑无处不在，也有很多无奈的莫须有的罪名，它们就像无形的箭，从四面八方射来，稍不留神就会致自己于死地。而且，随着时间的推移，朝代更替，新皇帝与朱有燉的关系也是越来越疏远。在看透现实生活的残酷后，他选择置身事外，在王府过起了富贵闲适的生活。整日寄情于花酒，"每日为花忙，半世因花瘦"⑤，过着"困来高卧，客来闲嗑，无忧无虑随缘过"⑥的生活。他在晚年作了大量的咏花诗，咏花的目的仅在游乐赏玩，"适夫情兴之乐"。宣德五年（1430）作《诚斋牡丹百咏》《诚斋梅花百咏》，宣德六年（1431）又作《诚斋玉堂春百咏》。他还咏水仙、咏玉簪花、咏鹤顶红菊、咏金孔雀菊、咏榴花、咏海棠花、咏锦带花、咏芍药，等等，几乎无花不咏。据《如梦录》记载：周王府内部还精心设计，布置了大量的园林景观，奇石异花，重巧叠峰，揽之不尽。宫殿东北方向内有寿春园，园本宋徽宗御花园故基，园中

---

① 朱有燉著，赵晓红整理：《朱有燉集》，济南：齐鲁书社，2014 年，第 531 页。

② 朱有燉著，赵晓红整理：《朱有燉集》，济南：齐鲁书社，2014 年，第 575 页。

③《金梁梦影录》载："王居藩邸，甚著声誉，朝廷忌之。会有希旨谓开封有王者气，诏毁城南繁塔七层以厌之。王惧，乃溺情声伎以自晦云"。

④ 徐子方：《朱有燉及其杂剧考论》，南京师范大学文学院学报，2002 年 6 月第 2 期，第 83 页。

⑤ 朱有燉：【北双调·庆东原】，载朱有燉著，赵晓红整理：《朱有燉集》，济南：齐鲁书社，2014 年，第 516 页。

⑥ 朱有燉著，赵晓红整理：《朱有燉集》，济南：齐鲁书社，2014 年，第 492 页。

有山洞"俱是名石灯泥砖所砌，与真山无异，参差巍峨，……陵涧、麓峪，无一不备"，上面有楼亭，亭下小桥流水渥渥，"四面俱是菡萏、芰菱、水红、菖蒲、赤绿芬芳，……鸥鸭浮沉，水鸟飞鸣"。① 这里就成为宗藩宗室赏玩和娱乐活动的场所。

王府的构造和景色，堪比世外桃源，但朱有燉的雅兴还不止于此，他还广植花木，建造赏花亭。据明刘玉《巳疟编》载："周王开一园，多植牡丹，号国色园，品类甚多，建十二亭以标目之"②。对于这些精心挑选的花木，朱有燉分门别类，专门建造小亭供其赏玩，菊花有玩菊亭、赏莲有莲亭等，晚年的朱有燉真是玩风弄月的富贵盟主。

随着朱有燉开始主政周藩，他与文人的交往也逐渐频繁，晚年与他交往并有诗文唱和的文人主要有周府纪善余士美、周府长史郑义、河南巡抚于谦、李昌祺。余士美，周府纪善，供职周藩二十二年，大概在洪熙元年（1425）左右入周府③，年老乞归，朱有燉曾作《送余纪善致仕南归》，词《满庭芳·题幛子·送余纪善致政》，还曾为余纪善的《兰竹轩》作序，可以看出，朱有燉非常欣赏余纪善的为人，在序中也对他的孝行大加赞赏。郑义，周府长史，宣德五年（1430）入周府，"是朱有燉晚年周藩王官中最为亲近的一位"④，朱有燉的唱和诗中，写给郑义的最多，分别是《诗与郑长史》《和郑长史庚》《和郑长史庆寿诗》《郑长史朝京偶成五六十字与之赠别》《送郑长史进表》，词《沉醉东风·送郑长史》。此外，还为其家谱写过一篇《长史郑义家谱》引辞，诗中，朱有燉赞美郑义"忠孝常存奉国心""长天何处消炎暑，暂就邻翁一扁棋"⑤。主宾相处融洽，如鱼得水。朱有燉的诗集中没有发现与于谦、李昌祺唱和的诗作，但在于谦、李昌祺二人的作品

---

① 孔宪易校注：《如梦录》，郑州：中州古籍出版社，1984 年，第 11 页。
② 刘玉：《巳疟编》，载《丛书集成》，北京：商务印书馆，1936 年。
③ 朱仰东：《朱有燉研究》，济南：山东师范大学博士学位论文，2013 年，第 74 页，余士美入幕周府的时间，由康熙本《江西通志》卷九十九："周王新复国，上书求为辅导官，除周府纪善"，可知，余士美于永乐元年左右经周王上书入周藩供职，再由供职二十二年可知，致仕当在洪熙元年或宣德前几年。
④ 朱仰东：《朱有燉研究》，济南：山东师范大学博士学位论文，2013 年，第 75 页。
⑤ 朱有燉著，赵晓红整理：《朱有燉集》，济南：齐鲁书社，2014 年，第 732 页。

集中却有不少，这也可以印证晚年二人与朱有燉有过诗歌唱和。于谦于宣德五年（1430）任职河南、山西两地巡抚，任职期间，与周藩也多有交往。于谦曾赋诗赞美宪王才力，"东阁吟成诗百首，却惊笔力会通神"①，并和梅花百咏二首。此外，他们相互唱和的诗歌还有《饮酒诗》《咏白海清》《艮岳晴云》等。李昌祺自洪熙元年（1425）至正统四年（1439）任职河南，在河南为官长达15年，平常与周藩交往密切。他所著《运甓漫稿》，有很多作品与周藩有关，如《题牡丹图》："平生同有爱花心，每到开时辄共吟。垂老凄凉空见画，人间何处觅知音"。此诗大概写于朱有燉去世后，李昌祺睹物思人，回想往事，顿感凄凉。其相关的作品还有《合欢牡丹二首奉教作》《题并头牡丹图》《题孟浩然踏雪寻梅图》等，可见二人也经常一起谈诗论画。

　　总之，朱有燉晚年的心态在淡泊之外还有一份洒脱，把政治上的烦恼都置身事外，整日与花友为伍，他种花、赏花、咏花，与自然融为一体。在他那世外桃源似的周府中，他还与好友宴饮唱和。怀着一颗平静淡泊的心，做一个富贵闲人。

　　不管朱有燉晚年的心态看似是怎样地洒脱淡泊，不管他晚年的生活看似是怎样地逍遥自在，在这种奢华富贵、悠闲自在的生活下，是朱有燉一片无奈的苦心，是委曲求全，更是无可奈何。他经常借酒浇愁，"花前醉了还醉""好酒贪杯一任他，醉了重还醉"②，"如此时光，醒也何妨，醉也何妨""醉时眠醒后何之，醒也吟诗，醉也吟诗"③，"高人放达遗世虑，惟有诗酒娱平生"④。在敏感的政治环境中，内心的愁苦不能倾吐，而要装作"太平藩府无余事，日日花前醉玉杯"⑤。内心愁苦只有在深夜独自品味，"似把中心多少事，相啼相诉到天明"⑥。

---

① 于谦：《于忠肃集》卷十一，文渊阁《四库全书》本。

②《夏夜席上欢饮》，载朱有燉著，赵晓红整理：《朱有燉集》，济南：齐鲁书社，2014年，第492页。

③《秋初席上有赠拟黑刘五体》，载朱有燉著，赵晓红整理：《朱有燉集》，济南：齐鲁书社，2014年，第493页。

④ 朱有燉著，赵晓红整理：《朱有燉集》，济南：齐鲁书社，2014年，第584页。

⑤ 朱有燉著，赵晓红整理：《朱有燉集》，济南：齐鲁书社，2014年，第654页。

⑥ 朱有燉著，赵晓红整理：《朱有燉集》，济南：齐鲁书社，2014年，第680页。

而这种整日借酒浇愁、醉了重醉也导致他晚年的身体更加病弱。散曲《病中寄情》写道："这病敢一半中暑停寒，一半因花为酒"，他的病，更是因为内心的愁苦，心里不舒畅，"怎禁这业心肠多病多愁""怎奈吾腹内愁"，他还劝自己"因花因酒自久留，人生何苦皱眉头"。

（三）三教交参之佛道诗

政治、家庭变故所带来的打击，以及这些无法遣去的愁苦，使朱有燉的思想逐渐转向了佛道，希望能在参禅悟道的过程中寻求精神上的慰藉。晚年的朱有燉写了很多参禅悟道的诗歌，如《题维摩居士图》《仙趣》《庚纯阳真人劝出吟》《禅门五宗咏》《赞丘真人》《学仙》等，他的神仙道化剧也多作于此时。朱有燉不管是参禅还是学道，他追求的都是一种心境的平和，而不是出于对宗教的信仰，诗中他经常重复"道人心已如云水，冷淡相看百虑宁"①。他修佛修道的目的就是求得心境的平和，他们汲取佛、道义理中的某些成分来解决自身遇到的现实问题，在参禅悟道中寻求精神的安慰，从而实现超然、闲适的生活方式。他不是佛道的虔诚信奉者，而是根据自身需要随时调整对佛道义理成分的取舍，其实这就是一种典型的实用心态。

他从禅理中学会了安闲，学会了把凡事置身事外。如《悟道吟》：

> 自从悟得真如理，今古空谈善有因。撒手往来还是我，点头问讯属何人。安闲常乐胜中胜，自在频观身外身。大笑西来缘底事，等闲识破便休论。②

他学佛学道的终极目的就是以坐禅修道来排斥尘世的纷纷扰扰，期望能够在坐禅修道的过程中摄取精神养料，以抚慰他在现实生活中所受的创伤，追求一种闲云野鹤式的清净寡欲的精神状态。

朱有燉对道教的热衷，除了想要达到修心的目的，也隐含他对人生的眷恋，对生命的渴望。虽然他自知人不能长生不老，但他还是抱着这样一种美好的希望。晚年他经常自叹自己已经老了，"白头吟罢增

---

① 朱有燉著，赵晓红整理：《朱有燉集》，济南：齐鲁书社，2014 年，第 677 页。
② 朱有燉著，赵晓红整理：《朱有燉集》，济南：齐鲁书社，2014 年，第 651 页。

惆怅，几度相思鬓欲皤"①，"自觉中年后，衰颜不及前"，《短歌行》更是显露出他对生命易逝的无奈：

> 歌短歌，向歌楼，人生不如涧水流。水流日日在，人老难长留。长歌短歌皆是愁，昨日红颜今白头。②

朱有燉虽然晚年采取以佛道修心，甚至十分推崇佛道思想，但是他对佛道有着清醒的认识，常以实用心态对其有所取舍。查阅明代早期周藩的宗教活动，看不到朱有燉甚至整个周藩对宗教活动的大力支持，更谈不上热衷。周藩仅修建道观一所，佛寺无，与周藩相关的几件宗教活动还是其父所为。据史料记载："周王为求子曾向嵩山少林寺、会善和法王寺布施佛像三尊"③，"周王殿下敬为国母孝慈皇后，资悼冥福，命师升座说法……"④。在史料中不曾见朱有燉信奉佛道的记载，但在《诚斋录》《诚斋新录》中有不少他与僧道唱和的诗歌，如《赠别道士陈致静》《赠道士张古山》《和洽南州上人送守拙和尚南回诗韵》等，但他们也仅止于参禅论道、相互交流切磋而已。朱有燉不认同宗教中的鬼神思想，他在散曲【醉太平】云：

> 药须治理，病要将惜，人生灾诊只凭医，本不当求神告鬼，礼忏的鼓儿咚咚地，看经的锣儿铛铛地，一任他小的每乱胡为，老先生笑你。⑤

他清醒地知道治病看病还须药治，求神告鬼无用。他对道教的炼丹求长生也不以为然，《黍珠丹室》：

> 炼丹岂是烧铅汞，方寸机关孰敢传。花自飘零春自在，月常亏缺影常圆。……若个道人来问诀，口头谁解说成仙。⑥

① 朱有燉著，赵晓红整理：《朱有燉集》，济南：齐鲁书社，2014年，第661页。
② 朱有燉著，赵晓红整理：《朱有燉集》，济南：齐鲁书社，2014年，第596页。
③ 罗莹：《明代周藩的宗教信仰》，重庆：西南大学硕士学位论文，2014年，第70页。
④ 罗莹：《明代周藩的宗教信仰》，重庆：西南大学硕士学位论文，2014年，第38页。
⑤ 朱有燉著，赵晓红整理：《朱有燉集》，济南：齐鲁书社，2014年，第509页。
⑥ 朱有燉著，赵晓红整理：《朱有燉集》，济南：齐鲁书社，2014年，第645页。

他认为生命的轮回是自然规律，哪里有长生的口诀，对道教所说的长生不老他也持一种戏谑的态度。

　　明初朱元璋采用以儒立国的治国方略，朱有燉自小接受了儒家正统教育，他的大半生也是按照儒家思想的标准行事。在这种时代环境下，朱有燉不可能摒弃他的儒家思想。他对佛道思想的推崇只停留在功利性的实用阶段。在他的内心深处，儒家思想仍是根本。作为一代藩王，他忠君爱民，颂扬治化。宣德八年（1433），捕获白海清，他还是一如从前，把这一祥瑞之物献给皇上，并作《白海清二首》《题白海清诗二首》，套数【咏白海清】，歌颂当今的盛世，"应知治世多祥瑞，总感雍熙得化来"。① 晚年他仍有一些歌功颂德的诗文出现。晚年的朱有燉还挂心农事，心怀苍生。宣德九年（1434）散曲【北中吕·山坡羊】序中写道：

　　　　甲寅岁初夏，麦熟在陇，时及收刈，而阴雨连日。收刈者，嗟叹以雨妨农；而锄禾耘秧者，甚足其愿。予笑造物者尚难为如此，何况于人焉！②

作者生当富贵，却时刻关心农事，心系苍生，体现了用世济民的儒家情怀。所以，尽管朱有燉晚年的思想是偏向佛道的，但是在他内心深处，还是以儒家思想为根本的，儒家为体佛道为用，他从未想过抛弃自己的现世荣华，遁入佛门，也未如其叔朱权一样潜心修道，渴求羽化升仙。

第二节　朱有燉诗文创作特征

　　受当时朝廷政策和宗室权力斗争的影响，以朱有燉为代表的明初藩王大致都经过了这样的历程：洪武时期，人生得意，意气风发，胸怀建功立业的大志；建文开始，朝廷屡次削夺藩王的权力，他们由大

---

　　① 朱有燉著，赵晓红整理：《朱有燉集》，济南：齐鲁书社，2014 年，第 736 页。
　　② 朱有燉著，赵晓红整理：《朱有燉集》，济南：齐鲁书社，2014 年，第 503 页。

权在握的藩王变为闲王，在政治上、军事上不能再有作为。受皇帝忌惮，其生活状态近似隐居，都在文学上展现了自己的才能。

明初的藩王中，在文学上成就最大的要数朱权、朱有燉二位藩王了。朱有燉是明初第二代藩王的佼佼者，宗室中的翘楚，文学上成就也广为人称道。其杂剧在明初占有重要的地位，诗词和散曲也写得很有特色。相较于当时文坛盛行的台阁体，朱有燉的诗歌题材广泛，范围不仅局限于朝堂之上。诗歌多是出于对生活的真切体验，感情真实，气势充沛，是当时文坛的一股清流，而且流传下来的诗词数量众多，有近千首。

总体来看，朱有燉的创作都属于贵族文学的范畴，诗文也不例外。

首先，朱有燉诗文具有很强的政治意味。明初的藩王对朱氏王朝都有很强的责任感和担当意识。他们的诗文主旨在于歌功颂德，粉饰太平。如朱有燉《诚斋录》中的《元夕》"太平天下乐，达曙听笙歌"①，《秋祀礼成》"丹心愿祝年丰余，藩屏皇国万世昌"②，《为裴边修作〈云思堂〉》"君恩更比亲恩重，为赋新诗好细吟"③，《新除良医至喜而有作》"四体安和皆帝力，遐龄共乐福骈臻"④。或祝福国家昌盛，或感谢皇恩浩荡。这既是向皇帝的输诚表，也是忠自己真情实感的表达。

其次，朱有燉的诗文创作，尤其是诗歌，呈现出皇家文人独有的富贵气象。藩王们多居深宫王府，他们的诗歌内容有的描写宫廷王府中的场景，楼阁高耸、歌舞升平、花团锦簇、珠光宝气、金缕翠帐。如朱橚的《元宫词》百首，很多描写元皇宫内的场景以及皇宫富贵生活的诗歌，其一"大安楼阁耸云霄，列坐三宫御早朝。政是太平无事日，九重深处奏箫韶。"⑤朱权的《宫词》"楼阁崔嵬起碧霄，微闻仙

---

① 朱有燉著，赵晓红整理：《朱有燉集》，济南：齐鲁书社，2014 年，第 607 页。
② 朱有燉著，赵晓红整理：《朱有燉集》，济南：齐鲁书社，2014 年，第 611 页。
③ 朱有燉著，赵晓红整理：《朱有燉集》，济南：齐鲁书社，2014 年，第 612 页。
④ 朱有燉著，赵晓红整理：《朱有燉集》，济南：齐鲁书社，2014 年，第 618 页。
⑤ 朱有燉著，赵晓红整理：《朱有燉集》，济南：齐鲁书社，2014 年，第 796 页。

乐奏箫韶。天风吹落宫人耳，知是彤庭正早朝"①。朱有燉《漫兴》
"清宵明月照纱橱，独立中阶久叹吁。风度瑶琴闲翠袖，尘楼小院饰金
铺。"②《秋祀礼成》"神坛有路天星灿，玉宇无风烛焰长"③《秋景二
十咏》"绛阙夜凉着凤翯，瑶台风寂听鸾笙"④，等等，正是明初宫廷
的写照。藩王生活在富丽堂皇的宫殿之中，特殊的生活环境造就了诗
文的富贵气象，和一般文人明显不同。

藩王诗歌富贵气象的特征还体现在藩王以闲适为主题的诗歌中。
尤其是靖难后，敏感的政治环境使得藩王不得不放下早年的雄心壮志，
远离政治，过起了富贵闲人的生活。虽然藩王没有了政治、军事权力，
但是他们的俸禄却是十分优渥的。他们在王府中宴饮酬唱、赏花赋诗、
悠游度日，琴棋书画、奇花异鸟等都成为他们吟咏的对象，大量的咏
物诗反映的是他们的闲情逸致。这些诗歌词语典丽、物象典雅、志趣
高洁、色泽鲜亮，最能体现皇室宗亲雍容华贵之象。尤其是联句题咏
诗，动辄百咏，颇能体现藩王的才华与富贵，较为典型的是朱有燉《牡
丹百咏》《梅花百咏》《玉堂春百咏》。

藩王诗文创作的第三个特征是浓厚的宗教意味。靖难后藩王为了
避祸，表明远离政治的决心，有的埋头经史，著书立说，以此实现自
己的人生价值，有的醉心佛老，寻求内心的平衡与宁静。明初藩王中
蜀王朱椿、湘王朱柏、宁王朱权、周宪王朱有燉等都对佛道有深入的
研究，他们的诗文创作也充满了宗教意味，最为明显的是宁王朱权，
生居精庐，死葬道宫，可以说是一位虔诚但并不愚昧的道教徒。他结
庐囊云、退隐修玄，与张三丰、周颠等人歌咏酬唱，宣泄郁闷，他迁
国南昌后所写的作品大多数都与道教相关。朱有燉晚年的时候疾病缠
身、历经风波，更需要佛道思想抚慰内心的伤痛，他经常参禅打坐，
结交道士，礼遇僧人，在他的诗歌作品中有很多与此相关的，如朱有

---

① 钱谦益辑，许逸民、林敏淑点校，《列朝诗集·乾集下》，北京：《传世藏书》编委会，1995
年，第 12 页。

② 朱有燉著，赵晓红整理：《朱有燉集》，济南：齐鲁书社，2014 年，第 636 页.

③ 朱有燉著，赵晓红整理：《朱有燉集》，济南：齐鲁书社，2014 年，第 611 页。

④ 朱有燉著，赵晓红整理：《朱有燉集》，济南：齐鲁书社，2014 年，第 617 页。

燉《礼佛》《持经》《参禅》《悟性》《学道》《学佛》等。

　　和明代中后期的藩王们相比，明初藩王的诗文创作最为丰富。明初藩王的人生经历较为丰富。他们经历了最辉煌的洪武时期，也经历了最黑暗的建文时期以及永乐至正统藩禁政策最为严格的时期。在洪武时期，他们可以尽情地施展自己的才华抱负，征战沙场，参与军国大事，手握重权，坐镇一方，这是中后期的藩王没有体会过的生活。他们经历了从"贤王"到"闲王"的巨大的身份地位反差，这种人生阅历中的升沉荣辱，大起大落，给其内心带来的罔失忧惧可想而知。"诗穷而后工"，他们的作品，反映着他们多彩而复杂的人生经历，流露出更多的真情实感，有很多可圈可点之作，这正是台阁体诗人以及中后期的藩王所不能比拟的价值所在。

第七章　朱有燉及明初其他藩王文学思想的地位及价值

罗宗强先生说："文学思想除了反映在文学批评与文学理论之外，它大量的是反映在创作里。有的时期，理论与批评可能相对沉寂，而文学思想的新潮流却是异常活跃的。如果只研究文学批评与理论，而不从文学创作的发展趋向研究文学思想，我们可能就会把极其重要的文学思想的发展段落忽略了。同样的道理，有的文学家可能没有或很少文学理论的表述，而他的创作所反映的文学思想却是异常重要的。"① 如果只研究理论批评而忽视创作实践中的文学思想，那么至少这样的文学思想研究是不完整的，把古代文学的理论批评与创作实践结合起来进行研究，是罗宗强先生构筑的中国文学思想史的重要基石。

罗宗强先生还认为，结合创作来探讨文学思想可以与理论批评互为印证。在文学实践中，我们常常看到一些作家在文论和文学批评里阐述的文学观，在自己的文学创作里却并不实行，他在创作里反映的文学思想，是和他的言论完全相左的。"究竟哪一种倾向更代表着他的文学观，这就需要将他的言论与他创作实际加以对比，作一番认真的研究。如果我们不去考察他的文学创作倾向，而只根据他的言论做出判断，那么我们对于他的文学思想的描述，便很有可能是片面的，甚至是错误的。"②

罗宗强先生的论断极富启迪，将理论批评与创作实践结合起来进行文学思想史的研究，会给我们提供许多新的思路与看法，这种研究

---

① 罗宗强：《宋代文学思想史》序，北京：中华书局，2006年，第3页。
② 罗宗强：《宋代文学思想史》序，北京：中华书局，2006年，第4页。

除了结合创作实践更完整、更真实地把握文学思想的内涵外，更重要的还在于积极关注文学思想发展的动态过程和演变原因。影响文学思想的因素是非常复杂的，举凡政治、经济、哲学、宗教、风俗、社会思潮，等等，任何一方面都可成为影响文学思想的因素。而"社会上的一切影响，终究要通过心灵才能流向作品。"①社会环境影响士人心态，士人心态又影响文学思想，因此士人心态也就成了社会历史环境与文学思想的重要中介。关注创作实践，关注士人心态的变化，是文学思想的研究区别于传统理论研究的关键点，如此可以避免材料堆砌生硬，使文学思想成为一个真实的、动态的发展过程。

第一节　朱有燉文学思想的发展

　　作为明初藩王的代表作家，朱有燉一生的创作以及所反映出的文学思想的发展演变大致也可分为三个阶段：洪武时期的文学思想、建文时期的文学思想、永乐至正统时期的文学思想。洪武时期积极参与政治，渴望建功立业，重功利的文学思想在这一时期突出。建文时期，处于重要的人生转折期，面临严厉的政治压迫，其文学思想也逐渐由外转内，由群体转向个体，转向文学的抒情，抒发抑郁不平之气、愤懑之情。永乐以后，藩王们远离政治，全身避祸，醉心佛老，向往自然，文学思想以娱乐为主、抒情为辅。又由于藩王经历的相似性，朱有燉的文学思想既代表明初藩王（成化前的藩王）这一文学创作群体的共同追求。又因藩王们个人境遇不同，文学思想又呈现出丰富多彩的个性特征。朱有燉以及藩王群体的文学创作与文学思想对明代文学思想、明代文学创作和文化发展具有重要而深远的影响。

　　洪武时期，藩王们昂扬乐观，志得意满，胸怀建功立业之志。这一时期，朱有燉的文学思想以重政教之用、重功业为主，具体表现为注重群体而抑制自我。在作品中他抒发立功边关、澄清宇内之志，风

---

　　① 罗宗强：《宋代文学思想史》序，北京：中华书局，2006 年，第 8 页。

格张扬豪迈。这个时期的朱有燉处于青年时期，并且曾多次奉命巡视边关，出塞击寇，其精力主要放在政治军事领域，所以作诗较少，创作也多为"政治化"写作，文学思想和创作艺术还不成熟，摹拟之痕明显。洪武末期，朱元璋为了防止藩王势力过度膨胀，采取了相应的限制措施，这为藩王可能偏离政治道路埋下了种子。但是藩王的地位没有大的变动，他们的文治武功尽得施展。

一、朱有燉重功利的文学思想

洪武时期的朱有燉俨然一位英姿飒爽、充满豪情壮志的白马少年，渴望在沙场上冲锋陷阵，建立不世功业。作为一名文韬武略的世子，朱有燉通过诗歌表达了自己渴望保家卫国、建功立业的人生理想。诗歌雄放豪迈，开朗明快，充满青春昂奋之气。如《塞上曲》：

> 北过祁连搜虏穴，缚取呼韩朝帝阙。献俘驰奏赐繁缨，中原万载歌升平。[1]

全诗描写了将士出塞击虏凯旋的过程，描绘了一幅气势高亢、慷慨激昂的边塞战争图。词雄句杰，富丽铿锵，"搜虏穴""取呼韩""献俘驰奏"等寄寓了自己为国立功的志向。边塞环境固然恶劣，从军纵然辛苦，但朱有燉依旧激励将士们奋勇作战，"挥戈奋长驱，破敌宁捍死。生擒左贤王，归来报明主"[2]。《拟古出塞》五首的最后一首，朱有燉以老马壮心复振，不惧天寒昂首长鸣，形象地表达了他想要为国立功的壮心，"老马出胡关，壮心久复振。昂首发长鸣，天寒踏冰尽。斩俘献捷书，驱戎回远镇。勿谓成功多，凶器亦当慎"[3]。

朱有燉多次巡边，对边塞环境、战斗情景及士卒生活状况有切身的感受，诗中所写均其亲历。作为主帅，巡边的成功激起朱有燉壮志为国、屏藩山河的豪情，但征夫思妇的离别之苦也引起他的同情，同情之时更多的是勉励士卒英勇作战。如《关山月》："天兵用武自由神，

---

① 朱有燉著，赵晓红整理：《朱有燉集》，济南：齐鲁书社，2014 年，第 593 页。
② 朱有燉著，赵晓红整理：《朱有燉集》，济南：齐鲁书社，2014 年，第 593 页。
③ 朱有燉著，赵晓红整理：《朱有燉集》，济南：齐鲁书社，2014 年，第 595 页。

指日平胡报边捷。何苦征夫对月愁，明年不戍关山头。"① 该诗以月起笔，以月成文，以月作结，处处有月，处处有征夫之苦，思妇之痛。战士们为了克敌制胜，年复一年戍守在关山，为了报国立功，只得暂抛儿女私情。思妇惟有对着月亮来思念远方的丈夫，即便如此，得到的只是空对清光夜不成眠的失望。感此离别之情，朱有燉对天兵所向无敌、战争必胜充满期待，明年战争必胜，再也不用驻守边关，借月浇愁了。

此时的朱有燉的文学观念并没有十分明确，他的作品多是模仿古作，发抒建功立业之志，属于一种带有明显功利倾向的诗歌创作。这是得志受宠的宗室后代的固有心态和诗歌初学者之模仿的共同作用的结果。

二、朱有燉诗以抒情、遣兴消愁的文学思想

建文时期，建文帝朱允炆本欲先削周藩以断燕王朱棣之羽翼，而朱有燉之弟朱有爋诬告父亲朱橚"有异谋"，这恰好给了建文帝削藩的合理借口，故而周王全家被发配云南，过着"父兄异处""妻子异穴、隔墙以通饮食"②的艰苦生活。从富贵优遇、文韬武略的尊贵世子到有家不能归、有志不得展的阶下之囚，朱有燉这时的心境极其悲伤落寞、苦闷无奈。

朱有燉将这种心情融注于诗歌之中，借诗抒情言志，排遣忧愁。《临安即事》最能表达朱有燉当时的悲伤心境：

> 冻雨寒烟满戍城，雨中烟外更伤情。沙头风静鸳鸯睡，岭上云深孔雀鸣。番域白盐从海出，野田青蔗绕篱生。蛮方异俗那堪语，独立高台泪似倾。③

朱有燉借景抒情，表达了身处异乡的孤独、悲伤、苦闷之情。凄凉的环境已使作者伤情，而蛮地的奇风异俗、晦涩难懂的语言，更使深受

---

① 朱有燉著，赵晓红整理：《朱有燉集》，济南：齐鲁书社，2014 年，第 593 页。
② 《明实录·明仁宗实录》卷一，第 7 页。
③ 朱有燉著，赵晓红整理：《朱有燉集》，济南：齐鲁书社，2014 年，第 655 页。

中原文化熏染且贵为皇族周藩世子的朱有燉觉得陌生，由此愈发感到苦闷孤寂。然而，真正让他忧闷抑郁的不是流离漂泊的谪居生活，而是骨肉间为了权力尔虞我诈、自相残杀的皇室斗争。

这一时期，朱有燉有几首描写王昭君的诗，意在借昭君典故抒写自己的不得志。如"自信花颜独占春，那知漂泊委胡尘。"①昭君才貌力压群芳，她本应留在"深宫"，可是造化弄人，不得不"漂泊胡尘"。作者表面上为昭君鸣不平，实则表达自己有才不被重用的愤懑。《临安偶成》中其抑郁不得志的情绪更为鲜明："贾谊不须偏吊楚，仲宣何事独登楼。愁怀自惜年华晚，回首江山动早秋。"②《汉书·贾谊传》载："于是天子后亦疏之，不用其议，以谊为长沙王太傅。谊既以适去，意不自得，及渡湘水，为赋以悼屈原。"案《三国志·魏书·王璨传》璨依附荆州刘表，"表以璨貌寝而体弱通侻，不甚重也。"于是王璨登楼远眺，作《登楼赋》以泄愤。贾谊、王璨均才学卓著，但不受重用，二人都是在怀才不遇时写就垂世名文，这里朱有燉也将自己流谪蛮荒、孤独无依、郁郁不得志的苦闷愁怀赋予该诗中。

随着时间的流逝，朱有燉慢慢地接受了滞留临安的现实，心态也日趋平和，内心的苦闷悲愤不再那么浓烈，但是对亲人及中原故土的思念却与日俱增。如《秋日有怀》："兄弟各异方，惆怅滇南路。思之不可见，日暮独凝伫。"③兄弟异方，忧思不得。"相思不相见，何以谓离忧。"对兄弟的担忧和牵挂时时困扰着他。"南国久迟留，天涯住几秋。"停留异乡许久，不知何时才能回到故土，故而"登楼空远望"，一个"空"字便表现了作者思念故土与亲人而不得的失望、落寞。"远客感时空怅望，何年三峡泛归舟"，言思乡盼归之心切。这些诗情感真挚，无需作者刻意地加工润色，沉痛的情感、充实的内容充盈于诗歌内外。

这时期，朱有燉被远窜荒域的经历使他的诗歌更多地关注自身遭遇，关注自我的心灵。他的文学思想也由外向内转，由洪武时期的外

① 朱有燉著，赵晓红整理：《朱有燉集》，济南：齐鲁书社，2014年，第592页。
② 朱有燉著，赵晓红整理：《朱有燉集》，济南：齐鲁书社，2014年，第654页。
③ 朱有燉著，赵晓红整理：《朱有燉集》，济南：齐鲁书社，2014年，第589页。

在的张扬而转向内心的审视，由关注群体而转向个体，诗歌艺术上也渐臻成熟。

永乐皇帝即位后，赓续建文帝削藩之策，只不过他的手段更加高明。削藩最终在宣宗朝得以完成。诸藩王的政治军事权力逐步被削夺殆尽，藩王的地位一落千丈，变成不参政的闲王，甚至日常生活也受到朝廷的监督，自由受到了极大的限制。为了享受悠游自在的生活，也为了全身远祸，朱有燉便将目光转向文艺领域。

三、朱有燉教化与娱乐兼重的文学思想

永乐前，朱有燉已有较多的诗歌创作，重功业、重忠孝是其作品的主导思想。永乐后，朱有燉的作品数量大增，其文学思想也发生相应转变，由于政治原因及身份地位的局限，教化与娱乐的文学思想就成为永乐至正统时期朱有燉文学中的主导思想。

朱有燉的文学教化思想主要体现在他的杂剧创作中。《甄月娥春风庆朔堂》极力赞扬妓女甄氏为范仲淹守节的行为，其赞词曰：

> 月娥出于娼妓，饶州名誉芬芳。自厌衣食下贱，寻思活计荒唐。半世从来守志，一心只愿从良。识得仲淹文士，与他同效鸾凰。都无二年欢会，天南地北分张。半载甘贫忍苦，不愁家业凋伤。曾劝荒淫姊妹，不依巴锾亲娘。若说良人妇女，官中尚且褒扬。何况风尘妓妾，不教显姓留芳。[1]

《李妙清花里悟真如》称赞李妙清"孀居守志，不污其行"[2]的守志行为，良人妇女尚能难得，倡伎之中乃能有此，"于风教岂无少补哉？"故而作者"编作传奇，用寿诸梓，以为劝善之一端"。[3]《烟花梦》中的伎女兰红叶既适人而终身不再辱，以死自誓于神。纵使县尹、恶少凌逼万状，红叶也未尝失节，终老于为民之妻。《桃源景》中的桃源景从良于举子李钊，李钊试中，授职为知县。未几责为卒伍，在这期间

---

① 朱有燉著，赵晓红整理：《朱有燉集》，济南：齐鲁书社，2014 年，第 38 页。
② 朱有燉著，赵晓红整理：《朱有燉集》，济南：齐鲁书社，2014 年，第 123 页。
③ 朱有燉著，赵晓红整理：《朱有燉集》，济南：齐鲁书社，2014 年，第 123 页。

桃源景一方面不惧恶势力逼婚，坚定地忠诚于丈夫，且尽心照顾婆婆；另一方面，她不惧远塞长途独自到口北寻找丈夫，只为和其团聚。朱有燉笔下的这些伎女均褪去烟花粉黛之色，他们坚守节烈的道德信念，恪守妇道，忠贞不渝，勇于捍卫自己的爱情婚姻。朱有燉的这些婚姻爱情剧主要宣扬儒家的伦理道德以教化民众，他在《香囊怨》序中明确阐释了这一思想：

> 三纲五常之理，在天地间未尝泯绝……近者山东卒伍中，有妇人死节于其夫……彼乃良家之子，闺门之教，或所素闻，犹可以为常理。至若构肆之女童，而能死节于其良人，不尤为难也。①

剧中朱有燉又借白婆婆之口称赞刘盼春坚守节操之行为，但他还嫌不够，又在剧尾加上色长的判词："一生节义人稀见，两家眷爱都堪羡，百载姻缘，半世心坚，唱到这段恩情，风流不浅，天若留情，共天也，或哀怨，好名儿千古流传，立节向花街将姓名显。"②朱有燉塑造这些忠贞的女子主要是为了宣扬妻对夫的忠这一伦理美德。此外，他的《义勇辞金》则赞扬臣对君的忠。其序说：

> 予每读史至关羽辞曹操而归刘备，未尝不掩卷三叹，以为云长忠义之诚通于神明、达乎天地焉。……乃云长忠义之心，精诚所致，若虎与房辈自不能加害焉，宜乎后世载在祀典，为神明，司灾福，正直之气长存于天地之间也。予嘉其行，为作传奇以扬其忠义之大节焉。③

朱有燉杂剧中劝善教化的思想观念响应了统治者的号召。作为统治阶层，朱有燉在政治军事上虽无出路，但他忠于大明王朝，坚定地维护朱氏王朝的统治。因为王朝的兴盛衰微关乎他的切身利益。朱有燉"以曲明道"的教化思想是上层统治者的普遍共识，只不过朱有燉更为自觉地担当起统治集团道德说教的传声筒角色。

---

① 朱有燉著，赵晓红整理：《朱有燉集》，济南：齐鲁书社，2014年，第236页。
② 朱有燉著，赵晓红整理：《朱有燉集》，济南：齐鲁书社，2014年，第254页。
③ 朱有燉著，赵晓红整理：《朱有燉集》，济南：齐鲁书社，2014年，第104页。

明初统治者严格管制戏曲创作，因为她们认识到戏曲具有移风易俗、有补世教的强大作用。明太祖朱元璋颁布的大明律明确规定："凡乐人搬做杂剧戏文，不许装扮历代帝王后妃、忠臣烈士、先圣先贤神像，违者杖一百；官民之家，容令装扮者与同罪。其神仙道扮及义夫节妇、孝子顺孙、劝人为善者，不在禁限。"① 这为戏曲创作与演出设定了具体的范围，颂扬盛世、劝善教化的戏曲可创可演。此外，太祖还为当下的戏曲创作树立了标榜，即高则诚"劝忠劝孝"的《琵琶记》，太祖称赞曰："如山珍海错，富贵家不可无"。在这种强制政策的约束下，朱有燉的杂剧不可避免地具有浓重的道德教化内容。此外，朱有燉杂剧教化思想的产生，不仅是明初社会环境与文化政策限制所致，从元杂剧的发展中，也可看出戏曲教化观产生的必然。元代忽必烈朝的太常博士胡祗遹，最早提出了戏剧的教化意识，他指出杂剧："上则朝廷君臣政治之得失，下则闾里市井父子兄弟夫妇朋友之厚薄，以至医药卜筮、释道商贾之人情物理，殊方异俗风俗语言之不同，无一物不得其情，不穷其态"，② 胡祗遹从杂剧题材的广泛性与内容的深度性方面论述了杂剧具有的教化作用。元末夏庭芝更是明确提出杂剧可以"厚人伦，美教化"，他说：

> "院本"大率不过谑浪调笑，"杂剧"则不然，君臣如《伊尹扶汤》《比干剖腹》，母子如《伯瑜泣杖》《剪发待宾》，夫妇如《杀狗劝夫》《磨刀谏妇》，兄弟如《田真泣树》《赵礼让肥》，朋友如《管鲍分金》《范张鸡黍》，皆可以厚人伦，美风化。又非唐之"传奇"，宋之"戏文"，金之"院本"，所可同日而语矣。③

夏庭芝从儒家的君臣、母子、夫妇、兄弟、朋友的伦常关系方面论述了杂剧较于以"谑浪调笑"为主旨的院本的进步性，杂剧具有移风易俗、敷陈教化的功能，教化内核为纲常名教。同时代的高明更是强调

①《御制大明律》，日本享保八年（1723）刻本。
②《紫山大全集》卷八，载文渊阁《四库全书》。
③《青楼集》校对，载中国戏曲研究院编：《中国古典戏曲论著集成（二）》，北京：中国戏剧出版社，1959年，第7页。

戏曲劝善教化的功用，"正是不关风化体，纵好也徒然"。① 明初的戏曲基本承袭了元杂剧的创作风格，加之"明初统治阶级利用戏曲浅显、世俗、直观的艺术特征，进行伦理教育的需要"。② 所以，朱有燉杂剧具有浓重的教化思想也在情理之中。

朱有燉寄情文学创作还有另外的原因，那就是为了全身远祸。为了摆脱政治上的尔虞我诈，保全自己，朱有燉采用"韬晦"之术。总览朱有燉后期诗作，"戏作""偶成"等字眼常常出现，"戏作""偶成"强调的是一瞬间的心与物游，是脱口而成的创作灵感，而非沉痛的情感、充实的内容、深邃的思想。如癸丑岁春，汴中风沙极大，朱有燉偶于小园中戏作一曲，以作抒情。又如朱有燉至园中游玩，口占小诗三首，以自笑自慰。这些娱乐遣兴而作的诗词还有《晚凉遣兴》《戏作》《池上偶书》《苏武慢·醉后偶成》等等。这些诗作带有游戏、娱乐的性质。有些诗词散曲直接表明创作目的："以侑一觞之乐""以发座中一笑"。如"忽忽聊答蟾宫曲一阕，以发一笑""因缀南词四阕付之歌喉，以侑一觞之乐""予因直述解嘲之词四篇，以发座中之一笑"。五月望日，朱有燉"家中同诸弟欢饮，席上戏书示诸弟，以发一笑"。③ 又"昨因席上醉中写《琵琶吟》与弹者，醒而追悔，便欲付之丙丁。然既播于人耳，不可如何也。复作《解嘲》诗一篇以自警，且示府僚发一笑耳"。④ 醉中疏狂，醒后追悔，作诗解嘲，且以自警，可见作者的豁达率性。

作为富贵闲适的藩王，朱有燉的生活不外乎饮酒赏花，读书写字，宴饮交流。朱有燉酷爱花草，专门建造小亭供其植花赏花，赏牡丹有天香圃，赏菊有玩菊亭，赏玉堂春有玉香亭，徜徉其间，赏花饮酒、赋诗作文，以"适夫情性之乐耳"。如《水仙花》序云：

> 予于东园种水仙花数畦，……予步畦畔，采花盈把，口占成律诗一篇，深赏花之傲霜雪，凌冬寒，况高人之节操，为不诬矣。

① 高明：《琵琶记》第一出副末开场《水调歌头》，北京：中华书局，1958 年，第 1 页。
② 谭帆、陆炜：《中国古典戏剧史论》，上海：华东师范大学出版社，2005 年，第 282 页。
③ 朱有燉著，赵晓红整理：《朱有燉集》，济南：齐鲁书社，2014 年，第 732 页。
④ 朱有燉著，赵晓红整理：《朱有燉集》，济南：齐鲁书社，2014 年，第 575 页。

今录于本府一应能诗能文者，各制一篇，以为吾花之清赏云。①

除了植花赏花，朱有燉还酷爱书画，这与他父亲的影响有关。朱有燉多次刻帖，其目的却很单纯，一则感于前人"或有此而缺彼，或取伪而弃真，或装池失次，或模拓不工，往往难于临习"；②一则"以便自观"，即出于个人欣赏消遣，为其闲适而略有枯燥的藩王生活添彩增色。

朱有燉的杂剧创作更是体现了"以文自娱"的思想。他在杂剧序言中，多次表明写作杂剧是为了"佐樽娱乐"，特别是一些庆赏祝寿剧。《群仙庆寿蟠桃会》序云："自昔以来，人遇诞生之日，多有以词曲庆贺者，筵会之中，以效祝寿之忱。今年值予初度，偶记旧日所制南吕宫一曲，因续成传奇一本，付之歌，惟以资宴乐之嘉庆耳。"③《瑶池会八仙庆寿》序云："庆寿之词，于酒席中，伶人多以神仙传奇为寿，然甚有不宜用者，如《韩湘子度韩退之》《吕洞宾岳阳楼》《蓝采和心猿意马》等体，其中未必言词尽皆善也，故予制《瑶池会八仙庆寿》传奇，以为庆寿佐樽之设，亦古人祝寿之意耳。"④可见朱有燉创作杂剧的目的在于"资宴乐之嘉庆""为庆寿佐樽之设"耳。正统三年（1438）春，朱有燉令仆人移植海棠于苑中，清明之时，海棠"千娇百媚，红紫芳菲，诚有睡未足之娇态之比也。"朱有燉特咏海棠吟一篇以寄兴。正统四年（1439），节近清明，朱有燉又睹海棠娇艳之姿，欲置酒和乐以赏之，但考虑到诗不能歌于席上，于是隐括海棠吟之意，假托于神仙，作《海棠仙传奇》一帙，以为佐樽赏花云耳。写作杂剧是朱有燉闲暇之时的娱乐消遣，为了满足精神与情感之需求。

朱有燉创作杂剧主要是出于自我娱乐，作为一个俸禄优渥、锦衣玉食的藩王，他无任何生活的忧虑，他无需像后来的汤显祖一样创作戏剧抒发对现实的强烈不满，也不用像李渔那样为了生计而不辞辛苦从事戏剧创作与演出。朱有燉可以悠游自在地享受富贵闲适的贵族生活，又可以尽情享受文学创作带给他的乐趣。换句话说，朱有燉作剧

①　朱有燉著，赵晓红整理：《朱有燉集》，济南：齐鲁书社，2014年，第732-733页。
②　朱有燉著，赵晓红整理：《朱有燉集》，济南：齐鲁书社，2014年，第704页。
③　朱有燉著，赵晓红整理：《朱有燉集》，济南：齐鲁书社，2014年，第142页。
④　朱有燉著，赵晓红整理：《朱有燉集》，济南：齐鲁书社，2014年，第214页。

很少考虑世俗的审美感受，不过度迎合世俗的欣赏习惯，只要自己喜欢即可。

作为藩王，虽说没有生活的忧虑，但朱有燉的心理压力巨大。政治的险恶，皇帝对藩王猜忌、打压，宗室之间的内斗，稍有不慎就会招来杀身灭门之祸，即使安分守己，不惹是生非，说不定哪天也会祸从天降，故而行为举止不得不谨小慎微。所谓最是无情帝王家，在至高无上的皇权面前，宗室内斗与骨肉相残并不鲜见。朱有燉亲历皇室内部争权夺利的残酷斗争，皇帝对宗室成员、文臣武将无情杀戮的阴影时时笼罩在其心头。朱有燉战战兢兢，如履薄冰，内心充满了苦闷，只能"溺情声伎"，明哲保身。朱有燉纵情诗文戏曲、歌色声酒，实是苦中作乐，寓悲于乐，寓苦于笑，求得精神上的慰藉。朱有燉作诗自娱，作戏自娱，观戏自娱，实是自我怜悯、自我安慰，以忘却现实烦懑忧郁。

永乐之后，藩王的文学创作如雨后春笋般涌现，其文学思想与写作手法也日益成熟，娱乐、抒情成为此时主导的文学思想。因藩王个人人生境遇不同，导致其文学思想个体化色彩浓厚。他们注重对日常生活的描写与内心世界的抒发，和前期创作相比，此时的文学更接近于文学本质特征，作品的文学性、艺术性更加突出。

第二节　明初其他藩王文学思想综览

一、宁王朱权的文学思想

在明初藩王中，和朱有燉一样从事创作并且文学成就较高的还有他的叔父朱权，尽管他们性格各异、经历不同，但由于两人年龄相近，地位相同，生活在共同的历史进程之中，所以在文学思想上却又十分地近似。如朱有燉一样，早年的特殊经历使他的文学思想染上了更多的功利色彩。

朱权（1378—1448），明太祖朱元璋第十七子，"好学博古，诸书无所不窥"。①洪武二十六年（1393），朱权就藩大宁，"每岁季秋，诸王相会，出塞捕虏，肃清沙漠"，自此威名远扬；"俭约治国，辟圃种树，广令卫士疆理荒野，艺植土物之宜"，②自此国用日饶。少年沙场，志得意满，以致晚年还充满自豪地回忆道："统封疆九十余城镇，龙朔三千余里，逐单于阴山，拒契丹于辽水，瀚海肃清，疆域宁谧。父皇太祖高皇帝有诗以壮之，慨夫一世之雄也。"③此时，朱权的人生理想意在齐家治国平天下，按父皇预设的人生轨迹行进，拱卫王业，藩屏帝室。

除了武力保卫大明疆土，朱权此时还奉父命进行史学研究与著述。史学著作《通鉴博论》是朱权毕生著述的开山之作，该书撰于洪武二十六年（1393），内容在于总结帝王统治之得失。朱权在《通鉴博论》序中写道：

> 乃命某爰辑韦编，芟其繁芜……启迪后人，匡救其弊，永绥福祉。使其日诵之，为子孙教诲之义方。知夫兴亡之可惧也，善恶之可征也。

朱元璋让朱权撰写此书，为的是培养他的政治意识与治国能力，造就他成为学问渊博的皇家学者，使其文武双全。洪武二十九年（1396），朱权进京呈献《通鉴博论》，朱元璋又敕命其撰写《汉唐秘史》，其宗旨仍是总结帝王统治术之得失以垂诫后世子孙。贯穿全书的主要观念是"乱不生于郊而生于肘臂之间"，重点强调"亲亲"观念。"亲亲"思想在《原始秘书》中更为集中，《原始秘书》卷二中的"君臣""德政"门辑有"尊亲亲""忌亲亲""封亲藩""削亲藩"等条目。"尊亲亲"赞武王同姓分封：

> 武王大封同姓以防异姓，而安八百年之家国始也。

---

① 钱谦益：《列朝诗集小传·乾坤下》，上海：上海古籍出版社，2008 年，第 6-7 页。
② 《朱氏八支宗谱·宁献王事实》，载姚品文：《王者与学者——宁王朱权的一生》，北京：中华书局，2013 年，第 36 页。
③ 《朱氏八支宗谱·宁献王事实》，载姚品文：《王者与学者——宁王朱权的一生》，北京：中华书局，2013 年，第 35 页。

"忌亲亲"批评曹丕疏忌兄弟曹植：

> 魏文帝疏忌骨肉，法禁诸王，终为司马氏所灭。

"封亲藩"大赞中山靖王刘胜对汉景帝说的一番分封同姓王的好处，而在"削亲藩"中极力批评汉景帝削藩：

> 景帝即位，忌刻少恩……何不思之甚也？

写作风格上，《原始秘书》明显模仿朱元璋编撰的《御制永鉴录》，其中目录有"笃亲亲之义""失亲亲之义""善可为法""善可为戒"等类目，每个类目下又举古事，以俗语阐述。《原始秘书》中"尊亲亲""忌亲亲""封亲藩""削亲藩"等条目与此相同，言语口气也极其类似，可见朱权对父亲的崇拜式模仿。"亲亲"观念深植朱权脑海，成为他一生的主导信念。

以上三部著述是朱权思想的一个缩影，其中儒家正统观念浓厚，仁、义、礼、智、信的儒家思想，建功立业的人生目标，奉道、抑佛观念等于书中均有体现。与上述著作主旨一脉相承的还有杂剧《辩三教》与《肃清瀚海》。《辩三教》本于北周历史事实，当为宣扬圣意。《肃清瀚海》本事无考，根据剧目当写于朱权与朱棣等人追剿残元势力之时，意在借历史故事，一方面赞颂明太祖的武功，一方面抒发自己扬名立功的政治抱负。

建文一朝，朱权被裹挟于靖难之役中，进退失据，心情极为复杂，这时期的作品反映出发愤抒情兼又重政教的文学思想。

靖难时期，朱权被迫挟入燕军，"时时为燕王草檄""燕王谓权，事成，当中分天下"。朱棣在"军中启事设二榻"，朱权名为座上宾，实为阶下囚。因为"亲亲"观念深印朱权脑海，所以他没有夺权的野心，但也没有完全丧失治乱平齐的抱负，只不过当时的他迷茫、痛苦。

这种受政治压迫而产生的精神迷茫与痛苦及壮志难酬的愤懑之情充分反映在了杂剧《卓文君私奔相如》中。从该剧的具体内容来看，轻描淡写献赋荣升、谕蜀建节、长门买赋、茂陵婚变、白头苦吟等情节，着重描写相如命运的改变以及和文君浪漫的爱情。该剧主旨基本体现了朱权前期创作中儒家积极入世的思想。对于进取功名的思想和行为浓墨重笔，反复渲染，如在第一折中，多处探讨功名问题。如：

> （外云）飘风虽疾，不能阴雨扬其尘；蛟龙虽神，不能白日离其伦。各有时焉！（正云）吾闻淮南子曰："性者所受于天也。命者所遭于时也。"有其才，不遇其时，命也！太公何功？比干何罪？岂非命乎？只是我自命薄也呵！①

> 【油葫芦】既不能够晓谒枫宸入建章，早难道暮登天子堂，倒做了怀其宝而失其邦。恰便似芙蓉生在秋江上，几时得坠鞭误入平康巷．怎做得登瀛洲膝盖儿软，踏翰林脚步儿长。常言道时来木铎也叮当响，时不至呵兰麝也不生香。②

> 【那咤令】我读周南召南，要安邦定邦。贬太康仲康，立朝纲纪纲。褒周庄鲁庄，教兴王、霸王。遭不行鲁圣书，时不合邹轲强。致令得墨子悲伤！（外云）古之达人高士，视世态若旁观弈棋。先生何区区欲自弈，为人所现成败乎？③

在这一折中，作者用了浓墨重彩的笔墨去表现司马相如积极入世、建功立业的思想。剧中的相如满腹经纶，胸怀济世之志，"世习儒学，少有大志，负飘飘凌云之气，昂昂济世之才，读尽五经三史，学成经济文章"，④相如的形象实为朱权自拟，但是现实残酷，贤者无用武之地，以致相如牢骚满腹，愤愤不平。朱权意在借相如之酒杯，浇自己心中之块垒。

相如文君的爱情故事，历来为人们津津乐道。作为一个气度翩翩，风流蕴藉的藩王，朱权对文君与相如的私奔故事欣赏不已，不吝笔墨

---

① 朱权：《卓文君私奔相如》，古本戏曲丛刊四集 3，脉望馆抄校杂剧 33，北京：国家图书馆出版社，2016 年。

② 朱权：《卓文君私奔相如》，古本戏曲丛刊四集 3，脉望馆抄校杂剧 33，北京：国家图书馆出版社，2016 年。

③ 朱权：《卓文君私奔相如》，古本戏曲丛刊四集 3，脉望馆抄校杂剧 33，北京：国家图书馆出版社，2016 年。

④ 朱权：《卓文君私奔相如》，古本戏曲丛刊四集 3，脉望馆抄校杂剧 33，北京：国家图书馆出版社，2016 年。

地给予描写，但是出于政治需要，又用儒家的伦理纲常加以约束，使其私奔行为"发乎情，止乎礼"。即，体现了朱权自觉的伦理道德意识。明初，出于巩固政权、稳定社会秩序的需要，统治者严格管制社会思想，向大众肆力灌输儒家三纲五常等伦理道德观念，文学中宣扬儒家伦理道德的劝善教化之作是符合统治者心意的创作行为。高则诚"劝忠劝孝"的《琵琶记》就是朱元璋为戏曲创作树立的标榜。朱权将风流故事纳入道德的轨道，既是朱权作为上层统治者维护大明统治的需要，也是他遵从时代的自觉或不自觉的行为。

永乐后，宁王朱权遵循崇雅尚真、隐逸抒情的文学思想。

经历一系列变故后，朱权深知仕途无望，且继位的皇兄及之后的几任皇帝对他一直猜疑、压制，为求自保，减少来自皇帝的猜忌，朱权韬光养晦，托志翀举，将目光转向修道成仙与文艺创作。永乐前期朱权关注的重点仍在社会现实、日常生活，其著述要点多在音乐、戏曲、医药、农圃，作品具有实际指导性。永乐后期始，朱权重功业重教化的儒家思想开始消退，道家意识开始萌发，并在二者间辗转徘徊，作品也多为道教著述。随着时间的推移，学道的深入，朱权的政治意识、现实关注日益淡薄，崇道之心、翀举之志日益增强，最后着道装葬道宫。

《宫词》是朱权在永乐早期最主要的文学作品。宫词是个大众诗歌题材，任何人都可以写，但大部分的宫词作者没有宫廷生活经历，多是怀着猎奇、窥探、臆测的心态进行写作。朱权生于深宫，长于深宫，对宫廷生活十分熟悉，他的《宫词》是秉持尚真尚实的文学理念进行写作的。如其诗前小序所说："大概宫词之作，出于帝王、宫女之口吻，务在亲睹其事，则叙事得其真矣。予生长于深宫之中，岂无以述乎？虽不尽便娟之体，其传染写真之意，间有所似。"[①]

朱权的宫词多为写怨、纪事两种，写怨的抒情性强，或以花衬怨，或因声抒怨，或借乐散怨，视觉、听觉交融在一起，委婉地将怨表达出来。朱权善于择取"海棠""紫薇"等清雅的意象抒情，言语委婉，

---

① 朱权：《宫词》小序，载朱权等：《明宫词》，北京：北京古籍出版社，1987年，第1页。

体现了作者崇雅尚雅的审美意趣。纪事的叙事性较强，内容不淫不怨，温柔敦厚，"细事而不涉于俚，作艳语而不伤于巧"。这些宫词作于永乐早期，但写作手法已逐步成熟，作品文学性、艺术性突出。《宫词》反映了朱权在南昌隐忍时对往昔宫廷生活的怀念，侧面表现了自己对早年生活状态及父子情深的怀念，也是对自己生活处境不满的一种委婉发泄，表现了其儒道思想在过渡时期的挣扎状态。《宫词》中有一首藩封诗，尤体现了这种心态：

> 分镇亲藩奠四陲，居安常欲虑其危。万方泰尔平如砥，帝业炎炎火德辉。

藩王镇守国之四方，是皇帝居安思危的大计，关系到国家的安全、百姓的平安、皇室家业的永固。该诗虽未明指，但可看出朱权对藩王承担的责任的理解。该诗是朱权心声的吐露，"藩屏帝室"是父皇赋予他的使命，是他一生的信条。但在其他著作中朱权从未吐露过这样的信息。

永乐至正统时期，朱权的思想主要以隐忍为主，在"神隐"中表明自己没有政治野心，醉心于自由自在的隐士生活。这一时期，朱权儒家思想开始退居次要地位，道家思想占主要地位。其《神隐志》"纵横人我"一条，明确反映了他此时思想的转变：

> 士之于世，而行其道者，务在知进退之节，可出则出，可隐则隐。果道之可行，则激昂振厉，大鼓宣化……以辅王道。果之道不行，便当抱一张无弦之琴，配一把倚天长剑……向青山深处，白云堆里以为巢穴。

《神隐志》一书作于永乐六年（1408），意在表明神隐之志，《神隐志》序曰：

> 予之所避，则又不同矣，各有道焉。其所避也，以有患之躯，而遁乎不死之域，使吾道与天地长存而不朽。故生于黄屋之中，而心在白云之外；身列彤庭之上，而志不忘乎紫霞之想……身虽

不能避地，而心能自洁，谓之神隐，不亦高乎？①

身虽处繁华富贵之地，心却向往放浪形骸、自由无碍、啸咏风月的隐士生活，朱权意在表达自己对权力的淡泊之心。《四库全书总目》曰："……会有谤之者，乃退讲黄老之术，自号臞仙，别构精庐，颜曰'神隐'，并为此书以明志。永乐六年上之，盖借此韬晦以免患，非真乐恬退者也"。

　　大约十年后，朱权创作了杂剧《冲漠子独步大罗天》，"大罗天"即道教所说的诸天的名字，该剧充斥着浓厚的道家出世思想。冲漠子皇甫寿是一个忠诚的信道者，一心想要得道升仙，东华大帝鉴于他的真诚，派吕洞宾与张真人去点化他，他们见到皇甫寿后，为了防止其道心不坚而功亏一篑，斩了他的三尸，给他服用仙丹并授予他炼丹的方法，然后，度他过弱水，走进了大罗天。在仙界，东华大帝迎接冲漠子，众仙欢聚一堂庆祝他的到来。神仙道化剧的创作在元代便有不少，其戏剧冲突大多来于度脱者与被度脱者的拒绝出家，对功名的留恋。朱权的剧作也是写吕洞宾度化他人，但被度者没有表现出对现实的不舍，冲漠子心甘情愿地去接受度化，因为他梦寐以求的便是能得到仙人的点化。《冲漠子独步大罗天》只是想要表达对羽化成仙的期望，对神仙道化的纯粹追逐，所以，剧本的唱词多为道家理论，剧情的展开也是由拴锁心猿意马、斩三尸、渡弱水组成，道家炼丹、服丹的术语、方法如婴儿（水银）、姹女（铅）、黄婆（脾）等在剧中也多有出现。如此专业的术语出现在剧本中，这表明朱权已完全遁入道门。剧中冲漠子完全是以现实中的朱权为蓝本的，所谓"濠梁人也，生于帝乡，长居帝京"，②"隐居于匡庐之南，彭蠡之西"，③"今特命尔为丹丘真人……"，剧中还说："愚自幼惧生死之苦，避尊荣之地，以求至道，

---

　　① 朱权：《神隐志》，载〔明〕胡文焕编：《格致丛书》，北京：国家图书馆藏本。
　　② 朱权：《冲漠子独步大罗天》，古本戏曲丛刊四集 3，脉望馆抄校杂剧 33，北京：国家图书馆出版社，2016 年。
　　③ 朱权：《冲漠子独步大罗天》，古本戏曲丛刊四集 3，脉望馆抄校杂剧 33，北京：国家图书馆出版社，2016 年。

今三十余年矣！"①又说："忆昔人间四十年，满头风雨受熬煎……""韶华已半"。②冲漠子是朱权虚拟出的人物，但朱权却在剧中反复强调具体的时间并且详细介绍居住的地方，与现实中的朱权极其相似。朱权作此剧的目的在借此剧来抒发心中的郁闷之气，表达对现实的不满。钱谦益说，朱权"改封南昌，恃靖难功，颇骄悠，多怨望不逊，晚年深自韬晦。"③朱权对现实无可奈何，也不敢直接吐露心声，所以杂剧就成了一个很好的发泄途径。

第一折吕洞宾所唱【寄生草】："你道是他贪酒色如蝇竞血，为利名若蛾扑灯。人心毒似蛇蝎性，人情狡似豺狼悖。"④第四折众仙唱"冲漠子做的。"【折桂令】："一篇词上叩穹苍。一片诚心，一瓣真香。诉只诉一世人一世荒唐，一事无成，一计无将。"⑤第四折吕洞宾唱【收江南】："从今后．尽叫他前人田土后人收，一任他一江眷水向东流。"⑥

这些唱词没有一丝的神仙道化气息，对世俗的不满之情反倒充盈于字里行间。出家人应看破世俗人情、利名人心，做到心外无物，然而"人心毒似蛇蝎性，人情狡似豺狼幸"这些话完全不像随口而出，更不像是出家人所说的话。结合当时的情形，这显然是朱权借助仙者的口唱出自己对现实处境的不满。

同为藩王，后期的朱有燉的心理压力主要来自政治的险恶，来自皇帝的打压和宗室间的内斗，而朱权的怨气更多来自对皇帝"中分天下"承诺的失信而带来的不满。他们都处在高压下，但内心压力的大小不同。朱权辈分高，有功于靖难，是皇帝最为忌惮的藩王。相比而

---

① 朱权：《冲漠子独步大罗天》，古本戏曲丛刊四集 3，脉望馆抄校杂剧 33，北京：国家图书馆出版社，2016 年。

② 朱权：《冲漠子独步大罗天》，古本戏曲丛刊四集 3，脉望馆抄校杂剧 33，北京：国家图书馆出版社，2016 年。

③ 钱谦益：《列朝诗集》第二版，上海：上海古籍出版社，2008 年，第 6-7 页。

④ 朱权：《冲漠子独步大罗天》，古本戏曲丛刊四集 3，脉望馆抄校杂剧 33，北京：国家图书馆出版社，2016 年。

⑤ 朱权：《冲漠子独步大罗天》，古本戏曲丛刊四集 3，脉望馆抄校杂剧 33，北京：国家图书馆出版社，2016 年。

⑥ 朱权：《冲漠子独步大罗天》，古本戏曲丛刊四集 3，脉望馆抄校杂剧 33，北京：国家图书馆出版社，2016 年。

言，朱有燉辈分低，曾受打击，受制约，但所受到的压力相对比较小。他们生活在同一时期的严酷的政治环境中，在行为上都不得不谨小慎微，生怕动辄得咎，内心充满了苦闷，于是只能"溺情声伎"，游戏文艺，明哲保身。他们这时期的文学作品实是苦中作乐，寓悲于乐，或崇佛，或向道，以创作自娱，以创作销蚀苦闷，早期的功利性的人生追求淡化了，代之以崇雅尚趣、隐逸抒情的文学。

二、庆王朱㮵的文学思想

在早期的藩王中，朱㮵也是一个在创作上小有成就的作家，并且在文学思想上，与朱权、朱有燉有着某种相似性，但又有其独特性。

庆王朱㮵（1378—1438），朱元璋第十六子。他一开始就是被远窜边关的藩王。洪武二十四年（1391）朱㮵册封为庆王，先到封地庆阳，后改封宁夏，因宁夏粮饷未敷而迁至韦州，居之九年后移往宁夏，在宁夏度过后半生。由于其远在西北边关、势单力薄，朝廷的削藩对其影响并不是很大。由于生平经历的特殊性，他的文学思想可分为前后两个时期，前后两期重功业的文学思想始终主导着他的创作，但由于长住西北，不得返乡，后期的创作中思乡的主题分外突出。

庆王朱㮵"好古博雅，学问宏深，长于诗文"，著有大量诗文作品。今仅有三十八篇诗词存世。这三十八首诗词既是其一生心路历程的体现，也是其文学思想的反映。

在韦州和宁夏前期，朱㮵与朝廷的关系很好，往来频繁。朱㮵本人也怀有雄图大志，想在塞北藩国大展宏图。相对顺利的人生，使其心态积极乐观，心情愉悦舒畅。在这种心境下，他写下了多首咏赞藩国大好河山，抒发建功立业之志的诗篇。"三月东湖景始饶，水光山色远相招。鱼充急雨牵浮躁，莺逐颠风过断桥。"赞美韦州秀美的湖光山色。又如《贺兰大雪》：

> 年少从军不为苦，长戟短刀气如虎。丈夫志在立功名，青海西头擒赞普。君不见，牧羝持节汉中郎，啮毡和雪为朝粮。节毛

落尽志不改，男子当途须自强。①

边塞气候寒冷恶劣，北风砭人肌骨并卷起漫漫黄沙，雪花大得如手一样，天气寒冷得连貂裘都不能御寒。这种恶劣的环境不但没有使朱栴畏惧退缩，反而激起朱栴的斗志，以汉中郎苏武自比，抒发出了不畏艰难、期望建功立业的志向。

　　洪武三十一年（1398）朱栴从韦州迁至宁夏，到宁夏城以后"经营新宅""披阅地图""登高眺远"，当看到府邸所在的银川城背靠贺兰山，面向黄河，心中非常兴奋，不禁感慨银川城真是"天开地设，雄镇藩畿""风景之佳，形胜之势，观游之美，无异于中土""可谓殊方之胜地也"。在这种兴奋激昂的状态下，朱栴"徘徊久驻，慨然兴怀"，追思往昔，逸兴思飞，动于诗情写下了《西夏八景图诗》。这八首诗格调昂扬，豪放大气，气势磅礴，表达了庆王对宁夏山河的赞美。如其一《贺兰晴雪》：

　　　　嵯峨高耸镇西陲，势压群山培塿随。积雪日烘岩冗莹，晓云驻岫峰奇。乔松风偃蟠龙曲，怪石冰消卧虎危。屹若金城天设险，雄藩万载壮邦畿。②

其二《汉渠春涨》描写宁夏引黄灌溉曲"二月和风柳眼舒，三春雪水桃花泛"③的美好春天和汉渠灌溉农田"千家禾黍足耕锄"的美好景象，歌颂了"浩浩来天际"的黄河给宁夏人民分流出一条汉渠，汉渠灌溉农田造福百姓的伟大功绩。朱栴热情诚挚地赞美宁夏景观，在于他热爱藩国的大好河山，想要在这里一展宏图，建功立业，实现藩屏帝室、拱卫王业的远大理想。

　　朱栴生于南京，长于南京，对南京有着深厚的家园情结。刚开始到北方藩国后，朱栴内心激情澎湃，大赞宁夏山川湖色。但是时间一长，这种激情逐渐消退，他便思念故乡江南。即便是在写奔腾豪迈的

---

① 白述礼：《大明庆靖王朱栴》，银川：宁夏人民出版社，2008 年，第 155 页。
② 白述礼：《大明庆靖王朱栴》，银川：宁夏人民出版社，2008 年，第 142 页。
③ 白述礼：《大明庆靖王朱栴》，银川：宁夏人民出版社，2008 年，第 143 页。

《西夏八景》时，也有些许乡愁夹杂其中。《月湖西照》："北来南客添乡愁，仿佛江南水国乡"。[①]《官桥柳色》："塞垣多少思归客，留着长条赠远游。"[②] 诗作均道出了朱㮵对江南故乡的思念。朱㮵这种思念之情在晚年愈加深重，他晚年所写诗词，悲伤忧愁的思乡之情随处可见。

朱㮵晚年颇不顺畅，在宣德十年间（1426—1435），朱㮵五请入朝拜见，均遭皇帝拒绝。正统之初又屡遭人弹劾、告密，加之丧子，这多起不顺心之事致使朱㮵病倒。老年丧子且疾病缠身，加上怀念故土，朱㮵晚年极其痛苦郁闷，几近绝望。尤其是五十岁以后，"华发盈颠"，虽"有数厨书，万钟禄，万丘田"，但碌碌无为，只有"饥时饭，渴时饮，困时眠"而已。于是，他发出了"古兴州，古灵州，白草黄云都是愁，劝君休倚楼"的慨叹。朱㮵晚年所作的诗词格调与前期大为不同，悲伤忧愁，凄凉惆怅。

朱㮵在宁夏居住四十五年，尤其是永乐后期愈来愈严的藩禁政策几乎使其丧失行动自由，加上诸多麻烦和伤心之事，其思乡之情愈演愈烈。"边报军书急，南来雁信沉。"[③]（《登韦州城北拥翠亭》）"嗷嗷似说南归意，感我穷边久驻情。"[④]（《夜宿鸳鸯湖闻雁声而作》）"尤怜塞下见，乡心此时苦。"[⑤]（《似古边城春思》）"胡马迎风向北嘶，越客对此情凄凄。"[⑥]（《贺兰大雪》）"借问夏城屯戍客，是否思乡？"[⑦]（《浪淘沙·秋》）所有这些思乡的苦痛，都一次次地增加了朱㮵的悲伤，使其"两鬓成霜""闷怀无语""独对斜阳"。《风流子·秋日书怀》一词可谓朱㮵一生的生动写照：

> 楼头思往事，犹如梦，回首总堪伤。想童草山东，臂鹰走马，弱龄河外，开国封王；老来也，一身成痼疾，双鬓点清霜。江左旧游，塞边久驻，忆朝京辇，愁在毡多。……遥山隐隐，野烟漠

---

① 白述礼：《大明庆靖王朱㮵》，银川：宁夏人民出版社，2008年，第143页。
② 白述礼：《大明庆靖王朱㮵》，银川：宁夏人民出版社，2008年，第145页。
③ 白述礼：《大明庆靖王朱㮵》，银川：宁夏人民出版社，2008年，第36页。
④ 白述礼：《大明庆靖王朱㮵》，银川：宁夏人民出版社，2008年，第38页。
⑤ 白述礼：《大明庆靖王朱㮵》，银川：宁夏人民出版社，2008年，第147页。
⑥ 白述礼：《大明庆靖王朱㮵》，银川：宁夏人民出版社，2008年，第155页。
⑦ 白述礼：《大明庆靖王朱㮵》，银川：宁夏人民出版社，2008年，第150页。

漠，风景凄凉。惆怅闷怀无语，独对斜阳。①

人生如梦，独立楼头，倚栏回首，想当年弱冠封王，意气风发。到如今两鬓斑白，疾病缠身。"园林摇落""衰草寒烟""雁阵南飞"，使人顿感凄凉落寞。这首词把朱栴晚年凄凉、伤感的情绪抒发到淋漓尽致的程度。

纵观朱栴诗词寄兴遣怀，情感真挚，感人肺腑。作者情有所感，任情而发，这是对"在心为志，发言为诗"诗歌传统的继承。无论是吟咏宁夏风光，还是抒发建功立业之志，或是抒写思乡之情，皆"求真""尚真"，发"性情之真"。

朱栴笔下三十八首诗词按主题可分为三大类：一是对宁夏自然与人文景观的赞美；二是展现雄才大志，企望国泰民安；三是远居塞外引发的思乡情怀。朱栴对山河的赞美实则是对藩王屏藩王室、保家护国的歌颂，也是其心怀家国天下的自豪感、使命感、自觉担当意识的体现。后期朱栴对家乡深深的思念则是其"治国"理想破灭后，加之遇到诸多人生挫折后对亲情、童真的渴望与回归。"家"见证了朱栴的成长，记载着朱栴童年的纯真和美好的梦幻，也凝聚着淳朴、本真的亲情。朱栴对家乡的思念和回忆在一定程度上缓解了他来自现实的抑郁和焦虑。

洪武时期，藩王昂扬乐观，志得意满，胸怀建功立业之志。这一时期，重政教之用、重功业、重忠孝成为藩王们的主导文学思想。这种带有群体性特征的思想，是儒家人生理想及其诗教观的集中体现。他们在作品中张扬豪迈，抒发立功扬名之志，追求外在功利的实现而抑制自我情志宣泄。②洪武末期，朱元璋为了防止藩王势力过度膨胀，危及王朝稳定，采取了相应措施，藩王们的政治权力受到限制，开始偏离政治。可以说，洪武一朝，藩王的地位崇高，待遇优渥，他们的文治武功尽得施展。建文帝即位后，迅速削藩，藩王面临严厉的政治打击，其期望建功立业的意志遭受挫折，心里更是恐慌，普遍对自己

---

① 白述礼：《大明庆靖王朱栴》，银川：宁夏人民出版社，2008年，第151页。
② 参见章培恒：《中国文学史》导论，上海：复旦大学出版社，1996年。

的人生出路感到迷惘。永乐皇帝即位后，继续削藩，至宣宗一朝，削藩得以最终完成。诸藩王的政治军事权力逐步被削夺殆尽，藩王地位一落千丈，变成不参政的闲王。这个时期，为了全身远祸，藩王们便将精力转向文艺与宗教。永乐之后，娱乐抒情成为藩王们的主导文学思想，文学的个体化色彩逐渐浓厚。洪武朝，藩王大多处于中青年，并且精力主要放在政治军事领域，所以藩王的文学创作较少，或有创作也多为"政治化"写作，且文学思想和写作手法还不成熟，摹拟之痕明显。永乐后，成为闲王的藩王们，文学思想与写作手法日臻成熟。他们的文学已经失去了关注国计民生的热情，而回到自我的世界，关注自我、关注自己的日常生活以及自我的内心世界成为创作的主流。这在一定程度上偏离了儒家的诗教观念，却推进了文学思想性及艺术性的提高和发展，这既是外在政治压迫的结果，也是文学创作规律的一种体现。

第三节　朱有燉文学思想与明初文学思潮

洪武至成化的百年间，第一代与第二代藩王相继过世，明代文学开始走向中后期。作为藩王，他们受到严格的制度禁锢，同时也不可避免地受到明初文学思潮的影响。明初文学思潮主要是复古思潮与台阁文学思潮。复古思潮的代表人物为宋濂、方孝孺等浙东派文人，他们主张文以载道、宗经言志，即诗文要本于六经，内容要宣扬儒家伦理道德，以有裨政教，语言要平和雅正。受复古思潮影响，藩王在作品中或颂美圣德、宣扬忠孝，或摹拟前人写作风格、写作手法。永乐至成化，台阁文学思潮成文坛主流，"三杨"等台阁重臣为这一思潮的代表人物。他们主张传圣贤之道、鸣国家之盛，倡导雍容典雅、和平温厚的文风。在此之前，藩王的创作便有雍容典雅的特征，此时更是自觉不自觉地融入台阁文学的创作中，歌功颂德、粉饰太平，大肆为朝廷鼓吹。但是藩王由于地位特殊，他们受到的思想束缚要小，相对一般文人有更大的创作自由。有时藩王们能突破主流文学思想的约束，形成独创性的文学思想与多样的文学风格。

一、复古思潮影响下明初藩王文学思想

复古思潮是明代文学最突出的特征。明代的复古思潮始于明初，其涵盖婚丧嫁娶、法律刑罚、礼乐规范等方方面面，并非只在文学领域。明初复古思潮的根源，其中有元明政权更替的政治原因，也有礼制上追慕汉唐祖制的缘故，还和帝王的直接干预有关。政治、礼乐、风俗上的复旧直接影响了文学的审美观念与价值取向，朱元璋极为重视礼乐的作用，注重对汉唐儒家礼乐传统的复古。洪武十七年（1384）六月，朱元璋表达了他主张恢复古乐、尊崇典雅的诗乐观：

> 近命制大成乐器，将以颁示天下学校……朕思古人之乐，所以防民欲；后世之乐，所以纵民欲，其何故也？古乐之诗章和而正，后世之歌词淫以夸。古之律吕，协天地自然之气；后之律吕，出为巧智之私。[①]

从以上论述可看出朱元璋主张诗乐应该雅正真诚，要自内心而发，如此方可格天地、感鬼神。朱元璋主张恢复雅正的古乐这种观念同时也影响了他对文学的看法，注重诗文的实用以及政治教化功用，排斥雕琢绘刻的浮词丽藻，如他在与朝臣论文时说道：

> 古人为文章，或以明道德，或以通当世之务。……近世文士，不究道德之本，不达当世之务，立辞虽艰深而意实浅近，即使过于相如、扬雄，何裨实用？自今翰林为文，但取通道理明世务者，无事浮藻。[②]

由此可见朱元璋推崇内容雅正、有裨实用、明白浅易、真实质朴的文章。洪武六年（1373），朱元璋下旨明确否定雕琢文风："其自今凡告谕臣下之词，务从简古，以革弊习。尔中书宜播告中外臣民，凡表笺

---

① 《明实录·明太祖实录》卷一百六十二，第 2521 页。
② 《明实录·明太祖实录》卷四十，第 2173 页。

奏疏，毋用四六对偶，悉从典雅。"① 此谕旨明确表达了朱元璋反对骈俪雕琢浮文、尊崇典谟的复古主张。在封建专制高度集权的时代，皇帝对文学的喜好与干预直接影响了当时文人的价值取向和具体的文学创作。

明胡应麟在《诗薮》中曰："国初，吴诗派昉高季迪，越诗派昉刘伯温，闽诗派昉林子羽，岭南派昉孙蕡仲衍，江右诗派昉于刘崧子高。五家才力，咸足雄踞一方，先驱当代。"② 可见，明初诗坛呈现出"流派纷呈""各抒己见""自在流出"的多元化态势。但这些地域风格鲜明的诗派与诗人一旦进入京城，就会发生一些改变，一方面各流派间相互借鉴与影响，另一方面，他们逐渐向主流文学思潮靠拢。入明后，越中派诗人努力适应时代环境的变化，文学创作也适时地发生改变，即鼓吹休明，调趋宏雅。王祎倡导"纯"与"正"，"诗贵乎纯，纯则体正而意圆。体正故无偏驳之弊，意圆故有超诣之妙。诗之可贵者，其不出于此哉！"（《书刘宗弼诗后》）刘基主于"粹"与"深"，"辞达而义粹，识不凡而意不诡"。尤其是宋濂，入明后，由于其文宗的地位，也为了迎合官方建构庙堂文学，宋濂发表了一系列儒家正统文学观念。其论文，力主原道宗经复古，把文学看作"载道"之具，指出作文的目的应"以明道为务"，"文非道不立，非道不充，非道不行""文之至者，文外无道，道外无文"。③（《徐教授文集》序）

再如以高启为代表的吴中诗人，他们在元末有着普遍的旁观者心态。他们大都远离政治，归隐山林，在逍遥自适的诗酒酬唱生活中获得精神世界的满足。他们以个体情性自适作为诗文创作的第一要素，其创作个体化色彩浓厚，诗歌风格多样，个性张扬，展现出尚才、尚意、尚趣的特色。入明之后，复古之风渐兴，高启与宋濂、刘基等人一样也提倡诗文复古，让文学回归雅正传统。如《独庵集》序曰：

> 诗之要，有曰格、曰意、曰趣而已。格以辨其体，意以达其

① 余继登：《典故纪闻》，北京：中华书局，1981年，第49页。
② 胡应麟：《诗薮》续编卷一，上海：上海古籍出版社，1958年，第342页。
③ 文渊阁《四库全书》卷一百六十九《集部二十二》。

情,趣以臻其妙也。体不辩则入于邪陋,而师古之义乖;情不达则堕于浮虚,而感人之实浅;妙不臻则流于凡近,而超俗之风微。①

高启所言的"格"即强调诗歌的体貌要端正,表达方式要严谨,外在形式上要符合诗歌不同体裁的特点。作诗首要任务是辩体,辩体的终极目的是达意,"体不辩则入于邪陋,而师古之义乖""声不违节,言必止义"。师古之意蕴含着对雅正的崇尚。但高启的复古主张异于宋濂、刘基,高启的复古观念是对文学创作方法本身的探索,源自内心而不屈从于外力,重在摹仿古调之精神,追求诗文的纯粹之美。宋濂主张崇儒复古于庙堂之上,刘基主张诗文的讽喻、风雅精神,视文学为卫道的利器。

复古其实与学古、师古、拟古、摹拟词同,都表明了要学习前人,继承前人优秀遗产,只不过在学古的对象和时段上各有选择和区别。主流观念如铁板一块,在肯定《诗经》不容怀疑的最高价值取源前提下,强调宗法汉魏盛唐。非主流观念丰富多彩,六朝、中晚唐、宋元都有人宗法。复古所复之内容,一为学习古代优秀诗文的音节、体制,即规矩准绳;二为学习古代优秀诗文的精神气象,即古圣贤之道、古圣贤济世之心等儒家正统审美观念。

其实,明初的复古思潮就是要恢复儒家诗教的雅正传统。《毛诗》序曰:"雅,正也,言王之所由兴废也。"雅正就是指语言的"雅"与内容的"正",即诗文在内容上要宣扬儒家伦理道德,语言风格上要典雅方正,和平温厚。明初藩王自幼接受儒家正统教育,明初朝臣掀起的复古思潮势必对藩王产生潜移默化的影响,明初藩王作品中体现的思想恰与明初复古主张合拍。宪王朱有燉很多的诗文在内容上与宋濂等人所倡导的儒家诗教传统相一致。如《诚斋录》卷四杂著《兰竹轩》序表达了朱有燉对孝道思想的赞美。朱有燉于文中对余士美观物思亲、以文存念的孝行大加赞扬:

　　余曰:"善哉!先生知所以尽孝者矣!",……孝子之心,思父

---

① 高启著,金坛辑注,徐澄字、沈北宗点校:《高青丘集》,上海:上海古籍出版社,2013年,第885页。

> 母之乡，终身无替者，无以自宣，此所以假兰竹自见也……乃惓
> 惓念其先人之轩居，以寓终身之思慕也哉！……甚美其孝，今观
> 先生之卷，乃知君子尽孝之情，未尝不同也！①

朱有燉素怀孝心，建文时他替父顶罪，朱棣即位后作《纯孝歌》嘉奖
他代父受难的孝行。朱有燉不仅自己践行忠孝思想，对于身边的忠孝
之人，更是大力赞扬。在《马氏永思斋记》中，朱有燉对本府典膳马
进忠遵父之遗命求得先祖之骸骨，且以棺椁之礼葬之的孝行颇为称赏，
认为"孝者人子之大节，百行之所先"，②于家和睦，于国则忠。在《慈
庆堂》序一文中朱有燉赞扬夏氏兄弟构室奉母的孝行，"予观夏谟之事
上，景咨之奉亲，可谓忠孝之人矣"。③士君子名居多取诸道德仁义之
言，或囿于个人乐趣，夏谟则以奉亲名堂，可谓淳淳以孝矣。

此外，朱有燉对儒家所倡导的怀义念恩、德业兼备的高尚的君子
情操也十分推崇。《青蜘蛛说》《玉簪花说》阐述德行的可贵。《青蜘蛛
说》中青蜘蛛昼潜穴中，夜出食花木之苗，为了不让人发现，它在洞
穴上高覆黄土。青蜘蛛"自以为智识之深，关防之密，有以安其生也"，
孰知"彼之智识，关防人从而得其计焉"，可谓聪明反被聪明误。"彼
之至巧乃至拙，彼以至得于计谋然而至失于计"。朱有燉讽刺了青蜘蛛
这种迷惑众人的雕虫小技，并且由物及人，"人若此者亦多矣"，表达
了"直行吾道，平处吾心，乐夫天命，听其自然，复何虞哉"的人生
态度，即做人要坦荡自然。《玉簪花说》先写玉簪花"色素而不艳，其
香甚清，满院馥郁"，后因青蝇玷污，嗅其香则令人作呕，遂成弃物。
于是作者由花及人，感叹"为人而不全其德者，亦若此也"，人若不善
则如青蝇之秽，遭人轻贱唾弃。然而"花之秽可濯，人之不善可改"，
我们要时时修持自己的品德操行，使其不被污物侵染。小中见大，似
浅实深，可见宪王规劝之心。这两篇文章都是从生活小事中掘发隐微，
取日常一点窥见社会全貌，写来却能震荡人心，醒人耳目，得刘基《卖

---

① 朱有燉著，赵晓红整理：《朱有燉集》，济南：齐鲁书社，2014 年，第 214 页。
② 朱有燉著，赵晓红整理：《朱有燉集》，济南：齐鲁书社，2014 年，第 710 页。
③ 朱有燉著，赵晓红整理：《朱有燉集》，济南：齐鲁书社，2014 年，第 708 页。

柑者言》《郁离子》之风貌，与其有异曲同工之妙。

与早期朱有燉的文学观念相似，庆王朱㮵的诗文在写作手法上也表现出明显的拟古倾向，如《夜宿怀古》显然是模拟古诗十九首中的《迢迢牵牛星》，二诗如下：

> 迢迢牵牛星，皎皎河汉女。纤纤擢素手，札札弄机杼。终日不成章，泣涕零如雨；河汉清且浅，相去复几许！盈盈一水间，脉脉不得语。（《迢迢牵牛星》）

> 皎皎银河月，荧荧天上星。星光和月影，相共照中庭。中庭人独自，低首依云屏。相思苦无寐，寂寞掩重扃。凉飚吹罗衣，繁霜五夜零。东邻洞箫声，呜咽不忍听。眷言行路人，与君惜娉婷。（《夜宿怀古》）

两诗均为五言相思怀远诗，意境也极为相似，都由夜晚的景象入手，由景象写到人物惆怅忧伤的心情，而且都运用了对写的手法，最后抒发相思之情。朱㮵《夜宿怀古》的起承转合显然沿着《迢迢牵牛星》的脉络。

明初诗坛的复古倾向主要是宗唐复古，追求唐诗主情性、洒脱放达、沉稳不迫、雅正雍容的诗歌风貌。这种诗歌风貌近于古诗原有风貌，朱权在《西江诗法》序中表达了对这种诗歌面貌的追寻：

> 古诗所谓诗之志者，为天地写真，为山川出色，为万家增辉，可以泣鬼神，可以播造化，与灵光景物之相颉颃也。然人志不同，其言各异，则见其涵养自得之如何耳，故诗可学而性情不可学，法可学而兴趣不可学。

朱权的诗歌创作思想与闽诗派开山张以宁的诗歌思想大同小异，张以宁曾曰：

> 夫为诗者，非模拟剽窃以为似也，非琢雕剞劂以为工也，非切摩声病、组织纤巧以为密且丽也。必也涣然而悟，浑然而来，趣得于心手之间，而神溢于札翰之外，是则诗之善也。

张以宁强调"诗之善"在于不拘于"模拟其形似",要靠诗人"涣然而悟"。朱权在这里也强调领悟,他首先肯定诗歌本身具有言志抒情、教化人心的作用。但在创作上,诗法虽可以给写作者提供具体的写作指导,如字、句、篇有详细规定,其韵脚、音律也有迹可循,但是立意和诗人的性情是诗歌创作的灵魂所在,它们是不可以一味模仿甚至剽窃的,只能靠诗人自己领悟。

唐诗的成就高至顶峰,已成为一代盛世的象征,唐诗的精神风貌更符合明初统治者对开国气象的追求。自宋以来,诗文日趋理学化、禅学化,抑制了诗人本身情感的抒发,于是明初文人在宗唐与宗宋间选择了宗唐,首宗盛唐李杜诸家,也有宗中、晚唐诸诗人。明初藩王的诗歌创作明显表现出宗唐倾向。

辽王朱植《秋江》诗:"杨柳渡头烟漠漠,峨眉山下水悠悠。月明沙渚晚风急,渔笛一声江上秋。"鲁靖王朱肇辉《秋日江行》诗:"策马行行出郭遥,平沙水落未生潮。枫林两岸经霜老,红叶无风落小桥。"对仗工整,意境优美,语言清丽,颇有唐人王孟山水田园诗风味。汉王朱高煦《拟古诗》《怀仙歌赐周玄初》《洞天秋望赐周玄初》《感兴》诸诗,清新自然,隽永圆转,顿挫有致,跌宕起伏而又意脉连贯,极富生气与个性。其臣僚称其:"合二圣之规模,成一代之制作"。宁王朱权南昌韬晦期间曾作《日蚀》诗:"光浴咸池正皎然,忽如投暮落虞渊。青天俄有星千点,白昼争看月一弦。蜀鸟乱啼疑入夜,杞人狂走怨无天。举头不见长安日,世事分明在眼前。"这首诗收于钱谦益的《列朝诗集》,钱说:"史称王怨望不逊,以《日蚀》蒸之,信矣。"学者对这首诗众说纷纭,有学者认为它是单纯的咏物诗,有学者认为它是作者借自然现象抒发自己遭遇不公的怨愤。该诗隐晦曲折,意境幽暗缅邈,深似二李之风格。

以朱有燉为代表的明初藩王虽没有提出明确的复古主张,但他们的创作印证了复古思潮对他们的影响。朱有燉推崇儒家正统道德,寓劝善教化于诗文,与明初"文以载道"的主流文学思潮相一致。朱栴、朱椿、朱权或拟魏晋,或拟盛晚唐,从侧面反映了藩王对复古思想的接受与运用。

二、台阁文学思潮与明初藩王文学思想

明初，随着政治文化上的复古，文坛也掀起复古的大潮。各派的复古主张虽不尽相同，但都注重文学教化功用，主张文学回归雅正传统。但朱元璋恐怖高压的政治统治打断了复古思潮行进的正确轨迹，文人舍弃了"风雅精神"中的讽诫传统，走上颂美一途。永乐时，随着政治制度的逐步完善和国力的日益增强，统治阶层对文学的干预也越来越强，综合作用下，文坛上产生了以歌功颂德和粉饰太平为主要内容的台阁体。

台阁体，明永乐至成化年间（1403—1464）占据文坛主流地位的一种文学风尚。台阁体的主要特点是：传圣贤之道，鸣国家之盛，颂美功德，黼黻承平，发为治世之音。风格追求雍容典雅、自然醇正。台阁派赤帜为"三杨"：杨士奇、杨荣、杨溥。他们深受儒家思想影响，用世之心强烈，其论文大抵把文章与政事紧密相连，主张文以载道，颂圣鸣盛。如杨士奇《玉雪斋诗集》序曰："古之善诗者粹然一出于正，故用之乡闾邦国皆有裨于世道。"又曰："若天下无事，生民乂安，以其和平易直之心而为治世之音。"台阁派文人作为统治集团的一部分，自觉充当官方意识的代言人，主动把朝廷的意识形态渗透进文学艺术之中。他们所论诗文之"道"，内容上要宣扬儒家伦理道德，以美教化移风俗。台阁文人的诗文多为歌功颂德之作，风格雍容典雅、舒徐平婉。如杨士奇《勤务堂记》："今幸遇圣明在位，吾与存诚（人名）皆见用于太平之世，固宜弃浮趋实，以就功业。"又如《送杨仲宜诗》序："皇上以文教治天下，特宠厚儒者，……恒相与感激陛下圣德千万岁一遇，岂可苟焉，以昧报称。"赞扬皇帝的英明神武。

永乐至成化百余年之间，是台阁体盛行的时代，藩王们的创作必然受到台阁体影响。宪王朱有燉是明初藩王中台阁气息较重的作家，他在诗中极力表达对皇帝的拥护与歌颂。"吾皇恩泽溥，万载乐升

平。"①"吾皇圣泽溢天潢，眷顾宗藩被宠光。"②"圣明恩厚特怜臣，除授良医学术纯。"③"深沐天恩遂此生，龙航今日喜重登。"④皆赞扬皇恩浩荡。又如《赐驾感恩而作》：

> 天锡洪恩及小邦，锦待秋日旆旌扬。龙飞彩扇来甘露，凤舞金盘出建章。六尺顽冥沾德泽，九重亲睦降藻光。藩方定省无余事，一寸丹心仰太阳。⑤

深沐皇恩，感受雍熙，故举笔应制以赞圣皇，铺采摛文，成这"花团锦簇文字"。尾句写守藩以诚，表尽忠心。该诗雍容肃穆，肤廓冗沓，是台阁诗的典型特征。此外，朱有燉还经常借祥瑞歌功颂德。如《瑞莲》："汴水秋风实瑞莲，一茎双蒂总华妍。……乾坤合德三千岁，福寿同臻亿万年。"⑥借并蒂莲粉饰太平，颂美圣德。《一剪梅·咏瑞麦》："德化雍熙帝降祥，瑞应吾皇，吉兆吾王。嘉麦五穗献明堂，礼乐辉煌，号令昭彰。万岁千秋福寿长，享福无疆，祝寿遐昌。民安国泰四时康，青简褒扬，玉叶芬芳。"⑦借瑞麦歌功颂德，褒扬国泰民安的政治图景。此类诗词还有《上国人烟》《白海青二首》《初雪》《玉女瑶仙佩·咏元宵》等。

台阁体在永乐后期逐步发展成熟，然而在永乐早期，藩王的诗文就呈现出台阁体所具有的歌功颂德、雍容典雅的特性。如朱栴《贺兰晴雪》："屹若金城天设险，雄藩万载壮邦畿。"⑧赞美贺兰山的嵯峨雄伟，是大明朝"金城"的"天险"，作者对贺兰山的赞美实则表达作为雄藩镇守一方护国安民的自豪感、使命感。《汉渠春涨》："追忆前人疏凿后，于今利泽福吾居。"⑨赞美灌渠引水给农业带来的便利，造福人民的伟大功绩。《宁夏新建山川社稷坛》："春祈秋报思韵格，佑我边人

---

① 朱有燉著，赵晓红整理：《朱有燉集》，济南：齐鲁书社，2014年，第605页。
② 朱有燉著，赵晓红整理：《朱有燉集》，济南：齐鲁书社，2014年，第614页。
③ 朱有燉著，赵晓红整理：《朱有燉集》，济南：齐鲁书社，2014年，第618页。
④ 朱有燉著，赵晓红整理：《朱有燉集》，济南：齐鲁书社，2014年，第620页。
⑤ 朱有燉著，赵晓红整理：《朱有燉集》，济南：齐鲁书社，2014年，第623页。
⑥ 朱有燉著，赵晓红整理：《朱有燉集》，济南：齐鲁书社，2014年，第649页。
⑦ 朱有燉著，赵晓红整理：《朱有燉集》，济南：齐鲁书社，2014年，第721-722页。
⑧ 白述礼：《大明庆靖王朱栴》，银川：宁夏人民出版社，2008年，第142页。
⑨ 白述礼：《大明庆靖王朱栴》，银川：宁夏人民出版社，2008年，第143页。

降福绵。"①表达作为藩王屏藩王室，祈福国泰民安的美好愿望。《永乐二年春祭社稷山川礼成后作》："永乐当二年，尊兄今天王。大明御寰宇，负扆理乾纲。"②表达对皇兄称帝的拥护。这些诗或叹边关之雄伟，或祝成功，或赞礼成，都与王朝的文治武功紧密相连，台阁气息尽显。

朱权的诗歌仅留下七十一首，有的也有浓厚的台阁气：

> 阊阖云深锁建章，曈昽旭日射神光。紫宸肃肃开黄道，万岁声声拜玉皇。楼阁崔嵬起碧霄，微闻仙乐奏箫韶。天风吹落宫人耳，知是彤庭正早朝。才开雉扇见宸銮，天乐催朝尽女官。宝驾中天临百辟，五云深处仰龙颜。

楼阁仙乐、宫人女官、龙颜宝驾，对皇宫生活的描写，对皇上的赞颂与劝喻，是台阁文学的常有内容。

藩王诗文的台阁气除了内容上歌功颂德，还表现在风格上的平易冲淡、雅正和平，归于性情之正。朱有燉在建文时期曾谪居云南，身在异乡孤苦无依，"蛮方异俗那堪语，独立高台泪似倾。"③表达了身处异乡强烈的孤独悲伤心境。永乐十六年（1418），爱妃夏云英去世，朱有燉痛不欲生，写了很多诗文来悼念她，"伤心失良佐，掩泪泣英贤。""独坐愁难遣，孤眠梦未成。"悲痛之情无法克制。然而之后，朱有燉的诗文却变得文气舒缓，再也没有强烈的情感起伏，即便是抒情之作，感情也是淡淡地流出。如《九月五日宴诸弟作》：

> 今朝节近重阳日，设宴东楼会弟兄。菊向深秋方绽蕊，人从老后转多情。金沙和暖雍渠集，玉宇清高白雁鸣。酌酒满杯须至瞩，年年守分乐升平。④

节近重阳，兄弟团聚，众弟兄于东楼欢饮，但在诗中难见诗人深厚的欢悦之情。前三联写宴饮时地及秋景，最后一联写对众兄弟的叮嘱，

---

① 白述礼：《大明庆靖王朱㮵》，银川：宁夏人民出版社，2008 年，第 148 页。
② 白述礼：《大明庆靖王朱㮵》，银川：宁夏人民出版社，2008 年，第 148 页。
③ 朱有燉著，赵晓红整理：《朱有燉集》，济南：齐鲁书社，2014 年，第 655 页。
④ 朱有燉著，赵晓红整理：《朱有燉集》，济南：齐鲁书社，2014 年，第 652 页。

叮嘱内容还是要做个乐享太平的本分藩王。全诗情感平淡温和。这种诗风的形成一方面源于台阁诗所要求的性情之正，即不偏激、不怨愤，另一方面也与朱有燉的心境有关。经历了一系列尔虞我诈的宫廷斗争，他看清了自身的处境，也接受了文韬武略不能施展的现实。他参禅悟道，修身养性，心态日益平和旷达，因而其诗风也变得平易冲淡，不温不火。

明初藩王由于诗文作品具有浓厚的台阁气息，所以有学者将其归于台阁体之列。然这一说法失之偏颇，分析比较明初藩王与台阁文人的具体创作及创作心态，会发现二者其实存在很大差异。

台阁体文人作品中应制之作占很大比重，如杨荣《文敏集》有七卷，其中有整一卷为应制诗。然而明初藩王的应制诗文数量很少，他们的诗文题材广泛，神仙道化，隐逸抒怀，日常生活写照应有尽有。朱权107首《宫词》中，有歌颂太祖皇帝的，有描写宫中日常生活的，有的写宫怨表达对女子同情的。朱栴现存38首诗词，大多是写景诗，思乡抒怀诗。朱有燉诗文戏曲题材更是丰富与多元。钱谦益《列朝诗集》收汉王朱高煦诗十首，其中包括《拟古诗》六首，神仙道化诗二首，《感兴》二首。《感兴》二首可看作应制诗，但写得情景交融、清新自然，没有应制诗的压抑克制。

台阁体文人的咏物、写景、送别等抒发个人情志的诗词往往带上颂圣的尾巴。咏物诗如杨士奇《五色鹦鹉》："异质超同类，光辉五色并。非关怜巧语，所重表文明。香粒金为勺，甘泉玉作罍。君恩无限好，能忘陇山情？"该诗前两联赞美鹦鹉美丽的外貌与超越同类的品质，第三联写鹦鹉华美的生活用具，最后一联转到颂圣，鹦鹉有如此待遇皆归功于皇恩。写景词如《春牧》：

> 霜发萧萧，皇恩重，赐归田里。郊郭外草亭四面，青山绿水。好鸟好花春似昔，同时同辈人无几。布袍棕帽任逍遥，东风里。芳草岸，平如砥。垂杨径，清如洗。散牧处，冉冉晴霞飞绮。江色比于怀抱净，都无一点闲尘滓。更小儿牛背有书声，清人耳。

作者用简淡清新的笔调描绘了一幅鸟语花香、春风拂面的春游图，表达了一种摆脱繁忙公务享受自然美景的轻松感、愉悦感，然而这种快乐的获得得益于皇恩浩荡。相比较，藩王的写景咏物诗则单纯写景绘物，如朱有燉《樱桃金雀》："满树含桃味熟，数声金雀和鸣。翠蝶正酣春梦，忘机莫漫相惊。"诗写樱桃成熟，金雀嬉戏和鸣，翠蝶却酣酣而梦。动静结合，以静衬动，写出了夏日之生机盎然。

此外，台阁体文人的送别诗程式化套路明显，模式感、勉强感强烈，缺乏真情实意。其写作模式大体如下：一、先叙写友人的才华品质或自己与友人的交情，接着写其深沐皇恩，官高位隆，之后写离别之情。二、先写友人才品，之后写离别情景，最后勉励或劝谏友人。三、先写友人才品，后写与友人的交情，最后写离别之情。四、先以讲道理起兴，最后以鼓励和希望收尾。藩王也有很多送别诗，情感真挚、浑然天成。如朱有燉《河梁送别》：

> 之子西江去，河梁远送行。鸰原那忍别，乡梦若为情。地接淮山近，天连楚水平。明朝开画舸，风顺一帆轻。[1]

该诗由河梁送别起笔，"鸰原"言深厚的友情，"乡梦"写浓浓的乡愁归思，舍与不舍间曲尽人情。后两联揣想归途，待明朝风顺帆轻，画船涉水而回。全诗出语蕴藉，胜如直白，离别之情不显而显，情感真挚，不减唐人风味。

台阁体文人深受理学影响，笃行践履，治学、治身、治心均遵行儒家伦理道德规范，在文学创作上更是遵守"乐而不淫，哀而不伤"的儒家诗教。他们自觉地以理约情，即使有情抒发，也要加入道德的内容，使其局限于政治轨道之内。加上严酷高压的政治环境，台阁文人顾虑重重，诗文如若锋芒毕露，不合圣意，怕会招来杀身之祸，与其这样不如冷漠处之，寡言或不言。所以台阁文人的诗歌情感平淡，缺乏深厚的情感内涵。

台阁文人与藩王属于不同的社会阶层，台阁文人历经十载苦读而走入仕途，又历重重磨难才到达台阁重臣之位，他们虽位高权重，宠

---

① 朱有燉著，赵晓红整理：《朱有燉集》，济南：齐鲁书社，2014年，第599页。

遇优渥，但不敢居功自傲，而是深感治国理政责任之重大，以致心之兢兢，忧之忡忡。作为皇帝的文学侍从，台阁文人有时不得不奉诏作诗作文。他们的创作功利性明显，一方面为了迎合皇帝文治武功的需求，以此获得皇帝的恩宠，这样既能获得更高的禄位，又能为家族增光。另一方面，作为天下文士表率，台阁体文人起着引领文坛风尚的作用，其诗文必须符合圣意，为天下文士表率，有益政教。总而言之，台阁文人的身份地位、权力荣耀皆通过后天努力获得，其荣辱均系于皇帝一人之手，因此他们需要频繁地歌功颂德，故而诗中难免有矫情曲意、阿谀奉承之态。

藩王则不同，他们天生尊贵，永乐之后藩王虽不参政，政治军事权力也几乎为零，但他们的地位依旧高贵。天下是朱家的，作为朱氏子孙，大明王朝的兴衰荣辱与藩王自身利益密切相关。他们在诗文中表达对皇帝和政权的拥戴，是对自我利益的捍卫，也是他们政治责任感的另一种体现。歌功颂德、粉饰太平是他们作为皇室宗亲应有之义，他们充满自豪与感激之情真挚地为皇帝、为王朝唱赞歌，矫情而为的少。藩王有用世之心而无用武之地，且锦衣玉食无生活之忧虑，所以他们的创作功利性弱。明初藩王的诗文作品虽有歌功颂德，粉饰太平之作，但数量很少，且通过上述的分析，藩王与台阁体文人具体的创作情况、创作目的、创作心态有很大差别，所以明初藩王不属于台阁体文人，他们的诗文作品也不属于台阁体，只能说具有台阁气息。

正统与成化年间，第一代与第二代藩王相继过世，明代文学开始走向中后期。作为明初藩王，他们的文学思想受到明初严格的政治政策的束缚，同时也不可避免地受到明初文学思潮的影响。明初文学思潮主要是复古思潮与台阁文学思潮。明初随着朱元璋政治文化上全面复古，文学复古也成为必然。入明后的文人，为了迎合官方建构庙堂文学，纷纷以儒家正统文艺观念为标榜，倡言诗文复古。明初文学复古实际上是要恢复儒家诗教的雅正传统。雅正就是语言的"雅"与内容的"正"，即语言要典雅方正、和平温厚，内容要宣扬儒家伦理道德。明初藩王也不可避免地受到了复古思潮的影响，他们虽没有提出明确的复古主张，但他们的创作印证了复古思潮对他们的影响。朱有燉在作品中或颂美圣德，或宣扬忠孝思想，或赞美高尚的德行，总之极力推崇儒家正统道德观念。朱有燉寓劝善教化于诗文，与明初"文以载道"的主流文学思潮相一致。朱栴、朱椿、朱权的诗歌或拟魏晋，或拟盛、晚唐，从侧面反映了他们对复古思想的接受与运用。

永乐至成化年间，台阁文学思潮成文坛主流，"三杨"等台阁重臣为这一思潮的代表人物。他们主张传圣贤之道、鸣国家之盛，倡导雍容典雅、和平温厚的文风。在台阁体兴盛之前，藩王或多或少就有歌颂圣恩的雍容典雅之作，此一时期，他们更是自觉不自觉地融入台阁文学的创作中，歌功颂德、粉饰太平，大肆为朝廷鼓吹。但是他们具体的创作情况、创作目的、创作心态与台阁体文人有很大差别，所以明初藩王不属于台阁体文人，他们的创作也不属于台阁体，只能说带有台阁气。

第四节　明初藩王文学思想的地位与影响

一、明初藩王文学思想在宗室文学中的地位与影响

洪武至正统八十年的时间里，明初藩王共有五十一人，他们形成了一个特殊的社会群体。在这早期的五十一位藩王中，不乏文化名人和文坛才俊，文学上宁王朱权、宪王朱有燉叔侄二人名声卓著。明初藩王或多或少都有作品留存，其成就也可圈可点，各具特色。然而学界对明代藩王群体多持否定态度，认为他们平庸的生活里没有真正的艺术，文学创作亦如此，对他们作品的价值与成就缺乏客观的认识。明初藩王经典的文学作品虽不多，但在历史上自有其存在的价值，我们不应该全盘否定。其中，明初藩王的文艺思想对后世宗亲便产生了深远影响。

首先，明初藩王重忠孝、重功业的文学思想为后代藩王所传承。明代藩王的历史处境以靖难之役为分界点，靖难之前，诸王是朱元璋政治设计蓝图中至关重要的组成部分，享有"下天子一等"的政治地

位及"肃清瀚海"的军事权力,藩王可谓盛极一时。靖难之后,随着愈来愈严的藩禁政策,藩王的权力地位一落千丈,终成衣租食禄不事四民之业,徒有封爵而不问国事的富贵闲王。藩王自幼受到良好的宗室教育,儒家正统观念深深烙印在他们心中,他们心中的忠孝之情并未因参政途径的终止而荡然无存。只不过他们将政治理想转向社会、文化事业,以另一种方式践行着对大明王朝的责任与忠诚。如朱橚精通医学,撰写《袖珍方》《普济方》《救荒本草》等医学著作普济众生。朱椿"以礼乐治四川",开创以忠孝礼义治家的家法规范并得到后世子孙的继承发扬,"自椿以下四世七王,几百五十年,皆检饬守礼法,好学能文","川中二百年不被兵革",此"椿力也"。朱有燉于诗文戏曲中敷陈教化,宣忠扬孝。后世藩王的政治意识被严禁的藩禁政策所捆缚,但他们的政治抱负并未彻底泯灭,他们继承先祖以文言志抒情的文学创作传统,以诗言志,志在报国。如秦王朱樉玄孙秦简王朱诚泳(1458—1498)于《自题小像》一诗中表达自己的报国赤心,"报国寸心元自赤,流年双鬓欲成银"。[1]唐恭王朱弥钳(?-1516)借菊言自己匡辅国家之志向:"菊花呈艳占中央,习习清香独向阳。忠烈久怀匡国志,风霜偏显赤心黄。"[2]此外,《写怀》一诗云:"乾坤荡荡浩无涯,万里风云际遇时。四海乱离须择将,一身颠沛必求医。爱君日日劳千虑,忧国时时蹙二眉。顷刻不忘忠孝事,此心惟有老天知。"[3]他认为为国担忧是藩王忠孝分内之事,但是惟有老天才能明白他的心意。

其次,明初藩王关心农事民生的思想也深深影响了后世藩王。朱有燉曾在诗序中自言忧心农事的原因:"民之苦乐虽非予之职,然仁人普济之心,不得不有关于念虑也"。[4]后世藩王受早期藩王普济苍生情怀的影响,于诗作中表现出关心农事和对普通百姓的怜悯之情。秦简王朱诚泳《成化乙巳关中苦旱》诗记录了成化年间的一次旱情:

① 朱诚泳:《自题小像》,《小鸣稿》卷五,载文渊阁《四库全书》第 1260 册,台北:台湾商务印书馆,1986 年,第 263 页。

② 朱弥钳:《赤心黄》,《谦光堂诗集》卷八,载《四库全书存目丛书》集部,第 60 册,济南:齐鲁书社,1997 年,第 405 页。

③ 朱弥钳:《写怀》,《谦光堂诗集》卷二,载《四库全书存目丛书》集部,第 60 册,第 362 页。

④ 朱有燉著,赵晓红整理:《朱有燉集》,济南:齐鲁书社,2014 年,第 639 页。

东风转岁律，对景不成观。微雨未沾足，田畴复枯干。连村绝烟火，比屋皆伤残。民生与鬼邻，疫疠仍相干。匡时愧无策，抚膺空长叹。我欲叩天阍，恨乏凌风翰。①

看到农田干枯，瘟疫横行，百姓流离，朱诚泳为自己"匡时无策"而惭愧叹息。周藩江宁王朱载墣（？-1581）面对连月阴雨，担心百姓，故而特意写诗给当地官员，期待马国华能像汉代廉范一样安民一方，诗《对雨柬马使君国华》言："入夏雨无际，偏生五月寒。接云时黯澹，满地更弥漫。禾偃知秋早，窗鸣听夜阑。邺中廉叔度，能使万家安"。②

再次，在政治抱负无法施展之时，明初藩王隐逸之思想给予后代藩王精神启发。明初藩王在政治抱负无法施展之时，大多数人选择寄情佛道以寻求精神安慰，他们看破功名利禄、是非荣辱，于参禅体道、幽居独处中求取精神出路。朱权就藩南昌后，于西山构一精庐，莳花艺竹、鼓琴弄笛、习医制药、修道炼丹，过着幽居独处、逍遥任情的"神隐"生活。朱有燉也参禅悟道，幽居独处，朱有燉将自己的幽居生活描述为"云林清趣"："几间茅屋隔尘寰，清爱流泉静爱山。采药一僧云外去，巢松双鹤雨中还。床头浊酒从教醉，世上虚名总是闲。赢得幽居多景趣，蓬莱应不比人间。"③相较于早期藩王，中后期藩王所受拘限更为严格，藩王甚至不能随意出府，完全被圈定在王府之中。在这样的情况下，明中后期藩王于明初藩王隐逸思想中获得启发，纷纷幽居独处，参禅求仙，追求天人合一、与道长生的境界。秦简王朱诚泳（1458—1498）以幽居读书为乐："野情耽逸趣，僻地结幽居。其中何所有，左右秪图书"。④唐恭王朱弥钳十分推崇陶渊明，亲自效仿而避世独居，"却笑疏狂陶令尹，清高何用白衣来"⑤意在表达自己的

① 朱诚泳：《成化乙己关中苦旱》，《小鸣稿》卷二，载文渊阁《四库全书》第 1260 册，第 206 页。

② 朱载墣：《对雨柬马使君国华》，《绍易诗集》卷一，载《四库未收书辑刊》第 5 辑第 21 册，第 539 页。

③ 朱有燉：《云林情趣》，《诚斋录》卷二，载《续修四库全书》第 1328 册，第 271 页。

④ 朱诚泳：《写怀》，《小鸣稿》卷二，载文渊阁《四库全书》第 1260 册，第 207 页。

⑤ 朱弥钳：《幽居》，《乾光堂诗稿》卷二，载《四库全书存目丛书》集部第 60 册，第 327 页。

隐居志向，幽居目的是"养拙杜门荣辱远，敬儿勤苦慎纲常"，[①] 即远离是非。蜀成王朱让栩（？—1547）也用诗歌记述自己的幽居生活："构得茅斋屋数椽，味清境寂类林泉……王质棋闲空掩局，陶潜琴挂久无弦。频怀玄晏先生事，架积云缃亿万编"[②] 构筑茅屋数间，闭门谢客，不事琴棋，心里只想着山林隐逸之事。

二、明初藩王文学思想在明代文坛上的地位与影响

（一）朱权《太和正音谱》曲学思想的价值与影响

朱权著述繁多，戏曲、音乐、诗歌、杂艺等方面都有涉猎，且成绩斐然。他的《太和正音谱》与《神奇秘谱》名标青史，洛地先生赞曰："可以绝对确定地说，凡古琴界没有谁不读《神奇秘谱》，研究元曲的，没有谁不读《太和正音谱》。"[③] 朱权的《太和正音谱》是我国古代第一部较为完整的曲学理论著作，对后世曲学理论影响重大，其理论价值与影响突出体现在以下四个方面。

1. 戏曲观念的鼎新

《太和正音谱》以"盛世心和"戏曲观取代了戏曲教化观。文学教化思想在我国渊远流长，先秦时期便露端倪，孔子有"兴观群怨"说，《毛诗》序则有"正得失、动天地、感鬼神，莫近于诗。先王以是经夫妇、成孝敬、厚人伦、美教化、移风俗"。这种教化思想在我国古代文论中处于绝对的主导地位，并受到历代正统文人的认可。戏曲产生后，教化思想也被用之匡衡戏曲。如元代杨维桢在《沈氏今乐府》序中强调杂剧传奇具有"使痴儿女知有古今美恶成败之劝惩"的教育作用。元末夏庭之《青楼集志》也认为杂剧具有"厚人伦，美教化"的教化功能。高明更是强调戏曲"不关风化体，纵好也徒然"的教化意义。但是在朱权这里，教化观念并没有得到强调。《太和正音谱》序曰："礼

---

① 朱弥钳：《幽居自述》，《乾光堂诗稿》卷二，载《四库全书存目丛书》集部第 60 册，第 324 页。

② 朱让栩：《幽居》，《长春竞辰稿余稿》卷八，载《四库未收书辑刊》第 5 辑，第 18 册，第 584 页。

③ 姚品文：《王者与学者——宁王朱权的一生》，北京：中华书局，2013 年，第 1 页。

乐虽出人心，非人心之和，无以显礼乐之和，自非太平之盛，无以致人心之和也……"，[①]"群英所编杂剧"条也说："盖杂剧者，太平之胜事，非太平则无以出"。[②]朱权认为繁盛的太平盛世，才有礼乐之和，礼乐之和又导致人心之和，诸贤将心中之和形诸乐府，于是才有了杂剧这种文学。所以，戏曲是太平盛世下人心和乐的文艺样式，故而朱权号召戏曲作家"返古感今，以饰太平"。文学具有相对独立性，有时并不与政治、经济的发展同步，朱权的主张事实上并不符合文学发展的客观实际，但他的观念突破了儒家文艺教化观的樊篱，有利于文艺理论的创新发展。

2. 理论范畴的创设

在《太和正音谱》中，朱权提出了三个理论范畴：体式、格式、科。体式指曲体文学的类型，在《太和正音谱》的第一部分"乐府体式"中，朱权列出了十五种体式：丹丘体、宗匠体、黄冠体、承安体、盛元体等。其分类标准，或以内容为准，或以地域为准，或以时代、地名为准，这种划分虽然宽泛，但外延基本明确，都指向作品的艺术表达。格式一词为朱权独创，格式指作家作品的风格神貌。在《太和正音谱》"古今乐府格式"中，朱权对一百八十七位元曲家的创作进行点评，如"张小山之词，如瑶天笙鹤。其词清而且丽，华而不艳，有不吃烟火食气，真可谓不羁之才。若被太华之仙风，招蓬莱之海月，诚词林之宗匠也。当以九方皋之眼相之"。[③]科指杂剧的题材类型，《太和正音谱》中的"杂剧十二科"是戏曲批评史上首次对元杂剧题材的分类，分别为："一曰神仙道化。二曰隐居乐道。三曰披袍秉笏。四曰忠臣烈士。五曰孝义廉节。六曰叱奸骂谗。七曰逐臣孤子。八曰钹刀赶棒。九曰风花雪月。十曰悲欢离合。十一曰烟花粉黛。十二曰神头鬼面。"[④]这种分类，带有朱权个人的趣尚。朱权所提出的理论范畴继承了古典诗学及宋元初兴的小说中的相关概念，在此基础上加以新的

①　姚品文：《太和正音谱笺评》，北京：中华书局，2010年，第1页。
②　姚品文：《太和正音谱笺评》，北京：中华书局，2010年，第13页。
③　姚品文：《太和正音谱笺评》，北京：中华书局，2010年，第14页。
④　姚品文：《太和正音谱笺评》，北京：中华书局，2010年，第35页。

组合，应用到戏曲领域。这些概念是朱权理论思维的积极成果，也标志着中国古代戏剧学从资料记录阶段向理论描述阶段的迈进。

3. 系统批评的展开

《太和正音谱》"古今群英乐府格式"部分，系统、集中并按照一定的审美标准对一百八十七位元曲作家的创作风格展开批评。如"马东篱之词，如朝阳鸣凤。其词典雅清丽，可与灵光、景福而相颉颃，有振鬣长鸣，万马皆暗之意，又若神风飞鸣于九霄，岂可与凡鸟共语哉？宜列群英之上"①，"白仁甫之词，如鹏抟九霄。风骨磊魄，词源滂沛，若大鹏之起北溟，奋翼凌乎九霄，有一举万里之志，宜冠于首。"②对一代大家关汉卿则不甚赞许："关汉卿之词，如琼筵醉客。观其词语，乃可上可下之才。盖所以取者，初为杂剧之始，故卓以前列。"③"琼筵"指豪华富丽的筵席，比喻文采富丽；"醉客"描写其醉酒后放诞恣肆、无所拘束的生动情态，元代大曲家的创作正是这种风范，用之形容关汉卿很美妙贴切。但是之后又说"观其词语，乃可上可下之才。盖所以取者，初为杂剧之始，故卓以前列。"可上可下，贬意立现。朱权对马致远、张小山诸人的评价主要从文辞风格角度着眼，马致远在散曲上的成就高于关汉卿，其曲辞典雅清丽，是散曲典雅化、文人化的代表，符合朱权等上层文人的审美情趣。朱权在《太和正音谱》中引用周德清《中原音韵》"作词十法"对乐府的论述，表达了自己的观点，"凡作乐府，古人云：有文章者谓之'乐府'；如无文饰者，谓之'俚歌'，不可与乐府共论也。"④这说明朱权主张乐府创作要典雅、有文采，反对俚俗质朴。关汉卿的文辞大多通俗直白，口语化浓厚，有的文辞更是泼辣风趣，其风格与朱权的审美观念不合，故对其评价不高。朱权对关汉卿评价不高的另一原因在于关汉卿作品的思想倾向。前已论述朱权倡导"盛世心和"的戏曲观，强调杂剧是太平盛世的产物，但关汉卿的杂剧或揭露黑暗的政治，或批判残酷的统治，或歌颂

---

① 姚品文：《太和正音谱笺评》，北京：中华书局，2010年，第12页。
② 姚品文：《太和正音谱笺评》，北京：中华书局，2010年，第12页。
③ 姚品文：《太和正音谱笺评》，北京：中华书局，2010年，第15页。
④ 姚品文：《太和正音谱笺评》，北京：中华书局，2010年，第10页。

人民的反抗斗争，现实批判性极其强烈。他的杂剧内容与朱权要求的以戏曲彰显皇明之治的观念不合，所以朱权对关汉卿的评价不高，但关汉卿又是公认的戏曲界领袖，"元杂剧之祖"，所以朱权又不能舍弃他。

朱权《太和正音谱》中所用的批评方法，学界称为"意象批评"，广泛用于古代诗学批评中。"意象批评"由来已久，钟嵘《诗品》是较早运用这一方法的典范，如对谢灵运的评论："名章迥句，处处间起；丽典新声，络绎奔会。譬犹青松之拔灌木，白玉之映尘沙，未足贬其高洁也。"生动、准确而传神。朱权对胡俨《颐庵文选》所作的序，也充分运用了这一方法：

> 故其文幽深混涵，人莫可测，仰而视之，若匡庐华岳，岿然有层峦迭嶂，莫能跻其分寸；俯而察之，若彭蠡洞庭，浩乎洋洋莫能得其蠡……其壮也，若横槊西风，挥戈指日；其清也，若老鹤之巢松孤，猿之叫月；其幽深思远者，若幽兰之发乎深谷，但闻其芬馥而莫测其所从来。

朱权充分将传统诗学"意象批评法"引入戏曲批评，具有极大的创新意义，对后世戏剧批评方法产生了重要影响。但是这种方法如果用得不好，反会湮灭作家的风格个性。如在"乐府格式"这一百八十七人中，朱权对前十二位曲家作品风格的评析较准确生动，而对其他人的批评难见个性。

4. 理论形态的确立

《太和正音谱》是我国第一部曲论曲谱，是对曲体文学创作范式的总结。它依据元明众多曲体作品，分十二种宫调，列出三百三十五支曲牌，对每支曲牌又以曲例确定其句式，注明每句每字的平仄，标清正字衬字。这为学习者提供了曲体文学的创作范式，实践性强，实用性大。在它之后，随着戏曲的蓬勃发展，各种曲谱相继问世，构成了一种特殊的戏曲理论形态，对明清两代戏曲创作产生了重大影响。《太和正音谱》分上下两卷，上卷为曲论，曲论部分事实上开创了曲话的理论形态。曲话或评论曲学源流，戏曲作家及其作品之风格、得失，或谈曲词、曲律、曲韵，或记曲家故事等。《太和正音谱》曲论部分实是最早的曲话形态，如清代梁廷楠说："曲话以涵虚曲论为最先"。此后，著名的曲话有王世贞的《曲藻》、凌濛初的《谭曲杂札》、李调元的《雨村曲话》、梁廷枏的《曲话》，实滥觞于朱权《太和正音谱》。

（二）宪王朱有燉文学思想的成就与影响

清末陈田《明诗纪事》甲笺言明初诗坛盛况："凡论明诗者，莫不谓盛于弘、正，极于嘉、隆，衰于公安、竟陵。余谓莫盛明初，若犁眉、海叟、子高……虚白、子宪之流，以视弘、正、嘉、隆时，孰多孰少也？且明初诗家各抒心得，隽旨名篇，自在流出，无前后七子相矜相轧之习。"①明初诗派林立，诗家各抒心得，然学界早已指出，"各抒心得"其时当在元末，将其视成明初诗坛盛况则过甚其词。朱元璋建立明朝后，大量征贤纳才，但任用他们的同时又极尽猜疑，屡兴党祸、文祸以掌控天下文士思想。在朱元璋的严刑峻法下，文士不得不面临两种人生选择，或甘作倡优，糊心眯目，歌颂升平；或远离政治，隐居山野。但朱元璋又发布"率土之滨，莫非王臣。寰中士大夫不为君用，是自外其教者，诛其身而没其家，不为之过"的律令，胁迫文士尽为君用，于是，文人连"隐"的权利也失去了，不得不屈从朝廷，甘作倡优，诗人的自悲即预示着诗歌的沦落。"元代诗歌本来已经朝着歌咏性情的方向发展，元末战乱又赋予其较为充实的社会内容，明诗接其余绪，几乎就要大放异彩了，但是明初的封建专制扼杀了他再度辉煌的生机，并迫使其成为皇权的侍婢。这后一点不幸，也是中国诗歌史的不幸。"②在统治者不仁、不武的残酷屠杀及高压的君主专制政策下，文坛环境不容乐观，文学几乎全面沦为政治的附庸，成为朝野上下谀君颂圣、宣扬理学和官场应酬的工具。

受政治诱导，台阁文学兴盛，并且全面笼罩文坛。受台阁文风熏染，文人所作无非"歌功颂德，粉饰太平"。"颂圣代代有之，明初潮流声势浩大，作品数量庞大，远超前代，唐初、宋初皆远逊之。"③日

---

① 陈田：《明诗纪事》序，上海：上海古籍出版社，1993年。
② 杜贵晨选注：《明诗选》前言，北京：人民文学出版社，2009年。
③ 李圣华：《初明诗歌研究》，北京：中华书局，2012年，第11页。

久天长，其弊也浮出水面，"冗沓肤廓，万喙一音，形模徒具，兴象不存。"在这样的背景下，再来反观朱有燉的文学，足见其成就与影响。

朱有燉的诗词杂剧不可能尽涤台阁体之迹，但他为朝廷颂美之作数量有限，在其作品中构不成比例，文风也风华和婉，淡雅自然，绝少雍容华贵之气。此种现象与藩王特殊的身份地位有关。永乐后藩王虽不参政，但他们依旧是身份高贵的统治阶层，思想言行较少受约束。藩王远离政治权力中心，其生活环境及文学创作环境相对其他文人要宽松得多，只要不触及谋反篡位这一底线，平时可以随意地吟诗作赋，抒发情性，无须太多顾忌。正因于此，当整个文坛沉浸在鼓吹休明等盛世之音当中时，藩王却能开疆扩土，在文学题材与内容上呈现出少有的丰富与多元。就诗歌领域而言，朱有燉的诗歌类型有：神仙道化诗、闺思闺怨诗、赠别酬唱诗、写景咏物诗、悯农怜农诗。尤其是悯农怜农诗，最能见出朱有燉不受台阁约束敢领风气之先的卓越之处。如《白苎词》：

> 兰堂露气侵罗幙，珠帘半卷春寒薄。银床错落金剪刀，新裁白纻琼绦飘。纤纤半幅分宽空，舞袖歌衫捲轻雪。吴宫夜宴宝炬明。美人着来坐花月，岂不闻田中村妇无一丝，缠身但用草作衣。输官偿债俱已尽，冬来抱子窗前啼。①

该诗采用对比手法，将富贵之家的奢华与贫妇人的困境对比，"兰堂""罗幙""银床""珠帘"见出富家人起居环境之舒适豪奢，贵妇人所穿所用更是奢华，然而村妇却衣不蔽体，只能以草缠身作衣，可见村妇之贫困。"输官偿债俱已尽"道出造成村妇贫苦的现实根源。振聋发聩，令人警醒，对统治阶级的讽谏，颇有白居易美刺的风味。又如《麦登之时苦雨，偶成拗体诗二首》："行看麦蛾满空舞，农夫嗟叹良可哀。""富家足食尚嗟叹，农夫农夫将奈何。"②《五月霖雨不止，将及二旬，芸阁阴湿，苦雨遂成古体诗一首》，其中有云："今岁麦累不得收，只

---

① 朱有燉著，赵晓红整理：《朱有燉集》，济南：齐鲁书社，2014年，第594页。
② 朱有燉著，赵晓红整理：《朱有燉集》，济南：齐鲁书社，2014年，第740页。

恐田家又亏食。安得西风吹墨云，万里长空看晴日。"①《诚斋录》卷二有诗序云："汴中经冬无雪，予甚忧之，民之苦乐，虽非予之职，然仁人普济之心，不得不有关于念虑也。"又云："雪为呈祥，麦得雪必成熟，所言腊月前三日者，为二麦得收也""此居富贵膏粱者，不可不知"，充分说明朱有燉留意民瘼，心怀苍生。

虽然大部分的文人屈服于皇权的淫威而寻流逐末，但诗歌本身作为一门言志抒情的艺术，其本质无法随意更改。所以，诗歌在政权控制下载道、颂圣之时，不少文人仍敢于突破主流樊篱，弃末返本，将"真"作为诗文创作的核心或论诗的标准，让文学回归"在心为志，发言为诗"传统。张以宁《黄子肃诗集》序云："古之为诗者，发之情性之真。"林弼《跋丰城航溪朱光孚集后》云："诗本人情，情真则语真。"薛瑄在《读书录》中云："凡诗文出于真情则工，……凡为诗文，皆以真情为主。"②宁王朱权也主张诗文发性情之真，《新刻臞仙神隐》卷一《啸咏风月》云："或时心平气和，于风清月白之际，曳杖而行；或水边林下逍遥徜徉，或触景，或自况，或写怀，或偶成，或诗词，或文赋，泻其素志，以扩幽怀，与风月为侣，岂不乐乎！"《临流赋诗》云："日常稍觉闷倦，便曳杖于溪河之边，坐在磐石之上。见山色之苍苍，可以乐吾之志；见流波之洋洋，可以快吾之情。乃临流以赋诗，写兴以自遣。乃为鬼神自相谈道而，而俗人安能得哉？"可见，诸家将真性情作为诗歌创作的核心。

藩王不仅在口头、理论上主张诗发真情，更是将"求真"思想纳入实际创作，创作出情感真挚、感人至深的动人诗篇。特别是朱有燉的悼亡诗，堪称明人论诗以"真"为主的典范。夏云英是朱有燉最喜欢的女子，与其朝夕相处十二年，她的离世使朱有燉肝肠寸断，"独坐愁难遣，孤眠梦未成"。在为夏氏所作的诗文、墓志铭中，朱有燉絮絮不休，反复拾掇着夏氏生前的丝丝缕缕："尝观古之列女有善者，皆录之；其恶者，掩卷不读，余谓之曰：'恶，可为戒，尔何不观？'宫人曰：'妾心不然。恶者，人之所共怒，观之无益。但当行善，又何戒

---

① 朱有燉著，赵晓红整理：《朱有燉集》，济南：齐鲁书社，2014年，第741页。
② 以上三条均见吴文治：《明诗话全编》第一册，南京：江苏古籍出版社，1997年。

焉？’”①于日常生活中诉说着对夏氏的思念，恋恋不忘，感人肺腑。如《挽诗》九首其一：

> 忽驾祥云去，青春三八年。伤心失良佐，掩泪泣英贤。文学尤高古，聪明且静专。吉人何啬寿，谁可问苍天。②

云英逝世时年仅二十四岁，可谓红颜薄命。首联以云英早逝切入，惋惜之余，转入内心情感的抒发。颔颈两联，正面写云英才能，聪慧过人，姿色绝伦，性情端正，雅好文章，才貌兼备，是朱有燉得力的贤内助。作者的赞美实为思念与痛苦的外在投射。尾联追问上天实则蕴含着作者的无助与无奈。对于一位宫女，朱有燉如此钟情，死后又如此眷恋，也“惟有真性情才能写出真性情的文学作品。”③朱有燉以其文学创作诠释了“贵真”“求真”的文学思想，开阔了明初文人的创作视野，为沉闷枯燥的文坛注入一股清流。

---

① 朱有燉著，赵晓红整理：《朱有燉集》，济南：齐鲁书社，2014 年，第 719 页。
② 朱有燉著，赵晓红整理：《朱有燉集》，济南：齐鲁书社，2014 年，第 607 页。
③ 曾永义：《明杂剧概论》，台北：学海出版社，1979 年，第 150 页。

结　语

在明初的剧坛上，目前所知的藩王杂剧作家只有朱权、朱有燉叔侄两人，他们在戏曲创作和戏曲理论方面都卓有贡献。他们共创作了四十三种杂剧，剧本现存三十三种。朱有燉三十一种原刻本杂剧中，有二十五种撰有引辞，对故事的来历、创作动机与创作理念、写作时间都有详述，也在一定程度上表述了他的戏曲理论与观念。朱有燉杂剧创作成就无疑要高于朱权，而在理论建设上，朱权的成就最高。

朱权、朱有燉尽管其人生历程各不相同，但作为皇室贵胄，高贵的身份及贵族意识则是一样的。这种天赋的贵族意识，便使得他们的杂剧呈现出一般文人所没有的明显的宫廷文化色彩，也使得他们的杂剧创作具有了以下三个共同特征。

1. 思想上明显的等级意识及明确的道德意识

朱有燉杂剧创作成就无疑要高于朱权，他们作为皇室贵族，是站在贵族阶级的立场上，反映的是统治集团利益的思想意识。如朱有燉有两本水浒戏，一本是《仗义疏财》，一本是《豹子和尚自还俗》，他们分别塑造的主人公是李逵和鲁智深，剧中的李逵、鲁智深变为盗贼草寇，在元杂剧中风风火火的具有强烈反抗斗争精神的两个好汉，转变为安邦护国的顺民。

在家庭婚姻剧中，朱有燉也是以一个贵族的眼光来俯视女子的。尽管他也写了一些极有个性的女子，表现出一些难能可贵的平等意识，但剧中大多女子往往无法主宰自身的命运，沦为男人的附庸。他也为伎女唱赞歌，但却希望她们脱籍守节，或者为了"夫妇正理"，要么殉节而死，要么守节升天，体现了贵族自身的优越性和强烈的等级意识。

宫廷剧本身代表着统治者的思想意识，而明初对恢复儒家传统强烈政治意识以及笼罩在文坛上的道德氛围强化了藩王文学的道德属性。在时代潮流和社会风尚的影响下，藩王戏曲以忠孝节义、辅教化民、颂美功德为主要内容。朱有燉三十一种现存杂剧，属于道德教化剧的就有九种之多，《继母大贤》写一位继母力辩前妻之子无罪，而不庇护杀人的亲生子。《团圆梦》写赵贞姬因夫死守志自缢，最后与夫同登仙界。在他的剧中，良家妇女，甚至伎女都成了"有羞耻，有志气，甚至知道三纲五常的人"。朱权的十二种杂剧中除了三种神仙道化剧之外，其余也多以教化、颂美为主要内容。可见，在明初主流思想的大环境中，藩王杂剧创作也具有明显的道德教化意识，他们的杂剧与当时的时代主旋律无疑是契合的。

2. 内容上的歌功颂德、粉饰太平、教化劝善

为了营造吉庆欢乐的舞台气氛，达到歌功颂德、教化劝善的目的，藩王杂剧多选择创作神仙剧和庆赏剧。朱有燉在宣德七年（1432）所作的《瑶池会八仙庆寿》小引中说："庆寿之词，于酒席中，伶人多以神仙传奇为寿，然甚有不宜用者，如《韩湘子度韩退之》《吕洞宾岳阳楼》《蓝采和心猿意马》等体，其中未必言词尽皆善也。故予制《蟠桃会八仙庆寿》传奇，以为庆寿佐樽之设，亦古人祝寿之意耳。"①朱有燉抛弃了元杂剧度脱剧中某些不适合庆寿佐樽的内容，对传统的神仙剧进行大胆的创新。在神仙剧、庆赏剧中充实进好道修行、福禄寿喜等喜庆内容，以适应宫廷戏吉庆祥和的舞台气氛要求。

藩王戏曲弥漫着浓郁悠闲的贵族气质，体现出其贵族化的生活情调和审美意趣。这主要表现在以下几方面。其一、以贵族生活为题材，反映其奢华和悠闲。朱权所列杂剧十二科，就是贵族生活内容的真实写照。其中有表现道德内容的历史剧，如"披袍秉笏""忠臣烈士""孝义廉节"，有闲适生活的"神仙道化""隐居乐道""风花雪月""烟花粉黛"等等。其二，不触及现实社会中的激烈矛盾。朱有燉杂剧中有一些取材当时生活的，如《复落娼》《香囊怨》等，都是从贵族的角度来赞扬女性尤其是伎女的忠贞品格的。其三，藩王的杂剧，经常使用

---

① 朱有燉：《瑶池会八仙庆寿》小引，载《中国古代杂剧文献辑录》第一册，全国图书馆文献缩微复制中心，2006年，第87页。

队舞形式，烘托喜庆、热闹、华丽的气氛，以显示皇家气象，彰显出宫廷文化的娱乐性、享乐性。这种现象，既是藩王文学歌功颂德理应有的要义，又可看作贵族阶层消闲文学的悠游自在的反映。

3. 艺术形式上的宫廷化特征

藩王杂剧在形式上体现出宫廷化的特点。其一，杂剧的非情节性。出于宫廷戏演出需要，大多的藩王杂剧并不以叙述故事为主，特别是他们的庆祝宴赏剧，故事的情节性很弱，可以说趋于非情节化。主要以场面之壮、角色之多、服饰之丽来写庆赏的场面，呈现出一幅欢乐祥和的太平景象。诸如朱有燉《灵芝庆寿》剧只是庆典，情节极少，以数段歌章伴以歌舞、小唱等敷演太平盛世、祝寿庆贺的热闹场面。《得驺虞》情节极为简单，叙述了发现驺虞、捕获驺虞、庆功设宴的过程。剧中百兽率舞，宴赏太平，基本上是搬演殿廷宴会的范式。

其二，华辞丽藻，铺采摛文，烘托富丽堂皇之氛围。如朱权《冲漠子独步大罗天》："【三换小梁州】琳琅仙籁响天球，玉宇初秋，桂花明月挂朱楼。香风透，帘控紫金钩。旌旗剑戟遮前后，坐轩车衮冕珠旒。锦绣裘，金襕袖，玉骢驰骤。门外拥貔貅，龙盘虎踞江山秀，镇皇图永沐天休。物咸亨，人皆寿，万岁乐千秋。满天星斗明如画，玑瑠筵前排列珍馐，弦索挡笙箫奏，众音合凑，宜唱三换小梁州"。朱有燉《祝圣寿金母献蟠桃》："【混江龙】……霓旌宝盖会华筵。拂玉陛和风习习。照金铺化日喧喧。暎绣阁祥光冉冉。袅芳林瑞霭绵绵。接银汉遥空隐隐。湿金盘玉露溅溅。舞碧落青鸾对对。带红霞彩凤翩翩。挂丹崖苍松偃偃。荫古涧翠竹涓涓。拥晴霁庆云叆叆……"。展现皇室的奢华气派与升平景象，是藩王杂剧的常态。

其三，插入大量队舞。为烘托热闹、华丽的场面，藩王杂剧插入大量队舞形式。如朱有燉《河嵩神灵芝庆寿》出现的东华、八仙、南极寿星各个队子；《东华仙三度十长生》的长生队子、瑶池金母队子、南极寿星队子、第福禄寿队子。朱权《冲漠子独步大罗天》众仙齐聚迎接冲漠子的画面，有各种舞队，鼓乐齐奏，场面热闹。在杂剧中插入了这些歌舞、队舞，使舞台演出富丽堂皇，绚丽多彩，烘托出气势宏大的皇家气派。这既是对宋金时期杂剧院本队舞形式的继承，也是明代宫廷宴仪中歌章穿插队舞、院本的反映。朱有燉杂剧还继承了宋代队舞的叙事特点，在成双成对、载歌载舞的歌舞表演中讲述简单的故事。清代宫廷大戏讲究服装与排场，追求光怪陆离的舞台效果，也都受到了朱有燉杂剧的深刻影响。

那么，朱权、朱有燉的戏剧创作和戏剧理论在戏剧史和文学史上的地位又如何呢？在笔者看来，主要有如下三点：

1. 藩王杂剧代表着明初宫廷戏剧的主要成就

明初的戏剧文坛上，创作杂剧的作家可分为三类：一类是藩王作家，代表人物是朱权、朱有燉；一类是贵族藩王的御用文人剧作家如贾仲明、汤舜民、杨景贤等人；一类是同属士大夫阶层普通文人剧作家，如汪元亨、谷子敬、丁野夫、詹时雨、刘君锡、金文质等人。

这三类人的杂剧创作，大多具有宫廷杂剧色彩。藩王自毋庸多说，后两类多是由元入明的作家，由于身份地位的改变导致其创作心态、创作风格及内容都发生了巨大的改变。入明之后，他们无须借倚声填词来谋生，更无须通过杂剧创作来泄愤抒情。相反，明王朝初期那种"驱逐胡虏、恢复中华"的文化自信、明初文化政策的约束以及杂剧作家志得意满的仕宦生活等因素，驱使他们自觉或不自觉地走向了宫廷剧的创作道路，歌功颂德、粉饰太平，一时间称颂应制的宫廷杂剧作品充斥剧坛。据《脉望馆钞校本古今杂剧》统计，明初的宫廷杂剧有七十三种，约占明代杂剧的五分之一，而此类作品大多为明初所作。

朱权《太和正音谱》中所载"国朝十六人"的汤舜民、贾仲明、杨景贤之辈。他们或隶属教坊司与钟鼓司，或受到帝王或宗藩礼遇而成御用杂剧作家。此外"国朝十六人"的王子一、刘东生、谷子敬等人，以及《录鬼簿续编》里所载罗贯中、汪元亨、詹时雨、刘君锡等，皆是由元入明的杂剧作家。他们仅有八剧留存至今：谷子敬《吕洞宾三度城南柳》、罗贯中《宋太祖龙虎风云会》、王子一《刘晨阮肇误入天台》、杨文奎《翠红乡儿女两团圆》、李唐宾《李云英风送梧桐叶》、刘东生《金童玉女娇红记》、詹时雨《西厢弈棋》、刘君锡《庞居士误放来生债》。这些作品多是神仙道化、历史故事及劝善教化的时事剧，宫廷化倾向明显，艺术上多沿袭旧制，刻意雕凿，成就都不高。

　　相比而言，宪王朱有燉是留存杂剧最多的一个作家，他的杂剧无论从数量上还是艺术水平上，都堪称明代杂剧领域中的第一人。朱有燉的杂剧有鲜明的贵族立场，浓重的宫廷气息，又可说是明初宫廷剧的集大成者。朱有燉杂剧，虽然整体上仍然以北杂剧制为主，如上场诗或定场白、脚色、科范、题目正名等，均恪守北剧之矩矱，但在艺术上，也有不少独创，如在体制上打破一本四折的惯例，在演唱方式上，采用对唱、合唱、接唱等形式，在音乐体制上采用南北合套的体制，促进了杂剧形式的演化。如《曲江池》《牡丹园》二剧，均为五折二楔子，旦、末、外均唱。《神仙会》采用南北合套，末唱北曲，旦唱南曲。因此，他的这些别出心裁的体制变格，使杂剧表现手段更为灵活。朱有燉杂剧语言质朴本色，深得后人赞许。故王世贞《曲藻》认为他"虽才情未至，而音调颇谐，至今中原弦索多用之"。沈德潜则认为他"虽警拔稍逊古人，而调入弦索，隐协流丽，犹有金元风范"。①由于他比较注意剧本的舞台特点，故他的戏往往演出效果好，很受欢迎。李梦阳《汴中元宵绝句》云："中山孺子倚新妆，赵女燕姬总擅场。齐唱宪王新乐府，金梁桥外月如霜。"②可见当时中原一带，宪王杂剧曾经风行一时。

　　朱权留存作品较少，已无法考证他作品的全貌，从朱权现存二剧来看，写历史故事的《卓文君私奔相如》、写神仙道化的《冲漠子独步大罗天》均带有明显的宫廷剧色彩。和朱有燉杂剧相比，朱权杂剧还有自己的特点，一是题材没有朱有燉杂剧丰富，二是朱权杂剧具有浓厚的抒情写意的文人剧特质，三是更多注重杂剧本身的故事性，其关目安排，情节推进章法谨严，不枝不蔓。这与朱权深厚戏剧理论和写剧艺术有密切关系。

　　朱权杂剧语言清丽，风格高古，大有元人之遗风，近人王季烈在谈到《卓文君》时，言其"皆绝妙俊语，有元人之古朴，而无元人粗

---

　　① 沈德符：《顾曲杂言》，载中国戏曲研究院编：《中国古典戏曲论著集成（四）》，北京：中国戏剧出版社，1980年，第206页。

　　② 钱谦益：《列朝诗集小传》，上海：上海古籍出版社，2008年，第8页。

野之弊，有明人之工丽，而无明人堆砌之病"。① 评价甚高。

另外，两位藩王杂剧都有数量不等的度脱剧，其度脱模式都是"仙—人—仙"式的度脱结构，改变了元杂剧"人—仙"结构模式。这正是藩王作家的贵族意识与等级意识在作品中的反映。这种结构模式对以后的小说、戏曲结构产生了重要影响，比如《红楼梦》"原始—历劫—回归"的结构就是这种模式。从文学传承的角度看，朱有燉导夫先路的功劳还是不能被忽视的。

两位藩王参与杂剧创作并取得较大成就，无疑是极具划时代意义。他们的参与既标志着藩王剧作家的诞生，同时也让我们看出当时北杂剧作为一种消遣娱乐的工具在宫廷宗藩之间的流行状态。

2. 藩王杂剧是明初戏曲审美风格由俗入雅重要标志，是明中叶后文人剧的先声

和元代杂剧作家相比，明初杂剧作家的社会地位和文化素养都有明显提高，创作风格也发生了极大的转变。在创作心态上，从元蒙统治下"穷酸饿醋"到汉家天下的"白衣卿相"，明初杂剧作家的社会地位发生了颠覆性的改变。他们无须凭借倚声填词来谋生，心理得到了极大的情感满足。同时，明王朝建立初期那种"驱逐胡虏、恢复中华"的文化自信、为官做宰的官宦处境、养尊处优的生活状态使他们视杂剧为圣天子粉饰太平、歌功颂德的工具，为个人消遣娱乐的工具。生活状态的变化以及文化气候的转移，使他们的杂剧创作逐渐脱离杂剧民间创作的土壤，逐步走向雅化，走向宫廷化。

到了明代，戏曲、小说这些俗文学便经历着由俗而雅的转化，这些原来不登大雅之堂的文学受到文人的特殊重视。原本属于文人们的某些意识观念、审美情趣、表现技法也必然会渗透到俗文学作品中去。往往借助于流传很广的故事来寄托各自的政治理想、道德评判、价值取向。具体到戏曲，多半是借民间喜闻乐见的奇事来抒发自己的感情，在表演中掺入文人的审美趣味，在唱腔中增加几分文人雅趣；同时，文人们诗词歌赋的长处，也可借助优伶之口表现出来，文人们心中的

---

① 王季烈：《孤本元明杂剧》，北京：中国戏剧出版社，1957年，第51页。

某些情绪、某种意愿，亦可借助于戏曲得以宣泄或实现。

藩王戏曲代表着明初戏曲雅化的最好水平。朱权、朱有燉生于明初，长在宫廷，从小锦衣玉食，不知民生之艰，宫廷生活及宗室教育使他们的审美趣味具有了天然的雅的趋向。具体表现为：追求雅正的君子品格；优雅放逸山林情趣；清赏清玩的生活境界等等。

朱权、朱有燉杂剧入雅倾向又使得他们的剧作颇具文人性，为后世文人剧的先声。文人剧是指文人创作的充满文人意趣的人文关怀和人文精神文学类型。藩王杂剧创作的文人化主要表现在两方面：一是本来处于主要地位的故事情节变得不重要，而作者借助曲辞的抒情言志和展现歌舞的宏大场面、热烈气氛占据舞台上的大量空间。二是剧中着力塑造的人物形象其实都是作者自我的虚拟。作者借剧中人之酒杯，浇自己心中之块垒。这种特质在朱权剧中表现很充分。《卓文君私奔相如》中【鹊踏枝】【混江龙】【油葫芦】三支曲子表达了对建文时朝政的强烈不满，【那咤令】【金盏儿】则融入他个人复杂的心绪和哀叹。《冲漠子独步大罗天》的主人公冲漠子就是作者自拟，是朱权升仙梦的具体化，二剧颇具文人特征。可以设想，朱权的其他失传杂剧应该也具类似风格。由于处境与性格因素，朱有燉杂剧的文人特征相对要弱。但在个别杂剧中，这种文人性也较为明显，比如《乔断鬼》中塑造的徐行形象，《踏雪寻梅》中写的孟浩然形象，二人是完全不同的人物形象，徐行玩物丧志，孟浩然品行高洁。通过两个人物的对比，作者较好地诠释了自己所追求的君子人格。

3. 朱有燉杂剧在戏剧史上具有重要的文献价值

朱有燉的三十一种杂剧，全都是在明永乐、宣德年间刊刻的，保存也最为完整，是今人见到的除《元刊古今杂剧三十种》之外最早的北杂剧剧本，反映出北杂剧的早期形态。比如剧本不分折，每本杂剧都有四个或五个套曲组成，首尾衔接，或在每个套曲之前加一两个楔子，不像《元曲选》那样明确地把"折"作为结构单位；明确标有"楔子"，是最早使用楔子的剧作家，并且楔子只与单曲有关，不带宾白；进一步规范完善"题目正名"，等等。从这些特征上可以看出，朱有燉杂剧在艺术形式上处于元、明杂剧间的过渡状态，具有明显的承前启后作用。

　　朱权、朱有燉以藩王之尊大量地创作杂剧，取得了不俗的成就，在戏曲理论上也各有贡献。他们的戏曲理论在文学史上、戏剧史上有独特的地位。主要表现在如下几点。

　　1. 提高戏曲的文学地位，为后世"尊体"理论推波助澜

　　朱有燉是一个戏剧作家，并不以理论见长，但他的一些言论却透露出非常明确的戏曲观念。如散曲《咏秋景》引辞中，朱有燉用诗歌来提高戏曲的地位，认为诗词曲同源，戏曲与诗一样，"今曲亦诗"，"若其吟咏情性，宣畅湮郁，和乐宾友，与古之诗又何异焉？"他又认为，戏曲"其若可兴，可观，可群，可怨，其言志之述，未尝不同也。"戏曲也有兴、观、群、怨之功能，"其间形容摹写，曲尽其态，此亦以文为戏，发其心中之藻思也"。他为被视之为"小道"的戏曲鸣不平。"一概以郑卫之声目之，岂不冤哉！"

　　朱权认为杂剧是盛世"礼乐之盛，声教之美"的产物，"非人心之和，无以显礼乐之和；礼乐之和，自非太平之盛，无以致人心之和也。"作为一个戏剧理论家，朱权似乎比朱有燉有更多的理论自信。他将杂剧、散曲作一体观，用诗词的审美来评价杂剧，钩稽杂剧、散曲之历史，制定标准式的"乐府"曲谱，通过《太和正音谱》，朱权将剧曲提升到散曲的水平，将"乐府"从曲提升到诗的地位，其实旨在改变曲体低下的命运。

　　朱权、朱有燉受传统观念影响，一方面视戏剧为佐樽侑欢、粉饰太平的娱乐工具；另一方面又强调戏曲的道德教化功能，将其纳入传统诗文批评的范畴，这就在一定程度上抬高了戏曲的地位。

　　以戏曲与正统文体诗词之间相比附，以达到提升戏曲文体地位之目的，并不是始于朱有燉。元时罗宗信《中原音韵》序云："世之共称唐诗、宋词、大元乐府，诚哉！"杨维桢称："词曲本古诗之流，既以乐府名篇，则宜有风雅余韵在焉。"（杨维桢《周月湖今乐府》序）明代中后期，戏曲"尊体"之辩遂成共识，但元代"尊体"之声甚为微弱，故朱权、朱有燉对曲体的声援与宣扬弥足珍贵。而且，朱权、朱有燉不以贵胄之尊从事杂剧创作与理论建设，本身即是对"尊体"之

辨的声援。可以说，抬高戏曲的地位，朱权、朱有燉为后来戏曲"尊体"理论推波助澜，在中国戏曲理论史上具有承前启后的重要作用。

2. 全面开创戏曲评论研究新局面

《太和正音谱》是为曲学史上第一部完整的北曲曲谱，是中国戏曲史上重要的理论著作。该书体大思精，内容丰富，涵括散曲学、戏剧学、曲谱学等几个方面。

全书分上下两卷。上卷包括"乐府体式""古今英贤乐府格式""杂剧十二科""群英所编杂剧""善歌之士""音律宫调""词林须知"，内容包括戏曲体制、流派、制曲方法、题材分类、角色源流、作家评价等，并有杂剧作品目录。在戏曲声乐理论方面，有歌唱方法、宫调性质的论述，还有歌曲源流以及历代歌唱家的片断史料。下卷是曲谱，收北曲十二宫调三百三十五支曲牌，并列举各曲牌的句格谱式，注出四声平仄，标明正衬，每支曲牌还举例说明。

朱权把"乐府"（即散曲与杂剧）纳入礼乐建设体系中，强调礼乐建设中在"致太平"中的地位与作用，强调戏曲兴观群怨的教化作用，无疑比元人赵子昂"良人贵其耻，故扮者寡"戏曲观要积极、进步得多。另外，从隋到元、从"康衢戏"到"升平乐"，朱权是较早探索戏曲起源的曲学家。

总之，朱权把戏曲纳入朝廷礼乐文化的建设之中，视戏曲与乐府为一体，抬高了戏曲的文学地位；建立起曲韵、曲谱、声乐与唱论齐全的完善的戏曲音律学体系，促进北曲走向格律化；并对三家之唱、杂剧十二科、十五体与二百零三个格势作详细的分类批评，第一次建立曲品式的批评体系。它是戏曲理论史上第一部规模完整的曲谱，明中叶后的北曲曲谱和南曲曲谱都是在此基础上制定的。可以说，它上承元代曲论余绪，下启晚明曲学理论的大盛，在曲论发展史上意义重大。

关于以朱有燉为主的明初藩王文学与明初文学的关系，本书主要关注了两个方面：一是藩王文学与明初文学思潮的关系，一是藩王文学与台阁体文学的关系。

关于第一个问题，本文认为：藩王作家深受明初复古风气影响，但又能不同程度写出自己的真性情、真性灵。早期藩王的创作，无论是诗词文赋还是戏曲，都表现出当时严酷文学环境中难得的自由度。他们的创作大都题材丰富，情感真挚，给当时沉闷的文坛注入一丝生机。

洪武一朝，随着元明易代而来的文化上全面复古，文学上复古也成为必然，那时的复古要恢复的是传统诗教思想，以纠正元诗之纤弱。正统的文学主张和文学创作垄断的文坛，非正统的则受到了严厉的打击，创作走向单一化。胡党大案以后，政治气氛严酷，士人罔失忧惧，受限颇多，文学全面沦落。内容上"恢张皇度，粉饰太平"，形式上"冗沓肤廓，万喙一音，形模徒具，兴象不存"。

明初藩王在创作心理大致经过了这样的历程：洪武时期，意气风发，人生得意，胸怀建功立业的大志；建文朝实行削藩政策后，他们从手握大权的藩王变为闲王。在政治上、军事上不能再有作为，受皇帝忌惮，其生活状态近似隐居，都在文学上展现了自己的才能。

就早期藩王的创作来看，其共性特征就是正统文学，并且具有皇家文人独有的富贵气象，但藩王文学并未形成有鲜明主张和共同文学趣味的文学团体和流派，而是异彩纷呈，各具特色。洪武中期以后，一方面由于成年后的藩王活动受到严格的限制，不能随意举行频繁的文学结社及交游活动，另一方面由于每个藩王独特经历、自我秉性、学识修养等因素，每个藩王在文学上又呈现出不同的风格。

明初诗歌显示出明显的地域差别，形成了五大创作群体，即吴、越、江右、闽、粤五派。各派之间各具特色并相互影响，从而形成了明初诗坛的复杂局面。胡应麟说：

> 国初吴诗派昉高季迪、越诗派昉刘伯温、闽诗派昉林子羽、岭南诗派昉于孙蒉仲衍、江右诗派昉于刘崧子高，五家才力。咸足雄踞一方，先驱当代。[①]

明代早期的诗派林立，诗人众多，但这些诗派与诗人一旦进入京城，

---

① 胡应麟：《诗薮续编》卷一，载吴文治：《明诗话全编》，南京：江苏古籍出版社，1997年，第5723页。

就会发生一些改变，一方面各流派间相互借鉴和影响，另一方面原来地域风格鲜明的诗派与诗人逐渐向主流思潮靠拢。其中，政治的影响在其中起着重要作用。比如有追求闲适、崇尚才华及展现狂傲个性的吴中诗派，长于表现民生疾苦与针砭黑暗现实、入世倾向明显的浙东诗派，都逐渐收敛起自己的锋芒，向统治集团靠拢。洪武初年，朱元璋依靠政治权力严厉打击以高启、杨基、张羽、徐贲"吴中四杰"为代表的吴中派，元末以来曾经一度繁盛、深受杨维桢影响、讲究意趣、主情的吴中派骤然消歇。洪武中期，又采用残酷手段开始清除曾经倚重的功臣宿将，以宋濂、刘基、苏伯衡、陶凯为代表的强调明道、主理轻情的浙东派主将皆一个个被害惨死，其另一个代表人物方孝孺也在靖难之役后被朱棣残酷杀戮，浙东派主宰文坛的时代遂告结束。永乐初，朱棣命解缙、金幼孜、杨士奇等入直文渊阁，江西诗派崛起，台阁体正式形成。从永乐至成化年间，引领文坛风尚八十余年。正统十四年（1449）的"土木堡事变"，导致明代社会发生了明显的转变，以江西诗派为主的台阁体也在此时趋于衰落。

其实，明初的复古思潮就是要恢复儒家诗教的风雅传统。《毛诗》序曰"雅，正也，言王之所由废兴也。"所谓雅正就是指语言的"雅"和内容的"正"。元末雅正文学衰落，"元之季年，多效温庭筠体，柔媚旖旎，全类小词。"① 那时的文风不振，绮靡缛丽。到了明初，方孝孺、宋濂、高启、刘基等都倡言诗文复古，让文学回归雅正传统。

明初大儒宋濂以儒家正统为标榜，推崇理学，明初文坛充溢着雅正的儒家传统。高启才情横溢、诗风爽朗，"诸体并工，天才绝特，允为明三百年诗人称首，不止冠绝一时也。"② 四库馆臣给予很高的评价"振元末纤秾缛丽之习而返之于古，启实为有力。"③ "明初诗文三大家"刘基力倡诗文"美刺"传统，强调诗歌的社会功用。

早期的这种复古文学思潮对藩王创作构成了极大的影响，而宫廷教育在其中起到了重要的作用。朱元璋十分重视对藩王的教育，早在

---

① 《四库全书总目》卷一六八《铁崖古乐府》。
② 陈田：《明诗纪事》甲签卷七。上海：上海古籍出版社，1993 年。
③ 《四库全书总目》卷一九六《大全集》提要。

元至正二十年（1360），召"浙东四先生"宋濂、刘基、章溢、叶琛至应天府，为朱标教授"五经"。洪武初设立专门机构大本堂，对太子诸王世子进行教育。赐宴赋诗，商榷古今，评论文字，无虚日。还讲授治国用兵之术，并亲自指导，以此历练他们的政治才能。洪武元年（1368），吴中派宿儒高启应召入朝纂修《元史》，教授诸王。正如上面所说，这些元末就已享有盛名的学派领袖进入宫廷后，渐渐向正统思想靠拢，可以说，洪武时期的诸皇子接受的正是儒家的正统教育。

但对于藩王这个团体的创作来讲，其情形又不那么简单。他们受到良好的教育，接受的是儒家传统的思想，但诸王也同时受到了这些文学大家的文学滋养。和一般文人的谨小慎微比起来，他们又具有相对宽松的生活环境以及一定的思想上的自由，在文学上受到的约束相对要轻一点。早期藩王的创作，无论是诗词文赋，还是戏曲，都表现出当时文学难得的自由度。他们的创作大都题材丰富，情感真挚，给当时沉闷的文坛注入一丝生机。

朱有燉特具代表性，他作品众多，留存下来的诗文数量众多，诗体齐全，题材丰富。

宪王文才出众，兼善众体，诗词曲赋文都有创作。《诚斋录》收宪王诗歌一千一百余首，数量之多在明代文坛实属罕见。《明诗综》称宪王诗"不事呕心，颇能合格，梅花、牡丹、玉堂春一题动成百咏，诚宗藩之隽矣。"[①] 这种评价并非溢美，以题材而言，有颂圣诗，有悯农诗；有台阁诗，有山林诗；有咏物诗，有咏史诗；有题赠诗，也有悼亡诗等等。

在内容上，宣扬儒家"孝悌"思想的。散文有《兰竹轩序》、《题严良医孝行卷》《长史郑义家谱引》、《马氏永思斋记》，诗如《诚斋新录》中的《书吾教授梦萱堂卷》《玉簪花说》《驯鹭诗》。歌功颂德的诗作，如《舟行过泗州》《濠梁驿即事》《宿红心驿》《红心驿书怀》。咏物诗如《题木犀角金》《题樱桃鸟头白颊》《题俊鹘擒鹅图》《画册引》等。题赠诗《和长史卜孟符诗韵》《和王长史诗韵》《赠黄伯振教授》

① 朱彝尊：《明诗综》卷二"周宪王朱有燉"条，北京：中华书局，2007年，第16页。

等，这些诗或推崇儒家思想正统道德，或赞颂"怀义念恩"等美好品德，情感真实，看不出任何矫饰。

作为藩王，他还非常关心农事，同情民生疾苦。如宣德九年（1434）所写散曲【北中吕·山坡羊】，同情农民的收刈之苦，《偶成》甚忧汴中无雪，忽有大雪飘扬，喜形之于色，"寒透闾阎灾气减，润涵田亩喜声哗"①。《春夜饮中偶成》"忽忆中原农与圃，何时皆免岁时忙。"②《咏田家》"锄禾溪水涨，刈麦陇云翻。粮远脚钱重，丁多身役繁。"③写出藩地汴中农家之不易，丰年尚如此，灾年会如何？深得怨刺之旨。显露儒家关心民瘼、体恤百姓的人文情怀，实属难得，作者不受台阁风气约束，由此可见。

宪王咏怀诗感情真挚，性灵摇荡。《临安晚眺忆弟》《秋日有怀》思念兄弟而不得见的落寞与失望，《临安即事》对家乡和亲人的思念与牵挂，悲伤落寞，情感真切。

宪王的悼亡诗最为动人。云英死后，作《挽诗》九首、《七夕有感》等诗，还有《书夏氏法华经偈序》《故宫人夏氏墓志铭》《题夏氏端清阁》等文悼念云英去世。还有《挽诗》（十年糟糠结发初）、《秋夜有怀》悼念过自己的正妻吕氏。这些诗文皆发自肺腑，情真意切，读之令人动容。

参禅悟道的诗歌多作于晚年，与佛法相关的诗歌如《答僧偈》，外还有《学佛》《答僧》等④，又如《题维摩居士图》《禅门五宗咏》《仙趣》《庚纯阳真人劝出吟》《赞丘真人》《学仙》等，散曲如【北中吕·山坡里羊】《省悟》其一，【北双调·庆东原】《庚和丹丘作》，无不表达着对尘世的厌倦。

咏物诗包括咏花、咏珍禽等，《题木犀角金》《题樱桃鸟头白颊》《题俊鹘擒鹅图》《画册引》等，诗歌精致巧妙，富有意趣，善于从细微处着眼，描写非常细腻。

歌功颂德的诗作，如《舟行过泗州》《濠梁驿即事》《宿红心驿》

---

① 朱仰东：《朱有燉诚斋录笺注》，北京：中国文联出版社，2016年，第176页。
② 朱仰东：《朱有燉诚斋录笺注》，北京：中国文联出版社，2016年，第160页。
③ 朱仰东：《朱有燉诚斋录笺注》，北京：中国文联出版社，2016年，第82页。
④ 朱有燉著，赵晓红整理：《朱有燉集》，济南：齐鲁书社，2014年，第601、661页。

《红心驿书怀》等。在宣德八年（1433）他捕获白海清后，作《白海清二首》《题白海清诗二首》，套数【咏白海清】，歌颂当今的盛世，"应知治世多祥瑞，总感雍熙得化来"。题赠诗《题拙书兰亭后》《和长史卞孟符诗韵》《和王长史诗韵》《赠黄伯振教授》等。

作为藩王，极尽人间繁华，安享太平之乐，但可贵的是他关心农事，不忘生民之艰。对天下苍生的关怀，体现了朱有燉用世济民的儒家理想。在他内心深处，事实是以儒家思想为根本的，即使在那些以佛道内容的诗文中。他从未想过摒弃自己的荣华富贵，遁入佛门，或居身道观去做一个自在无为的人。

明初诗坛以吴派与越派的成就为最大，影响亦深远。王世贞《艺苑卮言》在谈到明初诗歌时说："才情之美，无过季迪；生气之雄，次及伯温。"① 朱有燉诗歌实兼取两派之长，合两派之风格，形成一种题材多样、风华和婉、自然淡雅的优雅诗风。摹拟而较少痕迹，一些作品具有新鲜感与个性特征，但厚重感往往赶不上吴中四杰尤其是高启。

相比而言，庆靖王朱㮡写了不少带有边塞风格的诗词，如《登韦州城北拥翠亭》《晚登韦州楼》《东湖春涨》《夜宿鸳鸯湖闻雁声作》《朝中措　忆韦州拥翠亭》《临江仙》。这些诗词洋溢着昂扬劲健的豪情壮志。汉王朱高煦《拟古诗》《感兴》《怀仙歌赐周玄初》诸诗，气脉连贯，跌宕起伏，顿挫有致，其臣僚称其"合二圣之规模，成一代之制作"，是一个极富个性的诗人。二人从同一个侧面印证了复古思潮对藩王创作的影响。

藩王拟古诗文中也时有佳作，如辽简王朱植《秋江》：② "杨柳渡头烟漠漠，峨眉山下水悠悠，月明沙渚晚风急，渔笛一声江上秋。"境界清远，深得唐诗韵味。朱权《日蚀》"蜀鸟乱啼疑入夜，杞人狂走怨无天。举头不见长安日，世事分明在眼前"。写得隐晦曲折，又似二李风格。

总体上看，早期藩王的创作，诸体皆备，风格多样，但类多拟古，体制上创新不多，但神情气质，每有佳作，个别作品，时见灵性。正

① 王世贞：《艺苑卮言》卷五，载丁福保：《历代诗话续编》第 1023 页。
② 朱彝尊：《明诗综》卷一，北京：中华书局，2007 年，第 16 页。

如钱谦益评价朱有燉诗"皆风华和婉，汎汎乎盛世之音也"①。清末陈田《明诗纪事》甲笺所言："且明初诗家各抒心得，隽旨名篇，自在流出，无前后七子相矜相轧之习"。②用之形容明初诗坛似为不妥，用之形容藩王诗文则再合适不过了。他们深受明初复古风气影响，但又能不同程度写出自己的真性情、真性灵，殊为不易。此实开后世复古派与性灵派之一源。永乐以后又与台阁体同声共振，推波助澜，使台阁体渐成燎原之势。

说到明初藩王创作与台阁体的关系，本书认为：藩王文学作为宫廷文学，一定程度上具有"台阁气"，但他们并不属于台阁文人。藩王文学的台阁气是真正从作家内心抒发而来的，他们的诗文往往各抒心得，很少有矫情曲意、刻意承附之态，从创作动机到文学风格都与台阁诗人有所不同。

首先，台阁气与台阁体是两个既有联系又有明显区别的概念。

就现存资料看，最早对明代台阁体作出概括的是宣德时李贤，他在序《杨溥文集》时说："观其所为文章，辞惟达意而不以富丽为工，意惟主理而不以新奇为尚，言必有补于世而不为无用之赘言，论必有合于道而不为无定之荒论，有温柔敦厚之旨趣，有严重老成之规模，真所谓台阁之气象也。"（《明名臣琬琰录后集》卷一）。

然台阁气作为一种行文风格，早在宋时已见诸论述。吴处厚《青箱杂记》卷五说：

> 文章虽皆出于心术，而实有两等：有山林草野之文；有朝廷台阁之文。山林草野之文，则其气枯槁憔悴，乃道不得行，著书立言者之所尚也；朝廷台阁之文，则其气温润丰缛，乃得位于时，演纶视草者之所尚也。③

宋濂也说："予闻昔人论文，有山林、台阁之异。山林之文，其气瑟缩而枯槁；台阁之文，其体绚丽而丰腴。此无他，所处之地不同而所托

---

① 钱谦益：《列朝诗集小传》，上海：上海古籍出版社，2004 年，第 8 页。
② 陈田：《明诗纪事》序，上海：上海古籍出版社，1993 年。
③ 〔北宋〕吴处厚：《青箱杂记》，北京：中华书局，1985 年。

之兴有异也。"①

然则作为文体的"台阁体",李贤的概括是比较准确的。就内容而言,为道与用,"言必有补于世";就风格而言,为温柔敦厚,"有严重老成之规模"。

由此可见,台阁之文与山林之文,大概就文体风格不同而言的,台阁体则包含着文风与士风。四库馆臣在为杨荣文集所作提要中说:"荣当明全盛之日,历事四朝,恩礼始终无间,儒生遭遇可谓至荣。故发为文章,具有富贵福泽之气,应制诸作,讽讽雅音。其他诗文亦皆雍容平易,肖其为人,虽无深湛幽渺之思,纵横驰骤之才,足以震耀一世,而透迤有度,醇实无疵,台阁之文所由与山林枯槁者异也。"②台阁体文人在人际关系方面具有两种特征,一是君臣和谐,明君信任并倚重文臣,文臣倍受恩宠,忠心不二。二是诸文臣之间相处融洽,情志相同。君臣之间形成的融洽的人事关系和政治利害关系上的相互克制,使得这些文臣在性格以至文学上只能"温柔敦厚",这就是台阁体诗文缺乏真正的情感深度与深刻蕴含的重要原因。正是在这一点上,藩王文学与台阁体便有了分野。

其次,藩王文学中充满了台阁气,但他们的文学并不是台阁体。

开国初期,在朱元璋正统诗文观念的引导下,文坛产生了复古的倾向,虽然各派的复古主张不尽相同,但都注重文学的教化功能,主张诗文能够复归风雅精神,但随着朱元璋恐怖的政治高压政策,这一复古思潮没能按照正确的轨迹发展,舍弃了"风雅精神"中归讽劝诫的批判精神,产生了颂美的倾向。到永乐时,随着政治体制的逐步完善和国力的强盛,政治对文学的干预愈来愈强,从而产生了以歌功颂德和粉饰太平为主要特征的台阁体。

台阁体的主要特点是传圣贤之道,颂国家之盛,赞美功德,为治世之音,但内容大多贫乏,多为应制、酬应、题赠而作,艺术上追求平正典丽。有人把明初藩王也归到台阁文人之中,是因为他们的诗文作品中也有一些类似的作品,但这一认定其实是一种误解,分析比较

① 宋濂:《宋学士文集》卷二十四,四部丛刊本。
② 《四库全书总目》卷一七〇《集部·别集类二三》。

藩王与台阁文人创作的具体情况，会发现他们和台阁文人之间存在明显的差异。

台阁文人是进入当时内阁与翰林院的文人，他们是国家政治的参与者，是最高统治阶层文化策略的参与者和执行者。他们的诗文与政治的联系最为密切，完全把诗文看成是政治的工具。他们认为诗文应"理性情而约诸正"，诗文当有益于政教。台阁体的领袖之一杨士奇在文中多次论及。如《胡延平诗序》：

> 诗虽先生余事，而明白正大之言，宽裕和平之气，忠厚恻隐之心……昔朱子论诗必本于性情言行，以极乎修齐治平之道，诗道其大矣哉！①

《玉雪斋诗集序》：

> 《诗》以理性情而约诸正，而推之可以考见王政之得失，治道之盛衰。三百十一篇自公卿大夫下至匹夫匹妇……皆可见王道之极盛。②

他们的诗文观念以永乐皇帝提倡的程朱理学为思想基础，诗文服务于政教，发为治世之音。诗文的内容来源于当时的政治，而不是个人的生活，更不能用诗文来表现个人的喜怒哀乐、人生体验。此外，台阁文人还认为，诗文还要表现性情之正，不温不火，不偏激。他们倡导一种温柔敦厚的文风，用理来约束情，把一切的抒情都加进了道德内容，把一切的诗文内容都局限于政治之中。如台阁文人王英讲诗时也要求诗歌应该出于性情之正：

> 诗本于性情，发为声音而形于咨嗟咏叹焉，有美恶邪正，以示劝诫。……亡风雅之音，失性情之正，肆靡丽之辞，忧思之至，则噍杀愤怨；喜乐之至，则放逸淫辞，于风何助焉！③

① 杨士奇：《东里文集》卷四，北京：中华书局，1998年，第46页。
② 杨士奇：《东里文集》卷五，北京：中华书局，1998年，第63页。
③ 吴文治主编：《明诗话全编》，南京：江苏古籍出版社，1997年，第552页。

永乐之后的明初藩王几乎是不参与政治的,更无缘进入枢垣重地内阁,因此,他们不能称之为台阁文人。明初的藩王虽然也创作了很多歌功颂德、粉饰太平的台阁气较重的诗作,但他们的创作心态和目的与台阁文人是不同的。台阁文人虽身居高位,荣宠有加,但却未敢自傲自足,而是深感责任重大,以致于心之兢兢、忧之忡忡。他们创作大量的台阁诗,有时是奉诏而为,不得不作。台阁体文人的创作动机,一方面为了迎合皇帝文治武功的需求,并以此邀得皇帝的青睐与恩宠,保住自己的禄位及自身和家族的恩荣。另一方面,又由于地位独特,以朝廷重臣之位引领文坛,其诗文必须符合圣意,有益政教,以表率天下。因此在文字中难免有矫情曲意、刻意承附之态,有很明显的功利动机。而藩王作为皇室宗藩,其充满台阁气的诗文从创作动机到风格都与台阁诗人有所不同。作为藩王,歌功颂德、粉饰太平是他们诗文的应有之义,这既是对皇帝和政权的拥戴,也是对自我利益的捍卫。由于出生宗室,朝廷和自身利益攸关,所以他们在创作中充满自豪与感激的情感抒发,很少有矫情而为的。和台阁体诗人比起来,他们有用世之心而无用世之地,而又无禄位与衣食之忧,其功利性要弱很多。

明初藩王虽然不属于台阁文人,但处于台阁体盛行的时代,又身为宗室,他们的诗文创作也浸染着台阁之气。如朱有燉《秋祀礼成》:

> 报谢秋成率旧章,精诚祀礼格苍穹。神坛有露天星灿,玉宇无风烛焰长。和畅埙篪人意乐,维新笾豆醴馐乡。丹心愿祝年丰稔,藩屏皇图万世昌。

全诗写秋祀盛典,全诗雍容肃穆,肤廓冗踏,具备台阁诗典型特征。即使是宫体诗,也一样充满着台阁气。如朱权《宫词》就充满了台阁气:

> 阊阖云深锁建章,曈昽旭日射神光。紫宸肃肃开黄道,万岁声声拜玉皇。楼阁崔嵬起碧霄,微闻仙乐奏箫韶。天风吹落宫人耳,知是彤庭正早朝。才开雉扇见宸銮,天乐催朝尽女官。宝驾中天临百辟,五云深处仰龙颜。

紫宸禁垣,楼阁天乐,女官宝驾,自是台阁诗人关注的常有素材。皇宫生活的神秘与奢华，对皇恩的赞颂与劝喻，构成了台阁文学的几个要素。

朱栴的诗中，《宁夏新建社稷山川坛》《永乐二年春祭社山川礼成后作》《贺兰晴雪》《汉渠春涨》，或祝成功，或赞礼成，或叹边关之雄，都要与明王朝文治武功相联系，台阁之气尽显。

借祥瑞之物表达对皇帝的忠心，也是台阁体的常有题材。如朱有燉的《上国人烟》《瑞莲》《白海清二首》《初雪》《春雨喜晴》就是这类诗歌。《瑞莲》诗曰："汴水秋风实瑞莲，一茎双蒂总华妍。应知孝友遵前圣，自是雍和格上天。金殿呈祥香馥馥，瑶池添庆子绵绵。乾坤合德三千岁，福寿同臻亿万年。"① 这些祥瑞诗文内容多是赞美当今王朝盛世和当朝皇帝的圣德，粉饰太平，态度从容，气格平和，正是台阁体诗文的又一表现。

藩王的诗文中有很多酬应赠答的诗文，是往往能够表现藩王真情的作品。如朱有燉有《赠别陈主事依韵》《送指挥吴铭随侍汝宁》《赠别安东护御冯指挥》《送余纪善致仕南归》《赠黄伯振教授》《和王长史诗韵》《和长史卞孟符诗韵》等等。《赠别陈主事依韵》诗曰：

> 忽忽晓发河梁路，麦野清风宿雨收。别意迟徊星斾久，中心感荷圣恩优。金台落日思同会，梁苑晴云忆共游。北望天犀遥祝颂，仰惟圣寿万年秋。

又如《送本府良医李伯常致仕》：

> 河梁驻马送均行，天路迢迢上玉京。云净晓山千树远，风生晴浪一帆轻。荣闲已遂遗安计，辞老宁无恋国情。恩赐归来春正永，乐栏锄雨种参苓。

上述两首赠别诗除了表达对事主的祝福外，也无一例外地表达了对朝廷的感恩与祝颂，感情浓烈但又能归之于正，春雍和雅，不失温柔敦厚之旨。

"台阁体"和"山林文学"是作为对立概念出现的，但台阁诗人作

---

① 朱有燉著，赵晓红整理：《朱有燉集》，济南：齐鲁书社，2014 年，第 649 页。

山林之文，仍不忘歌颂皇恩浩荡，杨士奇《满江红·归田趣》四首，其一《春牧》云：

> 霜鬓萧萧，皇恩重，赐归田里。郊郭外，草亭四面，青山绿水。　　散牧处，冉冉晴霞飞绮。江色比于怀抱净，都无一点闲尘滓。更小儿，牛背有书声，清人耳。[①]

美好乡间景致也是满沐皇恩，自然是台阁体文学思想的完美呈现。但对于藩王诗人来说，山林之诗却很少与皇恩浩荡发生联系。如朱有燉《春意》：

> 黄金殿角日瞳瞳，十里高城锦绣中。出谷姣莺疑见雪，定巢新燕怯迎风。烟拖弱柳微含绿，霞灿天桃半吐红。书阁渐看天气暖，拟将珠箔上房栊。[②]

又如《仙趣》：

> 识破浮名总失真，竹窗聊复自怡神。醉来举笔吟千句，闲处看花过一春。高树有阴巢白鹤，好山无地着红尘。胸中已得神仙趣，莫把金丹说与人。

朱有燉诗中意趣所描述的是真的性情，是一个无需刻意与政治联系的真实自我。

藩王诗文的台阁气还在风格上大都有安闲之气，雅正平和，平易冲淡。在题材方面，他们受到的限制较小，神仙道化、吟风弄月都有涉及，但最终归于性情之正，感情有所节制，与台阁文风的雅正、和平温厚相一致。台阁气最明显的当属朱有燉。朱有燉在建文时期与夏云英去世时所写的诗作感情充沛，悲伤之情不加节制，"独立高台泪似倾""伤心失良佐，掩泪泣英贤"等。除此之外，其诗文大多表现得雅正平和，符合温柔敦厚的儒家诗教。在朱有燉的诗文中，即使是抒情之作，其感情也是淡淡地流淌出来，文气舒缓，没有强烈的情感冲击，

---

① 杨士奇：《东里续集》，载文渊阁《四库全书》第1240册，第576页。
② 朱有燉著，赵晓红整理：《朱有燉集》，济南：齐鲁书社，2014年，第641页。

如《重九》一诗:

> 岁月皆云九,秋色已之三。阴剥阳宜保,乾重火正煇。日黄
> 巫峡柿,霜绿洞庭柑。云岭终朝望,相思只在南。[①]

重九是重阳节,是团聚的日子,但在诗中难见诗人深沉的相思之情,前三联都在写秋分和秋景,只在最后一句道出相思之情,平淡冲易,没有跌宕起伏的情感。这种诗风的形成一方面是与台阁文体所要求的性情之正有关,"正"即合于忠义,不偏激,温厚平和,少有大喜大悲,另一方面也与朱有燉的心境有关。永乐后,朱有燉看透了自身的处境,他参禅学道,修炼心性,对世事的态度更加平和,使得他的诗风也变得平淡冲易,不温不火,没有了建文时期"泪似倾""苦伤情""客泪流"的悲伤,没有了云英去世时"掩泪泣英贤"之痛。

　　藩王诗文的台阁气并不是他们的首创,这种台阁气息既是以前各朝代庙堂文学的延续,也是与永乐以后的台阁体文学相互呼应的产物。明代之前,各朝代也有类似的台阁气息的文学,王维就有为数不少的应制诗,晏殊词作有"安闲之气",西昆体有"馆阁之气",但都没有形成像"台阁体"这样一个文学流派。"颂圣代代有之,明初潮流声势浩大,作品数量庞巨,远超前代,唐初、宋初皆远逊之。"[②] 由此可见,藩王文学的台阁气不过是历来的庙堂文学的延续,这种风格的文学有着相当悠久的历史渊源。藩王文学的台阁气正是在明初政治高压和复古思潮的裹挟下自觉或不自觉的产物。

　　通过以上的论述,我们可以得出这样的结论。

　　1. 明初藩王文学是明初政治高压和复古思潮的产物。受到复古思潮的影响,他们的文风整体趋向雅正,然由于独特的身份地位和经历,他们的文学又有相对多的自由度,表现为文体皆备,题材丰富,风格多样,各抒性情。兼具复古、性灵两途,为中后期明代文学开源导流。清末陈田《明诗纪事》"甲笺"所言:"且明初诗家各抒心得,隽旨名篇,自在流出,无前后七子相矜相轧之习"。用之形容明初诗坛似为不

---

① 朱有燉著,赵晓红整理:《朱有燉集》,济南:齐鲁书社,2014年,第602页。
② 李圣华:《初明诗歌研究》,北京:中华书局,2012年,第11页。

妥，用之形容藩王诗文则再合适不过了。

2. 藩王文学既是宫廷文学，同时在一定程度上具有"台阁气"，表现为词气安闲，雍容平和。这种充满台阁气息的文学其实就是历来的"庙堂文学"的延续。明初藩王不属于台阁文人，但他们的一些作品具有台阁气息。藩王的诗歌在文学史上有着承上启下的作用，是明代文学链条中的一个重要环节。

3. 藩王文学台阁气是真正从作家内心抒发而来的，从创作动机到风格都与台阁诗人有所不同，他们有相对多的自由，诗文往往各抒心得，皆为情性之作，很少有矫情曲意、刻意承附之态。

附录一 宁王朱权的杂剧创作

在明代早期剧坛上，还有一位多才多艺的藩王作家，他就是明太祖第十七子宁王朱权。朱权在杂剧和戏曲理论等方面著述颇丰，堪称戏曲理论家和剧作家。他与朱有燉同属于藩王阶层，又处于共同的文化生态之中，二人在创作风格和文学观念上都带有藩王创作的一些共同特征。朱权、朱有燉的杂剧以及戏曲理论代表着明初藩王杂剧以及戏曲理论的主要成就，研究朱权有利于更全面地了解明初藩王阶层的生存状态及创作心态，有利于更深层次地了解朱有燉的杂剧创作。

第一节 朱权杂剧的创作成果

朱权（1378—1448），明太祖朱元璋第十七子，封宁王，号臞仙，又号涵虚子、丹丘先生。先封宁国，曾被朱棣胁迫参加靖难之役。朱棣即位后，改封南昌，由于永乐的忌惮与打压，晚年的朱权只好将心思寄托于道教与文艺，郁郁而终。

朱权长朱有燉一岁，虽属于同龄人，但朱权却是朱有燉的叔辈，叔侄俩都爱好文艺，在文学上都有较高的成就。朱权作杂剧有十二种，据艺芸书舍本《太和正音谱》记载："丹邱先生"名下十二种杂剧是：《九合诸侯》《肃清瀚海》《私奔相如》《辩三教》《豫章三害》《瑶天笙鹤》《白日飞升》《独步大罗》《烟花判》《勘妒妇》《杨娭复落娼》《客窗夜话》，现存《冲漠子独步大罗天》①《卓文君私奔相如》②两种。戏曲论著有《太和正音谱》《务头集韵》《琼林雅韵》等，今存《太和正音谱》。

《太和正音谱》所列十二种杂剧应该就是朱权杂剧创作的全部，但并不是按时间先后排列的。姚品文认为是按照题材的性质以及朱权对题材的认识和评价排列的③，这种判断是有道理的。他的"杂剧十二科"④中，以"神仙道化""隐居乐道"居首，其次是"披袍秉笏""忠臣烈士"之类，最后是"悲欢离合""烟花粉黛"等等，这种次序反映出朱权自己的评价标准和审美情趣。

朱权十二种杂剧，因大多散佚，内容很难一一考实，但《辩三教》《肃清瀚海》《九合诸侯》《豫章三害》应该是反映政治事功的杂剧，现存《冲漠子独步大罗天》则是神仙道化剧，《卓文君私奔相如》是比较典型的爱情剧，究竟是否属于"风花雪月""烟花粉黛"，则不好确定。

朱权的一生以改封南昌分界，可分为前后两期。这十二种杂剧从内容上考察，可以大致厘分出其创作年代的断限。《辩三教》《肃清瀚海》《私奔相如》《九合诸侯》四种为其前期创作。《辩三教》即《周武帝辩三教》，是朱权迎合朱元璋《三教论》主张编撰的，《肃清瀚海》亦即《肃清瀚海平胡传》，是借历史故事颂明初赫赫武功的作品，《九合诸侯》借东周齐桓公姜小白九合诸侯故事，为燕王靖难摇旗呐喊。《豫章三害》《冲漠子独步大罗天》可以认定是后期作品，《勘妒妇》《烟花判》《杨娭复落娼》则不好确定创作年代，至于《客窗夜话》，清汪烜《乐府外集琴谱》有同名曲谱，不知是否与此有关联，具体内容与创作年代更不好臆断。

---

① 朱权：《冲漠子独步大罗天》，古本戏曲丛刊四集 3，脉望馆抄校杂剧 33，北京：国家图书馆出版社，2016 年。

② 朱权：《卓文君私奔相如》，古本戏曲丛刊四集 3，脉望馆抄校杂剧 33，北京：国家图书馆出版社，2016 年。

③ 姚品文：《朱权研究》，南昌：江西高校出版社，1993 年，第 103 页。

④《太和正音谱》之杂剧十二科：一曰"神仙道化"，二曰"隐居乐道"（又曰"林泉丘壑"），三曰"披袍秉笏"（即"君臣"杂剧），四曰"忠臣烈士"，五曰"孝义廉节"，六曰"叱奸骂谗"，七曰"逐臣孤子"，八曰"铍刀赶棒"（即"脱膊"杂剧），九曰"风花雪月"，十曰："悲欢离合""烟花粉黛"（即"花旦"杂剧），十二曰"神头鬼面"（即"神佛"杂剧）。

一、雄心壮志与风流俊采

《卓文君私奔相如》叙述西汉文学家司马相如的风流韵事，全剧四折一楔子，保存完整，是朱权早期作品，题目为"蜀太守扬戈后从，成都令负弩前驱"，正名作"陈皇后千金买赋，卓文君私奔相如"。《太和正音谱》著录，《元曲选目》《宝文堂书目》《也是园书目》《今乐考证》《曲录》皆著录。今存脉望馆抄校于小谷本，又见于《孤本元明杂剧》《古本戏曲丛刊》第四集、周贻白《明人杂剧选》等。

卓文君与司马相如本事最早见于《史记》，其后野史、笔记、小说、诗歌也多有记述和吟咏，在民间流传都很广。如《汉书》《西京杂记》《异闻集》《绿窗新语》《醉翁谈录》《太平广记》等，《玉台新咏》《乐府诗集》也有司马相如资料。故事本事是：相如久慕文君才色，因此携琴赴宴，以一曲《凤求凰》打动新寡的文君，二人遂私奔，成就一段美满姻缘。后世在流传过程中又增加了相如长门买赋、茂陵婚变、白头苦吟等情节。就诗歌而言，就有大量歌咏文君私许相如的，或以琴挑为题，或以当垆为题，或以题桥为题等等，仅唐代就有诗二百余首。宋元以后，也成为戏曲的一个常用题材。周密《武林旧事》著录宋官本杂剧《相如文君》，徐渭《南词叙录》"宋元旧篇"著录有戏文《司马相如题桥记》，钟嗣成《录鬼簿》著录关汉卿和屈子敬均作有《升仙桥相如题柱》杂剧，元明时期无名氏《司马相如归西蜀》《汉相如四喜俱全记》杂剧，可见文君私奔相如的浪漫爱情故事的影响之大。朱权正是根据之前的司马相如与卓文君的历史记录与文学创作写成此剧的。

全剧四折一楔子，剧情如下：因武帝招贤纳士，蜀郡成都人司马相如辞别父老，赴京城求仕，临别于升仙桥题柱明誓"大丈夫不乘驷马车，不复过此桥"。路经卓王孙家，闻知其女文君殊色、善诗歌、懂音律，且又新寡，遂生求偶之念。于是至卓家拜访，席间弹《凤求凰》曲以挑文君。文君素慕相如之才，顿生爱慕之心。夜间，相如又以琴心相挑，文君感其情真，遂相携私奔。相如此时家贫如洗，便与文君在临邛开了个酒铺，以卖酒为生，相如涤器，文君当垆。后武帝征聘相如为官，官拜中郎将，相如便携文君荣归故里。相如行经升仙桥，见昔日所题，终遂旧愿。卓王孙见相如荣显，亦赶来庆贺，全家完聚。

《卓文君私奔相如》表现了早期朱权的身份信息和心理特征，此剧第一折借司马相如之口，抒发了身怀绝技却怀才不遇的抑郁不平之气。剧中开首说人司马相如"世习儒学，少有大志，负飘飘凌云之气，昂昂济世之才，读尽五经三史，学成经济文章，但文齐福不齐，贫居独处"。"兀的不屈沉煞豪气三千丈"于是，"负着琴剑，去寻个出身"。

在《混江龙》一曲中，借卞和、吕望、宁戚、傅说、荀卿、颜回、左丘明、苏秦、孔子等古代圣贤之窘境，抒发贤者不遇、贤愚颠倒的现实的不满，并愤愤指出，"到如今屠沽子气昂昂伟矣为卿相"。

> 【油葫芦】既不能够晓谒枫宸入建章，早难道暮登天子堂，倒做了怀其宝而失其邦。恰便似芙蓉生在秋江上，几时得坠鞭误入平康巷。怎做得登赢洲膝盖儿软，踏翰林脚步儿长。常言道时来木铎也叮当响，时不至呵兰麝也不生香。

和早期相如文君故事相比，朱权对情节的改动有二：一是淡化了献赋荣升、谕蜀建节、长门买赋、茂陵婚变、白头苦吟等情节，着重描写相如穷通变化之命运以及与文君浪漫之爱情，二是司马相如与文君爱情故事被降到了次要的地位，作为相如命运遭际的陪衬。司马相如怀才不遇、愤世嫉俗、汲汲于改变命运的情节，作者往往不吝笔墨、反复渲染。其实这正是作者的夫子自道。

朱权少年得志，禀赋非凡，年纪尚轻时就被封为大宁，"带甲八万，革车六千，所属朵颜三卫骑兵皆骁勇善战"，朱权多次会合诸王出塞作战，以善于谋略著称。熟读经史，被服儒雅，很受朱元璋看重。在诸多皇子中，朱元璋独让他撰写《通鉴博论》《汉唐秘史》。

> 【那咤令】我读周南召南，要安邦定邦。贬太康仲康，立朝纲纪纲。褒周庄鲁庄，教兴王、霸王。道不行鲁圣书，时不合邹柯强，致令得墨子悲伤。
> 【金盏儿】凭着我志轩昂，气飞扬。趁着这禹门三级桃花浪，一天星斗焕文章。夫子四十而不惑，子牙八十遇姬昌。我如今三

旬已过，只他何处是行藏？

【余音】收拾庙堂心，吸入江湖量，都做了射斗牛冲霄剑芒。唾手平登翰墨场，谒銮舆直叩明光。更有那定纲常治国的良方，万言策敷陈对圣皇。名标在玉堂，身居着卿相。我若是风云不遂不还乡。

如果结合朱权一生的环境、心境，不难看出此中已融入他个人复杂的心绪和哀叹。剧中开首，司马相如发泄对现实的不满，并期望待时而起：

（外云）古之达人高士，视世态若旁观弈棋，先生何区区欲自弈，为人所观成败乎？（正唱）

【鹊踏枝】你见得差了也呵！一言可以丧其邦，一言可以定其邦。不争都似我袖手旁观，也无那伊尹扶汤。天且假四时有养，君须凭宰辅为匡。

（外云）吾闻君子之为学，期于必达，尚待其时，可以屈则屈，可以伸则伸，屈者所以有待也，伸者所以及时也。虽屈而不毁其节，虽达而不犯其义。可谓能行道矣。（正云）众人以毁形为耻，我以毁义为辱。小人重义，廉士重名。吾重其名，非重利也，各有道焉。

上述曲文表现出对朝政的强烈不满，正符合朱权在建文时的实际心态。他不满朝政混乱，他要做"伊尹扶汤""要安邦、定邦，贬太康、仲康，立朝纲、纪纲"。据《史记》《竹书纪年》记载：太康，启长子。启病死后继位。因不理民事，去洛水北岸游猎时，被后羿废黜。后羿遂立太康弟仲康为王。仲康在位十三年，权臣后羿专政。仲康不甘心作傀儡，曾派大司马胤侯去征伐羲和，试图剪除后羿的党羽，失败，仲康被后羿软禁，终忧闷成病而死。对皇帝软弱的思虑，对权臣乱政的痛恨，对朝政日非的担忧，这种心态不可能出现在洪武、永乐时期，而只能出现在建文时期。又曲词中说"不争都似我袖手旁观，也无那伊尹扶汤"，宾白中"屈者所以有待也，伸者所以及时也"。"我以毁义为辱""吾重其名，非重利也"，反映出朱权"争与不争"的心理矛盾。

建文元年（1399）七月，靖难兵起，远在大宁的宁王朱权也被迫卷入其中，在兄弟之"义"和君臣大"义"两难选择中，性格较为软弱的朱权选择静观待变，"不毁其节""不犯其义"，既不主动挑战建文的正统，也与其兄燕王保持一定的距离，静观时变，以求进退，这就是朱权的处世之道。由此看来，此作应写于靖难之初的建文初年。另外，朱权杂剧都带有朱权强烈的自我色彩，《卓文君私奔相如》却没有一点后期创作的道学气，由此可证此作是朱权早期作品。

此剧曲词之中多写历史人物与典故，表现出作者对历史的浓厚兴趣及其熟悉程度，这应与他早年曾经撰写过史书有密切关系。前期戍边藩王的盲目自信，备受宠信的骄矜自得，时不我与的满腹牢骚，都糅合进这一个故事之中，遂使太过外露的自我表现消解了此剧作为爱情故事本身的精彩。此外也可看出作者矜才使气的年轻心态。作者与其说是在演绎爱情故事，不如说是在抒发自己壮志得酬的虚幻梦想。该剧在艺术上也不是很成熟，矛盾冲突偏于简单化，对男女爱情心理刻画远远比不上《西厢记》，情感描写线条较粗。

二、抱道养拙与神仙道化

《冲漠子独步大罗天》写吕洞宾、张真人奉东华帝君之命度脱冲漠子的故事，这是一部神仙道化剧，是朱权改封南昌后写的。此剧自我色彩很浓，其中主人公皇甫寿实际上是作者自况。第二折冲末上场介绍自己：

> 贫道复星皇甫名寿，字泰鸿，道号冲漠子，濠梁人也。生于帝乡，长居京辇，为厌流俗，携其眷属，入于此洪崖洞天，抱道养拙，远离尘迹。埋名于白云之野，栖迟于一岩一壑。

这一些都是朱权自道。剧中冲漠子说自己"隐居于匡阜之南，彭蠡之西"，登仙后赐名"丹丘真人"，还说："愚自幼惧生死之苦，避尊荣之地，以求至道，今三十余年矣！""忆昔人间四十年，满头风雨受熬煎""韶华已半"等等，姓名出身居住地甚至年龄等等，都和作者相符，冲漠子就是朱权自己，是朱权的文学化形象。

《独步大罗天》剧情比较简单，写吕洞宾、张真人度化冲漠子，由拴锁心猿意马、斩三尸、渡弱水组成。道教经典及理论，相关术语如炼丹、服丹、婴儿（水银）、姹女（铅）、黄婆（脾）等在剧中也大量出现。表明作者对道家道教的熟悉程度之高，也在一定程度上呈现出他的道教信仰。

朱权曾经少年得志，但靖难之役改变了自己人生的方向，朱棣夺位后，被改封南昌，受皇帝猜忌，身心受挫，不得自由，故要借戏剧来抒发心中的郁闷之气，表达对现实的不满：

【鹊踏枝】你道是可伤情，你听我细推评。你则待竞利争名，狗苟蝇营。盼功名，恰便是投河般奔井；趋富贵，若饮鸩吞羹。

【寄生草】你道是他贪酒色如蝇竞血，为利名若蛾扑灯。人心毒似蛇蝎性，人情狡似豺狼悖，他都向那是非场矛矢相喧竞。争如我片云孤鹤九霄间，抵多少闲骑宝马敲金镫。

在道教典籍中，人间与仙界自是两种不同的生活境界。人间是灾难、痛苦、猜忌、死亡等的代名词，仙界则是超脱生死、无牵无挂、逍遥自在美好境界。"人心毒似蛇蝎性，人情狡似豺狼悖"，这句话虽然是形容人间的险恶，但出自一个落寞的藩王之口，使人隐约感受到其中对现实的强烈不满与心中难言之隐衷。钱谦益《列朝诗集小传》云："文皇帝践祚，改封南昌，恃靖难功，颇骄恣，多怨望不逊，晚年深自韬晦。"[①] 结合当时的情形，这显然是发泄被朱棣挟持的不满。

改封南昌以后，朱权虽然享受着贵族的优裕生活，但恰像雄鹰之铩羽，早年的宏图大志，朱棣的"中分"之诺，都似一场蝴蝶梦，转首成空。

【平沙奏凯歌】瑶池拜冕旒，一派箫韶奏。抵多少暮登天子堂，今日个列在神仙冑。不强如谈笑觅封侯，一举占鳌头。你往日则怕金榜无名注，到如今青霄有路投。

【折桂令】一篇词上叩穹苍。一片诚心，一瓣真香。诉只诉一

① 钱谦益：《列朝诗集小传》，上海：上海古籍出版社，2008年，第6-7页。

世人一世荒唐，一事无成，一计无将。

【收江南】从今后，尽叫他前人田土后人收，一任他一江春水向东流。

现实无法改变，他便转而向道，追求成仙，追求一种快乐自由，无拘无束，逍遥自在的仙界生活。在道教中，寻找心灵的慰藉。

第二节　朱权杂剧的创作特色

纵观朱权杂剧，可以看出其三方面的特点。

一、自觉的伦理意识——道德自律

《卓文君私奔相如》剧中加入的院公追文君情节，可能为作者虚构，其他情节均系前代故事所有。朱权在不违背故事整体构架的情况下对一些细节做了剪裁，其中明显掺入了个人的经历及感受。

文君相如夜遁，文君执意要驾车，她说"男尊女卑，理之常也。夫唱妇随，人之道也"。并说"妾为之御，斯乃妇道之宜。虽于仓皇之际，焉敢失其义乎？"卓王孙派院公去追，并嘱咐说"若是文君在车上，相如驾车，便与我捉将回来。若是相如在车上，文君驾车，由他将去罢"，又说"人于逼迫之际，而不失其仪者，亦可谓贤矣！便赶回来，也玷辱老夫，不若着他去了罢！"后院公果见文君驾车，就放二人而去。这个情节并非故事原有，可能是作者杜撰，或根据宋元杂剧演绎，但可以看出，这一情节里卓文君谨守"男尊女卑""夫为妻纲"的伦理规范，恪守妇道，不失其仪，贤淑可嘉。然而不获父命，黄夜私奔，已不合礼教，在此时说出合乎妇德的一番话，实是既悖情又违理的。作者既欣赏文君不守妇道的风流，又回护文君的妇德，这种矛盾实是作者强烈的伦理意识干预的结果。但应该看到，在朱权身上，演绎爱情和宣扬伦理事实上并不矛盾，可以并行不悖。

朱权从小长在深宫，接受的是正统儒家教育，又受明初以儒立国政策影响。早年的朱权就有志于平治天下。他的早期作品《辩三教》《九合诸侯》《肃清瀚海》都表现出积极入世的儒家理想，在洪武末所作的《太和正音谱》序，把北曲"乐府"纳入明朝礼乐文化建设的重要范畴，反映的就是儒家的"平治"精神。姚品文先生认为朱权的"杂剧十二科"就各类题材名称而言，是中性的，不代表作者的思想倾向，然排列次序的先后却有高下之别，[①]是极有见地的。朱权把"披袍秉笏、忠臣烈士、孝义廉节、叱奸骂谗、逐臣孤子"等忠孝节义戏列在前面，体现了儒家强烈用世的主体精神，作为一个蕴藉风流的藩王，他既对相如文君的爱情故事欣赏不已，不惜笔墨，详细描写，又出于政治需要，力图将这一风流故事写成"发乎情，止乎礼"道德剧，正是明初礼乐文化建设的自觉表现。

　　把一个风流故事拉入道德的轨道，这种自觉的道德意识虽然可以认为是朱权作为藩王的自觉行为，但这种道德自律并非藩王所独有。在明初，社会秩序初建时的种种需要，文学中宣扬儒家道德伦理就成为一种普遍现象。这既是统治者文化政策的要求，也是作家迎合时代的自觉或不自觉的行为。

二、喜庆热闹的场面——宫廷剧风格

　　朱权作为一位藩王，自然有锦衣玉食供奉，写作杂剧只是寄情与自娱而已。他的杂剧展现出宫廷文化的华贵、庄重与典雅。由于朱权的特殊经历，他的杂剧题材多是历史故事和神仙道化剧，还有一些风情故事。剧中弥漫着浓郁悠闲的贵族气质，体现出其贵族化的生活情调和审美意趣。在他的杂剧中，经常使用队舞形式，烘托喜庆、热闹、华丽的气氛，如《私奔相如》中，第一折众人相送的壮观场面，第四折衣锦还乡、荣归故里时的热烈气氛。即使在后期倍受打击中创作的升仙杂剧《冲漠子独步大罗天》也一样少不了这样的描写。众仙齐聚迎接冲漠子的画面，有各种舞队，鼓乐齐奏，场面热闹。仙境则风景明丽、雍容华贵。作者善于描摹烘托一种氛围热烈、气势恢弘的场面，

---

① 姚品文：《朱权研究》，南昌：江西高校出版社，1993年，第228页。

以显示皇家气象。如第四折，众仙齐迎冲漠子：

　　【三换小梁州】琳琅仙籁响天球，玉宇初秋，桂花明月挂朱楼。香风透，帘控紫金钩。旌旗剑戟遮前后，坐轩车衮冕珠旒。锦绣裘，金襕袖，玉骢驰骤。门外拥貔貅，龙盘虎踞江山秀，镇皇图永沐天休。物咸亨，人皆寿，万岁乐千秋。满天星斗明如画，玳瑁筵前排列珍馐，弦索�笙箫奏，众音合凑，宜唱三换小梁州。

琼楼玉宇，衮冕珠旒，玉骢驰骤，金章紫绶，《冲漠子独步大罗天》中的天宫，俨然就是人间皇宫的写照。

《冲漠子独步大罗天》还表现了朱权刻意躲避人间是非的超脱，如第四折中的两支曲子，"【七兄弟】今日驾舟弱流，醉琼浆有黄鹤对舞仙音奏，彩鸾和锦筝挡，铁笛声吹彻江梅瘦"。"【梅花酒】呀！花插在鬓头，饮兴方酬，乐以忘忧……"。这是他诗酒欢娱、怡然自得的贵族闲适生活的写照。

朱权的杂剧和他的侄子宪王朱有燉杂剧一样，体现了作为藩王的贵族化气质，彰显出宫廷文化的娱乐性、享乐性。他们将贵族气质和生活情趣渗透到作品之中，长于表现贵族生活的华贵、庄重与典雅，也善于描述歌舞升平、饮酒欢娱的奢靡生活。这种现象，既是宗室文学理应有的歌功颂德的要义，又可看作贵族阶层消闲文学的悠游自在的反映。

三、传承与创新——规矩谨严

朱权戏剧从题材可分为两类：历史故事剧和神仙道化剧。前期主要是历史故事剧如《肃清瀚海》《私奔相如》《九合诸侯》等。后期则主要是神仙道化剧，主要有《冲漠子独步大罗天》《淮南王白日飞升》《瑶天笙鹤》。

明代宫廷杂剧内容相对空泛，但排场一般都比较热闹，偏重于以形式取胜。一般是上场人物较多，场面热闹，通过插入各种神仙法术和打斗场面来吸引观众，穿插歌舞表演来增强场上效果，活跃场上气氛，冯沅君《古剧说汇》考察过元代北杂剧的出场人数，他说宋杂剧脚色不过四五人，元杂剧则人数增多，每场从三人到八人、九人的都有，升值、甚至每场十一人、十二人的也有，但不多见。[1]而明宫廷杂剧则不同，上场人物繁多，又是同时登场的人数多达几十人，场面宏大。

剧本形式体制的程式性。明初宫廷戏在宫调使用上，比元杂剧更加简化。一般只用八个宫调，每部杂剧第一折均用仙吕宫，最后一折用双调，第二、三折用正宫、中吕、南吕或越调。朱权杂剧也具有此模式。《卓文君》四折分别用仙吕宫、南吕、越调、双调，《冲漠子》四折分别用了仙吕宫、中吕、正宫、双调。曲牌的组成上，单曲数量明显少于元杂剧，淘汰了元剧中一些不常用的曲牌。全部简省元杂剧的各种尾声曲牌，统称为尾声。末折如果是双调，不用尾声，而以〔收江南〕、〔离亭筵〕单曲作尾。两个杂剧末折全用双调，用新水令、雁儿落、得胜令、殿前欢、水仙子、折桂令、收江南等曲子，这些基本上是属于团圆喜庆的曲子。《冲漠子》剧的主人公被天仙度脱，白日飞升，皆大欢喜。作为神仙度脱剧，照例安排这样的大团圆结局，这种结尾方式符合中国传统的欣赏习惯和美学追求。

但和朱有燉杂剧相比，朱权杂剧还有自己的特点，一是在题材上，朱权十二种杂剧里有历史故事剧、升仙剧和风情故事，却没有庆赏剧。这反映出在迎合政治教化和宫廷娱乐的程度上，朱权比起他的侄子来要弱，可以看出二者所处境遇的不同以及思想境界、审美追求的差异。二是朱权杂剧既具有浓厚的抒情写意的文人剧特质，同时也更多地注重杂剧本身的故事性。其关目安排，情节推进章法谨严，不枝不蔓。如《冲漠子》本为度脱剧，第一折吕洞宾张真人上场点明度化冲漠子；第二折集中写点化冲漠子的步骤：传授《悟真篇》，为其锁住心猿意马，去其酒色财气，逐去三尸之虫；第三折写吕、张扮渔樵再试冲漠子道心。作者把点化冲漠子的步骤这种比较深奥而缺乏趣味的道家秘术集中在一折之中，这种安排很紧凑，不至于冲淡杂剧故事主体的叙述，这与朱权深厚戏剧理论和写剧艺术有密切关系。

---

① 冯沅君：《古剧说汇》，北京：作家出版社，1956年，第53页。

　　朱权杂剧语言清丽，风格高古，大有元人之遗风，近人王季烈在谈到《卓文君》时，言其"皆绝妙俊语，有元人之古朴，而无元人粗野之弊，有明人之工丽，而无明人堆砌之病"。[①] 评价甚高。但客观而言，朱权杂剧缺点也很明显。其一，由于朱权学识深厚，尤其在历史知识和道学修养上，不免在剧中矜才炫技，如《卓文君》中曲文大量历史人物及典故、《冲漠子》第二折中的道教修炼知识，第四折群仙所唱冲漠子做的十二曲蟾宫词，从一到十，依序排列。要么炫耀广见博识，要么纯粹作游戏文字，在一定程度上损害了作品的通俗性，也降低了作为舞台剧的演出效果。其二，个别情节尚有芜杂之嫌。如《卓文君》第一折父老与相如就出处、功名的论辩，楔子之文君驾车之事，第三折文人李孝先的出场，这些情节游离于故事主体之外，多属赘文，但这正是朱权杂剧文人化带来的弊病。

---

　　① 王季烈：《孤本元明杂剧》，北京：中国戏剧出版社，1957年，第51页。

附录二　朱有燉年谱简编

洪武十二年　己未　1379 年

正月十九日，朱有燉出生。朱元璋第五子周定王朱橚嫡长子，朱橚是年十九岁。母定王妃冯氏，宋国公胜之女，洪武十一年正月初一册封。

《明实录·明英宗实录》卷五十五："周宪王有燉，周定王嫡长子，母妃冯氏。洪武十二年生，二十四年册封为世子。"

《明实录·明太祖实录》卷一百二十二，《开封府志》卷七中关于朱有燉的生年同《英宗实录》相同。

《弇山堂别集》卷三十二："周定王橚，太祖第五子，妃，冯氏，征虏大将军宋国公冯胜女，洪武十一年正月初一册封"。

洪武十三年　庚申　1380 年　二岁

二月，二弟汝南王有爋生。

五月，外婆何氏卒于开封。

《明实录·明太祖实录》卷一百三十："洪武十三年五月二日壬戌朔，丙寅，皇第八孙有爋生，周王第二子也。"

《明实录·明太祖实录》卷一百三十一："癸巳，宋国公冯胜夫人何氏卒。"

洪武十四年　辛酉　1381 年　三岁

十月，周定王朱橚就藩开封，举家由凤阳迁至开封。

《明史》卷一一六："十一年，改封周王，命与燕、楚、齐三王子驻凤阳。十四年就藩开封，即宋故宫地为府。"

《明实录·明太祖实录》卷一百三十九："洪武十四年，冬十月壬子朔。是月，召周王橚之国。"

万历《开封府志》卷六"藩封"条："周定王橚，洪武三年，封吴王，十一年，改封于周，十四年，之国开封。"

王鸿绪《明史稿》列传第三："周定王橚，太祖第五子，母高皇后也"。幼育于孙贵妃。洪武三年封吴王，七年，有司请置护卫于杭州，帝曰：'钱塘财赋地，不可封。'罢，护卫勿置，改封周王。十四年，就藩开封，即宋故宫为府。"

洪武十五年　壬戌　1382 年　四岁

八月，皇后马氏崩。九月庚午葬孝陵，谥曰孝慈皇后。

《明史》卷一一三："洪武十五年八月，寝疾。群臣请祷祀，求良医……帝恸哭，遂不复立后"。

《明史》卷一一三："是年九月庚午葬孝陵，谥曰孝慈皇后……"

洪武十八年　乙丑　1385 年　七岁

五月，周定王橚第三子有烜生。

八月，外祖父冯胜与傅友德、蓝玉备边北京。

《明实录·明太祖实录》卷一百七十三："洪武十八年五月辛酉，己丑，皇第二十孙有烜生，周王第三子也。"

《明史》卷三："洪武十八年八月庚戌，冯胜、傅友德、蓝玉备边北平。"

洪武十九年　丙寅　1386 年　八岁

冬，外祖父冯胜再度率兵防边。

《明史》卷三："洪武十九年十二月，命宋国公冯胜防边。"

洪武二十一年　戊辰　1388 年　十岁

春，以开封府所收税赐周王，因有人上书谏阻，停周王之赐。

九月，父周王橚等九王至京。

《明实录·明太祖实录》卷一百八十八："春，癸未，以开封府所收税赐周王；青、兖、长沙三府税赐齐、鲁、潭三王。既而，有上开封府税课之数，乃停周王之赐。"

《明史》卷三："秋九月，秦、燕、周、楚、齐、潭九王来朝。"

洪武二十二年　己巳　1389 年　十一岁

正月丙戌，父周王橚被任命为宗人府左宗人。

十二月，朱橚擅自离开封地到凤阳，太祖大怒，将其谪迁云南，后中止，留京师，让世子朱有燉署理周王府事。

《明实录·明太祖实录》卷一百九十五："改大宗正院为宗人府，以秦王为宗人令，晋王为左宗正，今上为右宗正，周王为左宗人，楚王为右宗人。"

《明史》卷三，本纪第三，太祖三："洪武二十二年春正月丙戌，改大宗正院曰宗人府，以秦王樉为宗人令，晋王棡、燕王棣为左右宗正，周王橚、楚王桢为左右宗人。"

《明史》卷三："（洪武二十二）十二月甲辰，周王橚有罪，迁云南，寻罢徙，留居京师。"

《明实录·明太祖实录》卷一百九十八："甲辰，以周王橚擅弃其国来居凤阳，谪迁云南。遣使敕西平侯沐英曰：'周王迁镇云南，至日择第居之。应有军民之务，尔英自理之。'"

《明史·诸王列传》卷一百一十六："二十二年，橚弃其国来凤阳。帝怒，将徙之云南，寻止。使居京师，世子有燉理藩事。"

《明史稿》列传第三："二十二年，橚弃其国，来凤阳，帝怒，徙之云南，命豫王桂居其邸，寻止勿徙，使居京师，世子有燉理藩事。"

洪武二十三年　庚午　1390 年　十二岁

七月，河决开封。

九月，赐朱有燉金宝。

《明史》卷三："洪武二十三年秋七月壬辰，河决开封，赈之。"

《明史》卷八十三《河渠志》："其秋决开封、西华诸县，漂没民舍，遣使赈万五千七百余户。"

《明实录·明太祖实录》卷二百四十:"九月,戊午,诏礼部铸秦、晋及周世子金宝各一。每宝用黄金十五斤,寻命秦世子宝且停铸。"

洪武二十四年　辛未　1391年　十三岁

三月,朱有燉正式被册封为周世子。

十二月,父周王橚归藩河南。

是年,南昌府儒学训导曾恕为周府右长史。

《明实录·明太祖实录》卷二百零八:"洪武二十四年,三月戊子朔,日有食之。周世子有燉,受册宝,上表谢。"《正统实录》也载。

《明史》卷一一十六:"周定王橚,太祖第五子……洪武二十四年十二月敕归藩。"同书卷三:"(洪武二十四)十二月庚午,周王橚复国。"

《今言》第二百八十九条:"是年,擢宁海儒学训导阁文为燕府右长史,南昌儒学训导曾恕为周府左长史,徽(礼部尚书詹同徽)言:'训导秩满例升教谕,今授长史越资,宜试职。'上曰:'师儒职虽卑,其道则尊,不可以资格论。'遂实授,仍赐冠带文绮袭衣。"

洪武二十五年　壬申　1392年　十四岁

正月,河决开封。同月,周王橚来朝。

周府开辟东书堂,延请刘淳为之师,教朱有燉读书。

十二月,四弟有爋、五弟有熺生。

《河南通志》卷十四:"洪武廿五年正月河决开封府之阳武县,浸淫及于陈州、中牟、原武、封丘、祥符……"

《明实录·明太祖实录》卷二百五十:"洪武二十五年春正月,戊子,周王橚来朝。"

《国朝献征录》卷一百零五《周府长史刘先生淳传》:"洪武廿五年(刘淳)以原武令陈义荐为邑学训导,周府辟东书堂,请刘淳为之(有燉)师。"

《明实录·明太祖实录》卷二百二十三:"戊申,皇第三十五孙有爋生,周王第四子也。""乙亥,皇第三十六孙有熺生,周王第五子也。"

洪武二十六年　癸酉　1393 年　十五岁

四月，有燉随其父朱橚到京师。

八月，洪武皇帝寿，周王橚再至京师。

《明实录·明太祖实录》卷二百二十七："戊子周王橚及其世子有燉来朝……戊戌，周王橚及其世子有燉还国，赐其从官军士钞有差。"

《明实录·明太祖实录》卷二百二十九："八月甲午朔，癸卯，召秦王樉、晋王㭕、今上、周王橚、齐王榑期以八月十二日至京师。""庚申，天寿圣节，上御奉天殿受朝贺，大宴群臣。""丙寅，秦、晋等十王还国，赐其从官侍卫钞锭有差。"

《明史》卷三："夏四月乙亥，戊子，周王橚来朝。"

洪武二十七年　甲戌　1394 年　十六岁

春正月，皇帝颁诏，为皇孙谋婚。明制，诸王子孙年十五者必婚，是年朱有燉十六岁，故其中当包括有燉。

冬，周是修为周府奉祀正。

《明实录·明太祖实录》卷二百三十一："上以皇孙及诸王世子、郡王年渐长未婚，……年十四以上十七以下，有容德无疾而家法良者，令有司礼遣之。俾其父母亲送至京，选立为妃……"

《明史》卷一四三："周是修，名德，以字行，泰和人。洪武末，举明经，为霍丘训导。太祖问家居何为。对曰：'教人子弟，孝弟力田。'太祖喜，擢周府奉祀正。"《刍荛集》卷五《湖天远思诗》序、杨士奇《周是修先生传》也载有此事。

洪武二十八年　乙亥　1395 年　十七岁

正月，父周王橚率河南马步官军三万四千余人，往塞北筑城屯田。

二月二十三日，册封兵马指挥使吕贵女为周世子有燉妃。

九月册封有爌为汝南王，同月，册封燕王长子朱高炽为燕世子，朱有燉遵太祖皇帝之命入舍与燕世子、秦世子、晋世子同学。

《明实录·明太祖实录》卷二百三十六："洪武二十八年正月，辛亥，遣使敕周王橚发河南都指挥使司属卫马步官军，往塞北筑城屯田。"

《明史》卷三也载有此事。

《明实录·明太祖实录》卷二百三十六："二月乙丑，丙戌，册兵马指挥使吕贵女为周世子有燉妃。"

《明实录·明太祖实录》卷二百四十一："洪武二十八年九月壬辰朔，戊午，册周王第二子有爋为汝南郡王。"

《明实录·明仁宗实录》："仁宗，文皇帝嫡长子……廿八年闰九月壬午，受金册金宝，命为燕世子。太祖皇帝思宗藩之重，特召秦、晋、燕、周四世子朝夕亲教训之，历试诸事……"

《明史》卷八："洪武二十八年册（高炽）为燕世子，尝命与秦、晋、周三世子分阅卫士，还独后，问之，对曰：'旦寒甚俟朝食而后阅，故后。'"

洪武二十九年　丙子　1396年　十八岁

二月，受命率领河南都司精锐巡逻北平关隘。

《明史》卷三："洪武二十九年春，二月，辛亥，燕王棣帅师巡大宁，周世子有燉帅师巡北平关隘。"

《明实录·明太祖实录》卷二百四十四："辛亥宁王权言，近者骑兵巡塞，见有脱辐遗于道上，意胡兵往来，恐有寇边之患。上曰：'胡人多奸，示弱于人，此必设伏以诱我军。若出军追逐，恐堕其计。'于是敕令今上（成祖）选精卒壮马抵大宁，全宁沿河南北觇视胡兵所在，随宜掩击，仍敕周王橚令世子有燉率河南都司精锐往北平塞口巡逻。"明人郑晓《今言》第一百零六条也载有此事。

洪武三十一年　戊寅　1398年　二十岁

闰五月十日，洪武皇帝朱元璋驾崩于西宫，寿七十一。

六月，建文帝与齐泰、黄子澄等人谋划削藩。朱有爋告父周王橚有变。

七月，朱橚被削爵，发往云南蒙化。

九月，周府纪善周是修因谏周王得免，由开封来京。

《明实录·明太祖实录》卷二百五十七："洪武三十一年闰五月……

乙酉，上崩于西宫……寿七十一。"

《明史》卷三："闰月癸未，帝疾大渐。乙酉，崩于西宫，年七十有一。"

《明史》卷一一六："建文初，以橚燕王母弟，颇疑惮之。橚亦时有异谋，长史王翰数谏不纳，佯狂去。橚次子汝南王爋告变，帝使李景隆备边，道出汴，猝围王宫，执橚，窜蒙化，诸子并别徙。已，复诏还京，锢之。"

《明实录·明太宗实录》卷一："未几，果有言周王不法者。遂遣曹国公李景隆率兵至河南，围王城，执王府寮属，驱迫王及世子阖官皆至京师，削王爵为庶人，迁之云南，妻子异处，穴墙以通饮食，备极困辱。"

《明史纪事本末》卷十五："洪武三十一年六月，户部侍郎卓敬密奏裁抑宗藩，疏入不报，于是燕、周、齐、湘、代、岷诸王颇相煽动，有流言于朝，帝患之，谋诸齐泰，泰与黄子澄首建削夺议，乃以事属泰、子澄。……乃命曹国公李景隆调兵猝至河南，围之，执周王及世子嫔妃送京师，削爵为庶人，迁之云南。"他如王鸿绪《明史稿》本纪四也有记载，略同。

《明史》卷一四三："是修以尝谏王得免，改衡府纪善。"

《刍荛集》卷四《湖天远思诗》序："戊寅，秋九月，余由汴还朝，改衡府纪善，留京邸。"

建文元年　己卯　1399 年　二十一岁

七月，燕王棣率兵靖难，建文帝宣誓征讨燕王。

《明史》卷四，本纪四："秋七月癸酉，燕王棣举兵反，杀布政使张昺、都司谢贵。"建文帝祭天宣誓征讨燕王。

《明史》卷五，本纪五："建文元年夏六月，燕山百户倪谅告变，逮官校于谅、周铎等伏诛。下诏让王，并遣中官逮王府僚，王遂称疾笃。都指挥使谢贵、布政使张昺以兵守王宫。""秋七月癸酉，匿壮士端礼门，绐贵、昺入，杀之，遂夺九门。上书天子指泰、子澄为奸臣，并援《祖训》'朝无正臣，内有奸恶，则亲王训兵待命，天子密诏诸王统领镇兵讨平之'。书既发，遂举兵。自署官属，称其师曰'靖难'。拔居庸关，破怀来，执宋忠，取密云，克遵化，降永平。二旬众至数万。"

建文四年 壬午 1402年 二十四岁

正月，周王从云南蒙化被召回南京。

六月，燕王攻入南京，周王橚与燕王相见，燕王为其复爵。

九月，朱有燉自云南来南京，永乐帝嘉其孝行，撰《纯孝歌》，赐之。

此年刘淳升为周王府右长史。

《明史》卷四，本纪四："春正月甲申，召周庶人于蒙化，居之京师。"

《明实录·明太宗实录》卷九下："上虑朝廷加急，加害周、齐二王，遣骑兵千余，驰往卫之，周王初不知上所遣，仓卒惶怖，既知，乃喜曰：'我不死矣！'来见，上出迎之，周王见上拜且哭之。上亦哭，感动左右……上慰遣周王归第……己巳，复周王橚，齐王榑爵。"

《明实录·明太宗实录》卷十二下："洪武三十五年九月庚寅，周世子有燉自云南来朝，赐钞二万锭。"

《国朝献征录》卷一百零五李濂《周长史刘先生醇传》："壬午，右长史缺，王疏荐于朝，允之。"

永乐元年 癸未 1403年 二十五岁

正月，二弟有爋因告发父亲不轨被安置云南大理，正式下诏复周王位。朱有燉复为周世子，又加赐币。

四月，朱有燉由南京返开封。

六月。朱有燉又至南京，逗留七日而还。

《明实录·明太宗实录》卷十六："正月戊子，命汝南王有爋居云南大理……建文中尝告父不轨，至是不容于父，遂有是命。"

《明实录·明太宗实录》卷十六："永乐元年，春正月己卯朔。辛卯，大祀天地于南部，上还御奉天殿，文武群臣。行庆成礼，以复周王橚、齐王榑、代王桂、岷王楩旧封，诏告中外……癸卯，命周王橚之国，赐钞一万锭。"

《明史》卷五十二，志五，太宗皇帝："（《复封诸王诏》）是用复封周王于河南……周王世子有燉，复为周世子……永乐元年正月十三日。"

《明实录·明太宗实录》卷一十九："丙寅，周世子有燉、顺阳王有烜、楚世子……俱辞归，赐赉有差，及赐其从官钞。"

永乐二年　甲申　1404 年　二十六岁

八月十五日，《张天师明断辰钩月》杂剧撰完。

九月，周王橚至京献驺虞。

十一月，朱有燉至京朝见永乐帝。

《张天师明断辰钩月》引辞："暇日，因见元人吴昌龄所撰《辰钩月》传奇，予以为幽明会合之道，言之木石之妖，或有此理。若以阴阳至精之正气……亦制《辰钩月》传奇一本，使付之歌喉，为风月解嘲焉。永乐二年岁在甲申仲秋中浣书。"

《国朝献征录》卷一"周王橚"条："永乐二年，来朝献驺虞。《明史》卷六，胡俨《驺虞赋》、夏良胜《中庸衍义》卷四、《禹州志》卷三十、王鸿绪《明史稿》列传第三亦载此事。"

永乐三年　乙酉　1405 年　二十七岁

春，撰《神垕山神庙瑞兽碑》。

四月，有燉再至京师，成祖命皇太子宴于文华殿，在京逗留十二天。

七月，朱橚违反礼法，在封地外州县张贴榜文，号令地方，为地方官上奏，成祖赐书切责，要其"行事存大体，毋贻人讥议。"

清代黄叔璥《中州金石考》卷二："明，神垕山神庙瑞兽碑，永乐三年周世子撰。"

明万历曹金修纂《开封府志》卷十五"神垕山神庙"条载："神垕山前，永乐二年建，周宪王记。"

《明实录·明太宗实录》卷四十一："永乐三年夏四月，丙子，周世子有燉来朝，命皇太子宴于文华殿，其从官宴于西庑。""丁亥，周世子有燉、宁化王济焕、长山王贤烸辞归，命皇太子赐之，其从官赐钞如例。"

《明实录·明太宗实录》卷四十六："永乐三年九月，赐周王橚书曰：比浙江布政司言王府所遣内官擅调湖州官军及用箭镞烧烙无罪人……今死已数人而报不至，若复数日不报，死者益多，此事终何以明也？"同书卷三十六，卷十八亦载此事。

永乐四年 丙戌 1406年 二十八岁

春，完成《甄月娥春风庆朔堂》杂剧创作。

二月，创作完成《元宫词》一百首。

四月，有燉妃吕氏去世。是月，有燉朝京，皇太子宴于文华后殿，并厚赐还国。

《春风庆朔堂传奇》引辞："虽然是编之作，聊复助文人才士席间为一段风流佳话耳。所谓'诗人老笔佳人口，再喧春风到眼前。'永乐岁在丙戌孟春良日书。"

张海鹏所辑《宫词小纂》前有朱有燉小序："永乐元年……故予诗百篇，皆元宫中事实，亦有史未曾载，外人不得而知者，遗之后人，以广多闻焉。永乐四年春二月朔日，兰雪轩制。"

永乐五年 丁亥 1407年 二十九岁

八月，有燉奉父命率诸子弟至京致祭。夏云英被选为周世子宫人。

《明实录·明太宗实录》卷六十七："丙午，周王橚遣世子有燉、楚王桢遣世子孟烷及僚王植、宁王权、谷王穗、鲁王肇辉、各遣中官祭。"

《夏氏云英墓志铭》："宫人讳云英，青州府莒州人……年十三，选为周世子宫人……宫人生于大明洪武二十八年五月八日"。由此推断，入周府是在永乐五年。

永乐六年 戊子 1408 三十岁

二月，撰成《惠禅师三度小桃红》杂剧和《神垕山秋狝得驺虞》。

《小桃红》引辞："予昔于南中见小桃记，其文章典雅，事理清晰，……偶于暇日编作传奇，付之秦娥为一畅，其音律流于耳和于心，以发扬其蕴藉耳，岂不快哉，故为引。永乐六年岁在戊子仲春良日书。"

《神垕山秋狝得驺虞》引辞："今之咏驺虞者，诗、词、文、赋，何啻千百，但以去古既远，欲以诗词付之歌咏之声，人莫能也。予因暇日，特以时曲，用其俗乐，概括诗词之意，编作传奇，使人歌之，以赞扬太平之盛事于万一耳。故为引。永乐六年岁在戊子九月重阳书。"

永乐七年 己丑 1409 年 三十一岁

春月，朱有燉撰写完成《李亚仙花酒曲江池》杂剧。

《李亚仙花酒曲江池》引辞："遂因陈迹，复继新声，制此传奇，以嘉其行也。就用书中所载李娃事实，备录于右云。"末署"永乐己丑谷雨前一日书。"

永乐八年 庚寅 1410 年 三十二岁

二月，四妹南阳郡主薨。

五月，开封大雨，黄河泛溢，坏开封旧城，灾民达一万四千一百余户，淹没田地七千五百余顷。

《明实录·明太宗实录》卷一百零一："永乐八年，二月戊戌朔，甲辰，南阳郡主薨，讣闻，上辍视朝一日，赐祭，命有司治丧葬，主，周定王第四女也。"

《河南通志》卷十四："永乐八年五至八月淫雨，黄河泛溢，坏开封旧城，被患者万四千一百余户，没田七千五百余顷……"

康熙本《开封府志》卷六："永乐八年，河南守臣，请修汴梁坏城……上谕工部侍臣曰：'汴梁迫黄河，不免冲决之患，此国家之藩屏之地，不可以缓'。且闻黄河水增三尺，其急遣人往视之。"

永乐九年　辛卯　1411年　三十三岁

三月，九妹封宁陵郡主，嫁钱钦，十一妹封陈留郡主，嫁冯训。二妹同时出嫁。

《明实录·明太宗实录》卷一百一十四："永乐九年三月，甲子，封周王橚第九女为宁陵郡主，第十一女为陈留郡主，而命钱钦冯训为中奉大夫、宗人府仪宾，以宁陵郡主配钦，陈留郡主配训钦仪卫司典仗兴之从子、训州同知思恭之子。"

永乐十年　壬辰　1412年　三十四岁

九月，九妹宁陵郡主薨。

《明实录·明太宗实录》卷一百三十二："永乐十年九月，壬寅，宁陵郡主薨，讣闻，赐祭，命有司治丧葬，主，周定王第九女。"

永乐十一年　癸巳　1413年　三十五岁

七月，祥符王有爝妃徐氏薨。不久，三妹信阳郡主薨。

八月，八妹新乡郡主薨。

《明实录·明太宗实录》卷一百四十一："永乐十一年秋七月，戊寅朔、乙酉，祥符王有爝妃徐氏薨，讣闻，遣官赐祭，命有司治丧。"

《明实录·明太宗实录》卷一百四十一："戊戌，信阳郡主薨，讣闻，遣官致祭，命有司治丧葬，主，周定王第三女也。"

《明实录·明太宗实录》卷一百四十一："永乐十一年，八月丁未朔，辛未，新乡郡主薨，讣闻，遣官赐祭，命有司治丧葬，主，周定王第八女也。"

永乐十二年　甲午　1414年　三十六岁

七月，十妹宜安郡主出嫁。

十二月，十一妹陈留郡主薨。

《明实录·明太宗实录》卷一百五十五："永乐十二年九月，丙戌，封周王橚第十女为宜安郡主，命蔡义为中奉大夫、宗人府仪宾，以宜安郡主配之。义，河南右护卫千户蔡显之子。"

《明实录·明太宗实录》卷一百五十九："永乐十二年，十二月庚午朔，乙亥，陈留郡主薨，讣闻，遣官致祭，命有司治丧。主，周定王第十一女也。"

永乐十三年 乙未 1415 年 三十七岁

六月，三弟有烜去世。

《明实录·明太宗实录》卷一百六十五："永乐十三年，夏六月，丙寅朔，戊寅，顺阳王有烜薨，讣闻，辍朝一日，谥曰怀庄，赐祭，命有司治丧葬。有烜，周定王第三子也。"

永乐十四年 丙申 1416 年 三十八岁

七月，《东书堂集古法帖》十卷刊刻完毕。

八月，撰《关云长义勇辞金》杂剧。

《东书堂集古法帖》宪王序："予侍亲之暇，每阅古贴文，文多不全或有此而缺彼，或取伪而弃真，或装池失次，或模拓不工，往往难于临习，因自不揣愚拙，集各家之字，考各代之书，并所得真迹，以尝临者临之，未尝临者摹之，集为十卷，勒之于石，以便自观，非敢示于人以为学也，集成，名之曰《东书堂集古法帖》。永乐十四年七月三日书于东书堂之兰雪轩。"

《关云长义勇辞金传奇》引辞："予每读史，至关羽辞曹操而归刘备，未尝不掩卷三叹以为云长忠义之诚，通于神明……乃云长忠义之心，精诚所至，若虎与虏辈自不能加害耳，宜乎后世载在祀典，为神明，司灾福，正直之气，长存于天地之间也，予嘉其行，为作传奇，以扬其忠义之大节焉，故为引。永乐岁在丙申八月朔日书。"

永乐十五年 丁酉 1417 年 三十九岁

七月，《兰亭序修禊序帖》一卷刻成。

冬，于黄河之北封丘之野得海东青，作《海东青赋》。朱有燉跋云："右王羲之修被禊帖，为古今书法第一，自唐以来，摹拓相尚，各有不同，……读书之暇，惟自以为清玩，非敢遗示于人，以为楷式也。永乐十五年岁在丁酉七月中浣书。"

《海东青赋》序前署："永乐十五年仲冬黄河之北封丘之野得海东青，作《海东青赋》。"

永乐十六年　戊戌　1418年　四十岁

六月，朱有燉宫人夏云英卒，朱有燉悲痛欲绝，亲自为其撰墓志铭一篇，并作《云英诗》等诗及《鹧鸪天》词一首。

永乐十七年　己亥　1419年　四十一岁

九月，五妹永城郡主薨。

《明实录•明太宗实录》卷二百一十六："永乐十七年九月，戊辰，永城郡主薨，讣闻，遣官赐祭，命有司治丧葬，主，周定王第五女也。"

永乐十八年　庚子　1420年　四十二岁

十月，周王谋反被告发，明成祖遣心腹"察之有验"。

《明史》卷一一六，列传四："十八年十月有告橚反者。帝察之有验。"

《明实录•明太宗实录》卷二百三十："永乐十八年，冬十月丙申朔享，庚子，召周王橚以明年二月至京，先是护卫军俺三等屡告橚谋不轨，上未之信，遣人询查非妄，故有是命。"沈德符《万历野获编》卷四亦载此事。

永乐十九年　辛丑　1421年　四十三岁

二月，召周王入京对质，周王无言以对，"唯顿首称死"，成祖放还回藩。

七月，十妹宜安郡主薨。

《明史》卷一一六，列传四："十八年十月，有告橚反者。帝察之有验。明年二月召至京，示以所告词。橚顿首谢死罪。帝怜之，不复问。橚归国，献还三护卫。"

《明实录•明太宗实录》卷二百三十四："永乐十九年二月，丙午，周王橚至京师。上以俺三等所告不轨之词示之，橚顿首言死罪。上以至亲故优容不问。《罪惟录》列传四，《国朝献征录》卷一，《横云山人集》列传三，亦载有此事。"

《明实录·明太宗实录》卷二百三十九："永乐十九年秋七月辛酉朔，甲戌，宜安郡主薨，讣闻，赐祭，命有司治丧葬。主，周定王第十女，配仪宾蔡宜云。"

永乐二十年　壬寅　1422 年　四十四岁

春，撰成《李妙青花里悟真如》杂剧。

六月，周王妃冯氏薨。

《李妙青花里悟真如》引辞"使夫柳翠岂特专美于前耶。不宁唯是，且其孀居守志，不污其行，与良人妇女犹且难得，今娼妓之中乃能有此，于风教岂已少补哉。因评其事实，编作传奇，用寿诸梓，庶不泯其贞操，以为劝善之一端云。永乐岁在壬寅仲春良日书。"

《明实录·明太宗实录》卷二百五十："丁卯，周王妃冯氏薨。讣闻，皇太子遣官致祭，命有司治丧葬。"冯氏，二弟有爋母。

永乐二十一年　癸卯　1423 年　四十五岁

七月，有燉母冯妃薨，葬河南均州明山之上。

王世贞《弇山堂别集》卷三十二："（周王橚）妃冯氏，征虏大将军宋国公冯胜女，洪武十一年正月初一日册封，永乐二十一年七月十四日薨，合葬明山。"

洪熙元年　乙巳　1425 年　四十七岁

三月，周定王橚有疾。

闰七月，周定王橚薨，终年 65 岁，谥曰定，与其妃冯氏合葬在明山上。

十月二十五日，册周世子有燉为周王。

十一月，有燉因父丧朝廷有赐上书谢恩，上复书止之。

《明实录·明仁宗实录》卷八上："洪熙元年三月辛未朔，乙酉，周王橚奏有疾，求所乏药，如数给之，仍遣人望问。"

《明实录·明宣宗实录》卷六："洪熙元年闰七月，癸丑朔，甲寅，周世子有燉奏父周王疾剧，上恻然，遣少监金满驰往问之，且致书世子，卑躬视药食，谨调护。丁巳，周王橚薨，……年六十五。上闻讣，辍视朝二日，遣官赐祭，命有司治丧事，谥曰定。"

《明史》卷一一六，列传三："周定王洪熙元年薨，葬于禹州之明山。"管竭忠本《开封府志》卷三十四载，万历本《开封府志》卷六均载此事，略同。

《明实录·明宣宗实录》卷十："洪熙元年，冬十月，丙寅朔，庚寅，命新宁伯潭忠，行在礼部右侍郎张英为正副使，持节册周世子有燉为周王。"

《明实录·明宣宗实录》卷十一："洪熙元年十一月，丙申朔，周王有燉以父定王薨朝廷赐葬祭，奏请同诸弟诣阙谢恩，复书止之。"

宣德元年　丙午　1426年　四十八岁

五月，有燉上书请册巩氏为妃，上从之。

七月，有燉因其弟受封事向皇帝上书称谢，皇帝复书阻之。

十一月，汝南王有勋几次上书，劾奏其兄朱有燉之过。宣宗差知诬奏，致书朱有燉予以安慰。

《明实录·明宣宗实录》卷十七："宣德元年五月，甲午朔，周王有燉奏妃位久虚，无以相祀事，宫人巩氏由良家子入宫已久，能执妇道，请册为妃，从之。"

《明实录·明宣宗实录》卷十九："宣德元年秋七月，壬辰朔享，周王有燉奏诸弟遂平王有颍等承赐名锡封请诣阙谢恩，复书止之。"

《明实录·明宣宗实录》卷二十二："己酉……汝南王有爋数奏其兄周王有燉之过。上知有爋之曲也。遣书谕有燉曰：'过虽在彼，叔宜笃爱弟之心，不足与较。'因谓侍臣曰：'人之兄弟所以失和者，多因谗言致忿，驯至阋墙，浸成大恶。当念同气至亲，各生爱敬矣，则自然和谐。'"

宣德三年　戊申　1428 年　五十岁

三月，有燉上奏朝廷欲建周王府宗庙，及请母亲冯氏封谥。

四月，有燉遣长史郑义等至京贺立中宫。同月，宣宗致书朱有燉，召新安王朱有熺至京，对质祥符王朱有爝谋反事。

五月，事明，原系汝南王有爌、新安王有熺同谋伪造祥符王印信，嫁祸于人，陷害宪王有燉，按律当绞，因念骨肉至亲，贬为庶人。

《明实录·明宣宗实录》卷四十："宣德三年三月癸巳朔，甲午，周王有燉奏欲建本府宗庙，请庙式、祭祀等仪，及母妃冯氏封谥。上谓行在礼部尚书胡濙曰：'此皆于礼不可缺者，庙制及礼仪，尔须详考制度，封谥令翰林院拟。'"

《明实录·明宣宗实录》卷四十一："宣德三年，夏四月癸丑朔，丁巳，周王有燉遣长史郑义等进彩币等物，贺立中宫，赐义等钞各三百贯，命行在礼部自今王府再有来贺者，悉准此例。"

《明实录·明宣宗实录》卷四十三记载尤详："宣德三年五月壬子朔，甲戌，汝南王有爌、新安王有熺有罪俱免为庶人，……祥符王至以书示之，祥符即言此必出有熺，具言有熺平日所为凶悖虚妄谤毁同气数事，遂捕得有熺所令伪造图书及写书送书之人，皆吐实无隐，乃召有熺面质之，诡谋实迹彰彰明白，有熺即引有爌实与同谋，盖计虑委曲多出有爌，召有爌至不能隐，即皆承伏，因并发露其两人平日奸谋，欲害周王而夺其位……"

宣德四年　己酉　1429 年　五十一岁

正月，撰写完成《群仙庆寿蟠桃会》杂剧。

三月，朝廷赐周王妃巩氏金册冠服。

《群仙庆寿蟠桃会》卷首小引："今年值予初度，偶记旧日所制南吕宫一曲，因续成传奇一本，付之歌。唯以资宴乐之嘉庆耳。宣德岁在己酉，正月良日书。"

《明实录·明宣宗实录》卷五十二："宣德四年三月，丁未朔甲子，遣行在礼部主事陈安赐周王妃巩氏金册冠服。"

宣德五年　庚戌　1430 年　五十二岁

三月，撰成《洛阳风月牡丹仙》杂剧。

谷雨后五日，《牡丹百咏》刊成。

十一月，《梅花百咏》刊成。

《洛阳风月牡丹仙》引辞："予于奉藩之暇，植牡丹数百余本，当谷雨之时，值花开之候，观其色香态度，编制传奇一帙，以为牡丹之称赏，……蕴藉风流之士，观斯丽则之音，亦当称赏焉。宣德五年三月谷雨前五日书。"

《牡丹百咏》引辞："牡丹为花中之魁，自唐以来诗人始盛称之，及宋天圣间，洛中诸公，尤多吟赏。……虽未足以揄扬太平之象，万物咸享之至音，而于形容花之情状无纤遗焉，因书此以为牡丹百咏引。"末署"宣德五年十一月长至日书。"

《梅花百咏》引辞："因念昔人皆有吟咏梅者，况予知梅为委悉，岂无一言以及之？遂用本书峰诗韵，亦赓百篇……宣德五年十一月长至日书。"

宣德六年　辛亥　1431 年　五十三岁

正月，撰写完成《天香圃牡丹品》《美姻缘风月桃源景》杂剧。

秋，《玉堂春百咏》一卷完成，《诚斋录》七卷完成。

《天香圃牡丹品》引辞："宣德庚午春，牡丹花时，予既作《牡丹仙传奇》，以为樽席间庆赏之音矣。……宣德六年清明日书。"

《美姻缘风月桃源景》引辞："予闻执事者尝言：老妪臧氏，河南武陟之人耶。其女名曰桃源景，流落于伎籍，尤善歌曲，精通乐艺，立志贞洁，不嫁娼夫。舍富而就贫，遂从良于一举子。及其试中授职知县，未几责为卒伍，既而复还原职。荣辱交至，臧氏之女，未尝失节，可嘉也矣。因执事者有请于予，遂详其事实制作传奇，为之赏音焉。宣德六年孟春良日书。"

《玉堂春百咏》引辞："花卉中有名玉堂春者，色如温玉，香腾蜜脾，非玫瑰蔷薇之等。予得数本，植于园圃。……诗成，复书此于卷首，以自解云。宣德六年岁在辛亥……"

卓人月《词统》收有朱有燉【鹧鸪天】《咏绣鞋》词一阕，后注云："宪王有《诚斋录》七卷，成于宣德六年，其咏牡丹、梅花、玉堂春七言律各百首，又著杂剧数种。"

宣德七年　壬子　1432年　五十四岁

三月十一日，周府正妃阁前牡丹开，朱有燉作南吕乐府《合欢牡丹》一章。

七月，朝廷应周王朱有燉所请，封他的六位侍姬施氏、陈氏、韩氏、欧氏、李氏、张氏皆为王夫人，并赐给开封府税课等。

十二月，朱有燉撰写完成《瑶池会八仙庆寿》和《孟浩然踏雪寻梅》杂剧两种。

南吕乐府《合欢牡丹》序云："宣德七年三月十一日，正妃阁前牡丹开二枝，合欢共萼，众皆称赏……予对花酌酒，制诗数篇，据几长歌，但得诗人之趣而未尽富贵之情也。乃命红儿执檀板，挥南吕乐府一章，为席间佐樽之乐。复写合欢牡丹一幅，并书乐府，以美妃之贤，感召此瑞也。"

《明实录·明宣宗实录》卷九十三："壬申封周王有燉侍姬施氏、陈氏、韩氏、欧氏、李氏、张氏皆为王夫人。赐开封府税课钞，……皆也。"

《八仙庆寿》引辞："庆寿之词，于酒席中，伶人多以神仙传奇为寿……故予制《蟠桃会》《八仙庆寿》传奇，以为庆寿佐樽之设，亦古人祝寿之意耳。"末署："宣德七年季冬良日锦窠老人书。"

《孟浩然踏雪寻梅》引辞："是编之作，非唯炫耀于目，脍炙于口，填簇于耳，和畅于心，是将谓于自畀孔者道焉。宣德七年季冬中浣书于兰雪轩。"

宣德八年　癸丑　1433年　五十五岁

正月，河南尉氏县得白海青一，校尉进献周王府，朱有燉献之于朝。作《咏白海清》一章。此年春，开封城中风沙极大，朱有燉有感而发，作有【清江引】曲记其事。

是年冬，创作完成《宣平巷刘金儿复落娼妓》《赵贞姬身后团圆梦》《刘盼春守志香囊怨》《紫阳仙三度长椿寿》《仙官庆会》《仗义疏财》《豹子和尚自还俗》等七种杂剧。

南吕乐府【一枝花】"咏白海青"一章，自序云："宣德八年，岁在癸丑。正月十七日，河南开封府尉氏县得白海东青一联，十八日，校尉进于本府，且明日值予初度。予喜珍异贵禽来此中原，乃即具奏进献于朝，作此乐府以自庆赏焉。"（《诚斋乐府》卷二）

【清江引】曲序云："癸丑岁春时汴中风沙极大，偶于小园中戏作此曲，得庆寿词南吕一阕，予就赓其韵以酬之。"

宣德九年　甲寅　1434 年　五十六岁

三月，病咳未愈，园中闲游，作小诗三首，又作散曲【落梅风】两阕以自嘲。

初夏，感于麦熟在陇，阴雨连绵，作散曲【山坡羊】二首。

六月撰成《清河县继母大贤》杂剧。

仲夏，作七律《扫晴娘子歌》，北曲【扫晴娘】四首，各有序，是年冬，《诚斋乐府》散曲集两卷完成，计小令 264 首，套数 35 套。

十一月，完成《十美人庆赏牡丹园》杂剧。

十二月，完成《东华仙三度十长生》杂剧。

宣德十年　乙卯　1435 年　五十七岁

正月宣宗朱瞻基崩于乾清宫。十二月，朱有燉撰写完成《吕洞宾花月神仙会》杂剧。

《明史》卷九："十年春正月癸酉朔，不视朝，命群臣谒皇太子于文华殿。甲戌，大渐。罢买、营造诸使。乙亥，崩于乾清宫"

《明史》卷十："宣德十年春正月，宣宗崩，壬午，即皇帝位。遵遗诏大事白皇太后行。大赦天下，以明年为正统元年。"

《明实录·明英宗实录》卷五："宣德十年五月，壬申朔，甲申，周王有燉奏有弟祥符等王九人各禄二千石本色米止五百石食用不敷，上命行在户部各益米五百石。"

《吕洞宾花月神仙会》序云："予以为长生久视，延年永寿之术，莫逾于神仙之道，乃制传奇一帙，以为庆寿之词……今就录上阳子注词于后，以为学仙者览焉。宣德十年十二月朔日全阳子制。"

正统元年　丙辰　1436 年　五十八岁

二妹兰阳郡主薨。

《明实录·明英宗实录》卷十八："正统元年六月，丙申朔，丁未，周王有燉妹兰阳郡主薨，讣闻，遣官谕祭，命有司营葬事。"

正统三年　戊午　1438 年　六十岁

三月，有燉制散曲【仙吕·点绛唇】一套。

正统四年　己末　1439 年　六十一岁

二月，撰写完成《南极星度脱海棠仙》《河嵩神灵芝庆寿》杂剧两种。

五月二十七日，薨于开封，寿六十一岁，以其博闻多能而谥为"宪"，世称"周宪王"。

参考文献

（一）著作

[1]《古本戏曲丛刊》编委会编：《古本戏曲丛刊》，北京：商务印书馆，1958 年。

[2]《四库全书存目丛书》编纂委员会编：《四库全书存目丛书》，济南：齐鲁书社，1997 年。

[3]《续修四库全书》编委会编：《续修四库全书》，上海：上海古籍出版社，1999 年。

[4]《中国古籍善本书目》编委会编：《中国古籍善本书目》，上海：上海古籍出版社，1996 年。

[5] 安世凤撰：《墨林快事》，台北：台湾图书馆影印本。

[6] 爱新觉罗·永瑢、纪昀等编纂：《四库全书总目》，北京：中华书局，1965 年。

[7] 白述礼：《大明庆靖王朱㮵》，银川：宁夏人民出版社，2008 年。

[8] 曹顺庆：《两汉文论译注》，北京：北京出版社，1988 年。

[9] 曾永义：《明杂剧概论》，台北：学海出版社，1979 年。

[10] 曾永义：《戏曲源流新论》，北京：中华书局，2008 年。

[11] 陈梦雷等编纂：《古今图书集成》，北京：中华书局，1986 年。

[12] 陈田：《明诗纪事》，上海：上海古籍出版社，1993 年。

[13] 冯有兰：《中国哲学史》，北京：中华书局，1984 年。

[14] 冯沅君：《古剧说汇》，北京：作家出版社，1956 年。

[15] 傅乐淑：《元宫词百章笺注》，北京：书目文献出版社，1995 年。

[16] 高启著，金坛辑注，徐澄宇等点校：《高青丘集》，上海：上海古籍出版社，2013 年。

[17] 高儒：《百川书志》，清光绪间叶德辉刻《观古堂书目丛刻》本。

[18] 管竭忠、张沐纂：《开封府志》，重庆北碚图书馆藏，康熙三十四年（1695）刻本。

[19] 何良俊：《四友斋丛说》，北京：中华书局，1959 年。

[20] 侯外庐：《中国思想通史》，北京：人民出版社，1980 年。

[21] 胡汝砺编，管律重修：《嘉靖宁夏新志》，银川：宁夏人民出版社，1982 年。

[22] 胡文焕编：《格致丛书》，北京：国家图书馆藏本。

[23] 胡应麟：《诗薮》，上海：上海古籍出版社，1958 年。

[24] 黄虞稷：《千顷堂书目》，民国元年（1912）乌程、张钧衡刻《适园丛书》本。

[25] 纪昀等编纂：文渊阁《四库全书》，台北：台湾商务印书馆，1973 年。

[26] 焦竑：《国朝献征录》，明万历四十四年（1616）徐象橒曼山馆刻本。

[27] 解缙等：《明实录》，台北：台湾"中研院"历史语言研究所校印本，1962 年。

[28] 孔宪易校注：《如梦录》，郑州：中州古籍出版社，1984 年。

[29] 李昌祺：《运甓漫稿》，文渊阁《四库全书》本。

[30] 李昉等：《太平广记》，北京：中华书局，1986 年。

[31] 李圣华：《初明诗歌研究》，北京：中华书局，2012 年。

[32] 廖奔：《中国戏曲史》，上海：上海人民出版社，2004 年。

[33] 龙文彬纂：《明会要》，呼和浩特：内蒙古图书馆藏清光绪十三年（1887）刻本。

[34] 罗宗强：《明代文学思想史》，北京：中华书局，2013 年。

[35] 麻国均：《中国古典戏剧流变与形态论》，北京：文化艺术出版社，2010 年。

[36] 南炳文、汤纲：《明史》，上海：上海人民出版社，2014 年。

[37] 戚世隽：《明代杂剧研究》，广州：广东高等教育出版社，2001 年。

［38］钱谦益：《列朝诗集》，北京：中华书局，2007 年。

［39］钱谦益：《列朝诗集小传》，上海：上海古籍出版社，2008 年。

［40］青木正儿著，隋树森译：《元杂剧概说》，中国戏剧出版社，1957 年。

［41］青木正儿著，王古鲁译：《中国近世戏曲史》，上海：商务印书馆，1936 年。

［42］全国图书馆缩微文献复制中心编：《中国古代杂剧文献辑录》，北京：全国图书馆文献微缩复制中心，2006 年。

［43］热奈特：《叙事话语》，北京：中国社会科学出版社，1990 年。

［44］任遵时：《周宪王研究》，台北：三民书局，1974 年。

［45］沈泰等：《盛明杂剧》，诵芬室翻刻本。

［46］宋濂：《宋学士文集》，四部丛刊本。

［47］孙富山、郭书学：《开封府志》，北京：北京燕山出版社，2009 年。

［48］谭帆、陆炜：《中国古典戏剧史论》，上海：华东师范大学出版社，2005 年。

［49］王国维：《宋元戏曲史》，南京：江苏文艺出版社，2004 年。

［50］王鸿绪等：《明史稿》，北京：国家图书馆藏清敬慎堂刻本。

［51］王季烈编校：《孤本元明杂剧》，上海：商务印书馆，1939 年。

［52］韦勒克、沃伦：《文学理论》，上海：生活·读书·新知三联书店，1984 年。

［53］吴文治：《明诗话全编》，南京：江苏古籍出版社，1997 年。

［54］吴相湘：《明朝开国文献》，台北：学生书局，1966 年。

［55］吴毓华：《中国古代戏曲序跋》，北京：中国戏剧出版社，1900 年。

［56］吴忠礼：《宁夏志笺证》，银川：宁夏人民出版社，1996 年。

［57］谢伯阳：《全明散曲》，济南：齐鲁书社，1994 年。

［58］徐子方：《明杂剧史》，北京：中华书局，2003 年。

［59］徐子方：《明杂剧研究》，台北：文津出版社，1998 年。

［60］严杰、武秀成译：《文史通义全译》，贵阳：贵州人民出版社，

1997 年。

　　[61] 姚品文：《太和正音谱笺评》，北京：中华书局，2010 年。

　　[62] 姚品文：《王者与学者——宁王朱权的一生》，北京：中华书局，2013 年。

　　[63] 姚品文：《朱权研究》，南昌：江西高校出版社，1993 年。

　　[64] 叶德均：《戏曲小说丛考》，北京：中华书局，1979 年。

　　[65] 于谦：《忠肃集》，文渊阁《四库全书》本。

　　[66] 余继登：《典故纪闻》，北京：中华书局，1981 年。

　　[67] 俞为民、孙蓉蓉编：《历代曲话汇编》，合肥：黄山书社，2006 年。

　　[68] 臧懋循：《元曲选》，明万历四十四年（1616）刻本。

　　[69] 张廷玉等：《明史》，北京：中华书局，1991 年。

　　[70] 张元济等辑：《四部丛刊》，上海：商务印书馆，民国二十五年（1936）影印本。

　　[71] 章培恒：《中国文学史》，上海：复旦大学出版社，1996 年版

　　[72] 赵晓红：《朱有燉研究》，济南：齐鲁书社，2012 年。

　　[73] 中国戏曲研究院编：《中国古代戏曲论著集成》，北京：中国戏剧出版社，1959 年。

　　[74] 朱权等：《明宫词》，北京：北京古籍出版社，1987 年。

　　[75] 朱权撰：《通鉴博论》，文渊阁《四库全书》本。

　　[76] 朱权撰：《原始秘书》，文渊阁《四库全书》本。

　　[77] 朱权纂：《汉唐秘史》，合肥：安徽博物馆藏建文三年（1401）宋藩刻本。

　　[78] 朱仰东：《朱有燉诚斋录笺注》，北京：中国文联出版社，2016 年。

　　[79] 朱彝尊：《静志居诗话》，北京：人民文学出版社，1990 年。

　　[80] 朱彝尊：《明诗综》，北京：中华书局，2007 年。

　　[81] 朱有燉著，赵晓红整理：《朱有燉集》，济南：齐鲁书社，2014 年。

　　[82] 朱兆潘等修：《朱氏八支宗谱》，南昌：江西博物馆藏本。

　　[83] 庄一拂：《古典戏曲存目汇考》，上海：上海古籍出版社，

1982 年。

[84] 左东岭：《王学与中晚明士人心态》，北京：人民文学出版社，2000 年。

（二）论文

[1] 陈捷：《朱有燉生平及作品考述》，《艺术百家》，2001 年第 4 期，第 54-59 页。

[2] 陈捷：《朱有燉与元杂剧》，《古典文学知识》，2000 年第 3 期，第 121-124 页。

[3] 邓永胜：《宁王朱权的崇道及其道教贡献》，长沙：湖南师范大学硕士学位论文，2013 年。

[4] 冯启：《明鲁王研究》，济南：山东大学硕士学位论文，2010 年。

[5] 郭万金：《台阁体新论》，《文学遗产》，2008 年第 5 期，第 80-89 页。

[6] 荆清珍：《明代禁廷与戏曲刍议》，《长江学术》，2008 年第 3 期，第 40-46 页。

[7] 雷蕾：《诸恶莫作，众善奉行——论朱有燉杂剧中的儒释合流现象》，《甘肃社会科学》，2006 年第 3 期，第 170-173 页。

[8] 李柏青：《朱有燉杂剧研究》，北京：北京师范大学硕士学位论文，1992 年。

[9] 梁曼容：《明代藩王研究》，长春：东北师范大学博士学位论文，2016 年。

[10] 刘荫柏：《朱权及其剧作论考》，《中华戏曲》，2003 年第 2 期，第 126-135 页。

[11] 罗莹：《明代宗藩的宗教信仰研究》，重庆：西南大学硕士学位论文，2014 年。

[12] 马士训：《明代蜀藩研究》，桂林：广西师范大学硕士学位论文，2015 年。

[13] 石麟：《明代文学"俗"与"雅"的双向转化》，《湖北师范学院学报（哲学社会科学版）》，1994 年第 2 期，第 28-34 页。

[14] 宋立杰：《明代蜀王角色研究》，重庆：西南大学硕士学位论

文，2015 年。

[15] 王学锋：《20 世纪朱有燉生平及剧作研究述评》，《艺术百家》，2006 年第 7 期，第 11-15 页。

[16] 魏舒婧：《明代庆藩世系及著述研究》，银川：宁夏大学硕士学位论文，2015 年。

[17] 吴忠礼：《明代宁夏藩国——一世庆王朱㫚》，《宁夏纵横》，2006 年第 5 期，第 44-45 页

[18] 夏写时：《朱权评传》，《戏曲艺术》，1988 年第第 1 期，第 121-129 页。

[19] 徐文武：《论湘献王朱柏之死》，《长江大学学报（社会科学版）》，2008 年第 5 期，第 20-24 页。

[20] 徐子方：《略论明代杂剧的历史价值》，《艺术百家》，1999 年第 2 期，第 27-32 页。

[21] 闫春：《朱有燉诗歌研究》，桂林：广西师范大学硕士学位论文，2006 年。

[22] 杨瑾：《论朱有燉及其戏曲创作》，《雁北师范学院学报》，2003 年第 4 期，第 60-63，68 页。

[23] 余述淳：《明代藩王的著书与刻书》，《池州师专学报》，2003 年第 1 期，第 78-80 页。

[24] 虞江芙：《论朱有燉妓女戏和水浒戏中的藩王意识》，《湖北经济学院学报（人文社会科学版）》，2009 年第 9 期，第 120-121 页。

[25] 曾永义：《明代帝王与戏曲》，载曾永义：《论说戏曲》，台北：台湾联经出版事业股份有限公司，1998 年，第 102-103 页。

[26] 张春国：《〈元宫词百章〉作者考辩》，《艺术百家》，2006 年第 2 期，第 42-45 页。

[27] 张春国：《朱有燉著述考》，石家庄：河北师范大学硕士学位论文，2006 年。

[28] 赵晓红：《朱有燉杂剧研究》，南京：南京大学博士学位论文，2002 年。

[29] 郑莉：《朱有燉宫廷庆赏剧研究》，《艺海》，2009 年第 4 期，

第 32-35 页。

[30] 周宜智:《"勾栏浪子"与大明皇族的烟花情结——试比较关汉卿与朱有燉的妓女题材杂剧创作》,《中南民族大学学报(人文社会科学版)》, 2006 年第 1 期, 第 215-217 页。

[31] 朱仰东:《朱有燉研究》, 济南:山东师范大学博士学位论文, 2013 年。

[32] 邹丽娟:《方孝孺文学思想与元末明初文坛走向》, 长沙:中南大学硕士学位论文, 2007 年。

[33] 邹时雨:《明代辽藩研究》, 荆州:长江大学硕士学位论文, 2012 年。

[34] 左东岭:《20 世纪明代诗歌研究综论》,《华中师范大学学报(人文社会科学版)》, 2013 年第 1 期, 第 77-91 页。

[35] 左东岭:《论台阁体与仁、宣士风之关系》,《湖南社会科学》, 2002 年第 2 期, 第 89-93 页。

后 记

　　本书是教育部人文社会科学研究一般项目"朱有燉戏曲与明初社会"的结项成果。该项目自立项后，我的研究生高青、葛晓洁、姜男三人作为项目组成员，参与了本项目的研究工作。他们从事材料的搜集、整理工作，并各自撰写了部分内容，在此特以致谢。

　　本书的出版还得到了南开大学出版社张彤编审和杨硕等编辑老师的大力支持，他们提出了一些宝贵的修改意见，并多次不厌其烦地审订稿件，付出了巨大的辛劳，在此一并表示诚挚的谢意！

　　由于各种原因，本书定有一些疏漏不妥之处，不能令人满意，还请方家不吝指正。

张成全

2022 年 5 月 25 日